Campioness of Sanctuary
神域のカンピオーネス
トロイア戦争
JOE TAKEDUKI & BUNBUN
JN211025
Illust.
BUNBUN

鳥羽 梨於奈 とば.りおな

仰せのままに、主どの。
あなたを血煙の舞う狩り場へ
案内してさしあげます

神武天皇を導いた霊鳥《八咫烏（やたがらす）》の生まれ変わりを名乗る少女。日本最高峰の陰陽師にして神秘的な美少女だが、性格は少々きつい。

Ren

六波羅 蓮 ろくはら れん

事情はどうであれ、女の子に
ひどいことをするのは見過ごせないな

魔術結社《カンピオーネス》に所属する工作員（エージェント）。だが魔術に関しては完全な素人。チャラい見た目と言動でやや軽薄に見られるが、その身体には大いなる秘密が……!?

Cassandra
カサンドラ

トロイアの王女。太陽神アポロンより予知能力を授かるが、愛人の誘いを断ったために誰にも予知を信じてもらえない呪いをかけられている。純真無垢にして天真爛漫なお姫様。

Stella
ステラ

蓮のパートナー。事情があって蓮と行動を共にしている。幼い顔つきながらも絶世の美少女だが、体長は30センチほどの人形サイズ。神の召喚をも可能にする切り札を持っているらしいが……!?

王女カサンドラは
横たわる六波羅蓮の上に
ほぼ裸のままおおいかぶさり、
みごとな肢体を彼に密着させて、
口づけを捧げた。
「蓮さま。
どうか梨於奈さまと
わたくしの想いを
お受け取りくださいませ」

たおやかなる美姫の祈りが奇跡を起こす――

「決闘とかケンカなら、
僕はべつに弱くないんだ。
むしろ強い方……いや。
たぶん、かなり強い方だと思うね」
戦いが幕を開ける!!

ポセイドン
「小僧……！」
ゼウス
アテナ
――神域にて、
ギリシア神話の神々との

Contents

ダッシュエックス文庫

神域のカンピオーネス

トロイア戦争

丈月 城

Sanctuary "Troia"

トロイア戦争

ギリシア神話でも最大級のエピソードのひとつ。
小アジアの都市トロイアを陥とすため、ギリシア諸国はミュケナイ王
アガメムノンの指揮のもとに連合軍を結成。海を渡って、大遠征を行った。
英雄アキレウスを筆頭とする神話の勇者たちが相討つだけでなく、
オリュンポスの神々までも参戦する大激闘であった。
長びく戦闘に終止符を打つのは『トロイの木馬』。
かの有名な、英雄オデュッセウスの企てた計略である……。

トロイアの都

この都はイリオスとも呼ばれ、非常に栄えていた。
支配者である王はゼウスの血統である。
トロイアの実在を信じた考古学者ハインリッヒ・シュリーマンは
私財を投じて発掘にとりかかり、歴史に残る大成功を収めた。

Tour Guide of

神々の対立

守るトロイア勢と攻めるギリシア勢、両陣営はどちらも神々に支援されていた。ギリシア側に荷担するのは《智慧と戦争の女神アテナ》《海神ポセイドン》《主神ゼウスの妻ヘラ》である。対してトロイア側には《太陽神アポロン》《軍神アーレス》《美と愛の女神アフロディーテ》が加勢していた。主神ゼウスはどちらに肩入れすることもなく、平等に両陣営を見守っていた——。

オリュンポス

標高三千メートル近い高山。ギリシア神話の神々が住むとされる霊域である。

序章

prologue

『世界は神々で満ちている』

デスクでノートPCに向かい、かたかたとキーボードを打つ。

研究報告書の下書きを作成中だった。

『光の神、天空の神、大地の神、火の神、豊穣(ほうじょう)の神、戦いの神、死の神――』

『神々は自然を操り、われらの文明と世界そのものを破壊し、あるいは造りかえて、絶対者として君臨する。彼らに抗(あらが)いうる力をわれら人類は所持していない』

『そうした〝神を神たらしめる〟力』

『これを《権能(けんのう)》と呼ぶ。しかし』

『もし、この権能を――われら人間の所有物にできるのであれば。その掌握(しょうあく)がまったく一個人の意志と才覚によってなされるのであれば。該当(がいとう)人物は神に等しき力を得たと言っても、過言ではあるまい』

『そのような個人を、われらは《魔王》と呼ぶべきだろう』

『かつて、我が一族の先祖チェーザレ・ブランデッリがその称号で呼ばれ、人々の畏怖(いふ)と従属をほしいままにした時代のように』

『しかし、彼は己の支配と傲慢を押しとおす見返りとして、かよわき人間どものために《神殺し》の偉業をしばしば成し遂げた。神話世界への門が開いたときには、その向こう側へ飛び込み、神話の筋書きを書きかえることさえもやってみせた――』

そこまで書いたときだった。

ノートPCの――通信アプリが音声通話の申し込みを報せてきた。

相手のIDに見覚えはない。しかし、ジュリオ・セザール・ブランデッリはある確信にまかせて受諾した。

「ジュリオ。六波羅蓮だけど、定時連絡してもいいかい？」

「……蓮。おまえ、また借り物を使っているのか？」

通話の相手は予想どおり、旧知の日本人だった。

過剰にきまじめで几帳面――という偏見に近いイメージを、ジュリオはかつて日本人に抱いていた。しかし、この男にそれを粉砕された。

「ジュリオも知ってるだろう？　この間、僕のスマホがぐしゃぐしゃに壊れたのを。でもゲストハウスで相部屋になったエリックに、パソコンを貸してもらったんだ」

「ひさしぶりの里帰り、楽しんでいるようだな」

「はははは。実家のある東京には寄ってもいないけどねー」

PCのスピーカーと無線LANの向こうで、六波羅蓮は明るく笑った。

彼は今、ジュリオの家があるスペインから、一万キロも離れた場所にいる――。

「それより、こっち……神戸の事件だけど。状況はよくないね。現場のポートアイランドは自衛隊が封鎖しちゃって、近づくこともできない」

「一足、遅かったか。いいだろう蓮、こちらでフリーパスを用意してやる」

「そんなことできるのかい、ジュリオ!?」

「オレの家門と、結社の力を甘く見るな。コネと政治力は使えるうちに使うにかぎる」

「ここはヨーロッパでさえない――日本の関西地方なのに？」

「できる。日本の旧家ともいくつかつきあいがある。彼らと接触する」

「結構すごいんだね、うちの会社」

「会社じゃない。結社《カンピオーネス》。オレたちの業界では最も権威ある組織のひとつだと覚えておけ。もうおまえもその一員だ」

Campiones。勝者たち、戦士たちという意味合いだ。

かつて結社の礎を築いたブランデッリ家の祖先、彼を讃える称号のひとつが由来だと聞いている。彼は魔王であり、絶対無二の勝者であった。

そして栄えある結社の――最新の同志となった日本人は軽やかに笑った。

「ははは。魔法使いの世界とか全然知らなくて。すまないね」

「それよりステラの機嫌はどうだ？　そちらの方がよほど重要だ」

「向こうで〝召喚〟できそうな神様をどうにか聞き出したよ。今度の〝異世界〟はギリシア神話で、ステラの古巣なんだろう？　いろいろ名前を言っていた」

ジュリオの頭にいくつもの名が思い浮かんだ。

天空の神ゼウス、その妻ヘラ、太陽神アポロン、鍛冶神へパイストス、軍神アーレス、デュオニュソス、妖精ハルモニア、英雄アエネイスなど。

壮麗なるギリシア神話をいろどる登場人物たち——だったのだが。

「……ええと、アポロンって神様はまず問題ない。アーレスはたぶん、呼び出すだけなら大丈夫。へパイストスの根性曲がりはなるべく試さない方がいい。高慢ちきな女神ヘラとはできれば会いたくない。あと、堅物のアルテミスとは話が合わない……」

「オレの印象が正しければ」

ひととおり聞いて、ぼそりとジュリオは言った。

「アポロン以外には期待するなと言っているようにも思えるな」

「君もかジュリオ。実は僕も、うすうすそうじゃないかと思ってた」

「ステラも癖のある女だからな。敵が多かったんだろう。とにかく幸運を祈る。オレたちに神の加護など望むべくもない以上、幸運こそが最大の味方だ」

ジュリオは一呼吸置いて、はっきりと告げた。

「いいか蓮、必ず神話の筋書きを変えろ。必要なら——神さえも殺せ」

それは現在、《魔王》に最も近いはずの男への激励であった。

第一章　chapter 1　神話世界の門

1

「神武東征の昔話をご存じですか？」

兵庫県知事の向かいにすわるなり、鳥羽梨於奈は言った。

「日本の初代天皇である神武天皇が東国に遠征したとき……天より遣わされた《八咫烏》という鳥に案内されて、敵地を通り抜けたエピソードです。そして八咫烏は、日本史上で最も高名な陰陽師《安倍晴明》とも関わりが深い霊鳥――聖なる鳥なのです」

淑やかな話しぶりだった。容姿もそれにふさわしい。

そう。兵庫県知事の前で微笑む鳥羽梨於奈、際立った美貌と優美さの持ち主だった。ゆるやかにウエーブした髪も美しく、長く、気品にあふれている。身につけるブレザーは関西でも一、二の名門とされる女子校の制服だ。

ただし、県知事は不可解そうであった。

きっと梨於奈の職業を『準・国家公務員』と聞いていたのだろう。

「鳥羽……顧問官。興味深そうな話ではあるんだが。今は私、兵庫県知事からの『災害派遣要請』について、確認をさせてくれ」

「いいえ、だめです」

梨於奈はあっさり要求を拒み、くすくすと笑った。

「このわたしを黙らせて、会話の主導権をにぎるおつもりですか？　いくら県知事閣下といえども、無礼でしょう」

一七歳の小娘が五〇代前半の大人にこの言いぐさ。しかし、県知事は顔をしかめただけだった。神戸市内で発生中の大災害に、まったく有効な対策を取れていない。その現状が彼に忍耐を強いていた。

ここは県庁の知事室。重厚な木のテーブルをはさんで、部屋の主と向き合っている。

梨於奈は革張りのソファに腰かけながら、本題に入った。

「ご安心ください。情報は把握しております。——一昨日の未明に、兵庫県神戸市内の人工島、ポートアイランドにて《空間歪曲》が発生。規模はおよそ直径一〇〇メートル。未だ消滅する兆しはなし……。閣下、わたしどもの機関を飛ばして、防衛省に災害派遣を要請したのは判断ミスでしたね」

「どういうことだ？」

「ポートアイランドに飛行型の怪物が出現した原因、おそらくドローンに空間歪曲の内部を偵察させたことです。ハルピュイアたちは〝あちら側〟から帰還するドローンを追いかけて、神戸にやってきたのでしょう」

「は、はる——何？　それに〝あちら側〟？」

「鳥の怪物『ハーピー』のギリシア語読みです。閣下のお歳でしたら、ロールプレイングゲームで遭遇したことがおありなのでは？　わたしは悪魔合体の材料によく使っています。あと、あちら側というのは」

梨於奈は〝顧問官〟として、単刀直入に告げた。

「空間歪曲を越えた先に広がる——いわゆる異世界のことです」

「いせ——!?」

「漫画やアニメ、小説でおなじみのアレです。半人半鳥の怪物ハルピュイアが出てきたのだから、今回の〝あちら側〟、やはりギリシア神話に準じる神話世界なのでしょう」

「…………」

「あら？　閣下の御名前で検索したら『漫画表現の規制法案に賛成する』インタビューの記事が出てきましたね。そんな方のお膝もとに神話のモンスターが出現して、狼藉のかぎりを尽くす……。運命も皮肉なものですね」

「君！　ふざけるのもいいかげんにしろ！」

梨於奈がスマホでネット閲覧をはじめたからだろう。県知事はついにどなった。

しかし気にせず、細い指先をタッチパネル上で躍らせつづける——。

「ふざけておりません。現地では今もハルピュイアが『人間狩り』をつづけています。連中を始末するには閣下のお覚悟と献身が必要なのです。……ああ、よかった。県知事閣下は――座右の銘が『一所懸命』なのですね。『どんな困難にもくじけず、逃げず、問題にぶつかり、必ず道を切り拓く。一所懸命、それが私の信念』だと」

歯の浮くような一文に、梨於奈は微笑んだ。

兵庫県のオフィシャルサイトに掲示された、県知事の所信表明である。

「素敵です。これなら大丈夫ですね。閣下、あなたをこのわたし――《神祇院》の顧問官・鳥羽梨於奈の『主』として指名します。いっしょに最前線へ参りましょう。わたしの力を全て解放してくれる指揮者が必要なのです」

「ま、待ってくれ。私は自衛隊からの助言で、君たちと連絡を取ったんだぞ？」

数時間前。県知事の要請に応えて、海自・阪神基地から部隊が出動した。そのうちの誰かが言ったらしい。《異空間災害》とやらが相手だと、自分たちでは限界がある。スペシャリストに出動を要請してくれと――。

「君たち『じんぎいん』が持つシキガミだかシキオウジとかいう装備を投入してもらってくれと。私には何のことだか、さっぱりだったが」

「陰陽道でいう式神、式王子。修験道なら護法童子。ハリポタなら魔法生物。要は――便利な使い魔です。悪魔祓い、家のお掃除、土木建築、いろいろ使えます。そして幸運ですね、県知事閣下。あなたの災害派遣要請はつつがなく受理されて」

　梨於奈はわざとらしいにこやかさで笑いかけた。

「あらゆる使い魔を凌駕する——式神たちの女王が送りこまれました」

「こ、幸運？　それに女王とは一体……？」

「このわたし、鳥羽梨於奈のことです。これでもわたし、神が地上に遣わした存在なのです。いわば天使の同族。悟りを開けばイエス・キリストも夢ではないかも」

「そんなバカな……」

「凡愚な答えですね。さっきの話、もうお忘れですか？　神武天皇を先導した八咫烏。実はその生まれ変わりこそがわたし、鳥羽梨於奈……。以後そのようにご認識ください」

「いや、しかし。き、君は……鳥ではないだろう？」

「ふふふふ。古典の勉強が足りませんね。八咫烏は『日之精』、つまり太陽の精霊であり、『賀茂建角身命なり』。古文書の延喜式に記されていますよ？」

「か、かもたけつ……？」

「天照大神に命じられて、神武天皇を守るため八咫烏に化身した——神です。安倍晴明の師・賀茂忠行を輩出した賀茂氏の祖先でもあります。わたし、前世はどうも、この神様だったようなのです。でも、その強すぎる力を自由に振るうことは許されていません……」

　梨於奈は悪魔的なほどにあやしい声で、ささやきかけた。

「だから『主』が必要なのです。かつて神武天皇を導いたときのように『我を送りとどけるため、全ての霊力を使用せよ』と命令する主が。さあ。早くわたしに命じなさい。『余の命じるところを急急に行え、律令に記されたがごとくに』と。身命を賭して、遂行してあげます」

急急如律令。陰陽道において、特に強力な呪文のひとつである。

その意味を語ってから、梨於奈は冷徹に告げた。

「ただ八咫烏はあくまで案内役。立ちはだかる敵を薙ぎ倒し、道を切り拓けるのは……主を先導するときのみ。あなたにもついてきていただきます。県知事閣下、その体と命を懸けて、最前線までご同行ください」

鳥羽梨於奈は霊鳥《八咫烏》の生まれ変わりにして、日本最高峰の陰陽師。

何の呪術を遣わずとも、その瞳と言葉には凡人を惑わす魔力がある。いつしか県知事は正気を失って、茫洋とつぶやいていた。

「君に……命じる。私の指示を緊急に実行するように……」

「仰せのままに、主どの。あなたを血煙の舞う狩り場へ案内してさしあげます」

この瞬間、梨於奈の両目が青く光った。

眼球の白い部分と瞳の部分、それら全てが青々と輝いたのである。それは黄金の霊鳥を拘束する封印が解けたという――証であった。

今の自分なら、安倍晴明とさえ互角以上に渡り合える。

そう。フィギュアスケートの日本人王者とならんで、まちがいなく世界で最も高名な大陰陽師、あの名高き『伝説の大魔術師』とも。

ついに自由を得て、梨於奈はくすりと微笑んだ。

そして二時間後。

陸上自衛隊から対戦車ヘリを借り受けて、ついに梨於奈たちは〝現着〟した。

「県知事閣下。あのM78星雲みたいな渦、あれが空間歪曲です」

無数の光が集まって、『渦』を形作っていた。

直径一〇〇メートルほどで、いわゆる星雲の形に似ている。が、渦巻きの発生場所は宇宙ではない。神戸ポートアイランドの北端、北公園だ。

芝生や散歩道を擁する憩いの場。大阪湾に面している――。

「と、鳥羽顧問官」

「なんでしょう閣下？　質問は二回まで受けつけてさしあげます」

「こんなときに冗談はやめてくれ。こ、このヘリはどうやって動いているんだ!?」

乗員シートはわずか二席。これを縦にならべた構造だ。

前列の操縦士席に梨於奈、後列に県知事という配置だった。ただし、梨於奈は操縦桿を握っていない。代わりに〝お札〟を一枚、操縦桿に貼りつけてある。

そこには紋様めいた図案と、『鬼』や『月』の漢字が描かれていた。

「ご覧のとおり、わたしが貼った霊符の御利益です。式神を操る陰陽道の術、こういう応用の仕方も可能なのです。まあ、このわたし以外にできる陰陽師が日本にいるとは……寡聞にして存じあげませんけど」

霊符を貼った操縦桿、ゆらゆらとひとりでに揺れている。

梨於奈の意志ではない。自動操縦。対戦車ヘリ（と霊符）が勝手に飛ぶ方角を決めて、ふたりの乗員を運んでくれている。

「そ、それはわかった。わかりたくないが、わかった」

「まあ。お言葉が過ぎておりますよ、県知事閣下」

「そんなことより鳥羽顧問官っ。君も知ってるはずだろう!?　自衛隊の装備が――やつらには一切、通用しなかったことを！」

キィィィアアアアァァァァァァァッ！

耳をつんざくような叫び声が聞こえてきた。けたたましい。女の悲鳴のようでもあり、怪鳥の叫びにも似ていた。数百メートル先より、巨大な鳥型生物が接近中だった。九匹もいて、ひっきりなしに叫びながら、ばさばさと翼を羽ばたかせている。

梨於奈は「ハルピュイア」とつぶやいた。

その九匹は――半人半鳥だった。

顔と上半身は、人間の女。両肩から先に腕はなく、代わりに鳥の翼。下半身は鳥そのものという異形の姿。羽毛はカラスのごとき漆黒だ。

「鳥羽くん。君が来る前、あいつらが陸自の砲撃に……さらされるのを見た。だが、一匹も落とすことはできず――！」

「こうなったのですね」

梨於奈がつぶやいた瞬間、ハルピュイア九匹に砲弾が飛んできた。

グァアンッ！　グァアンッ！　グァアンッ！　グァアンッ！

陸上自衛隊だろう。彼らは神戸港の水際に自走榴弾砲搭載の機動車、さらに重迫撃砲などをならべて、砲撃の準備をしていたのだ。

数々の砲撃――ハルピュイアどもに命中していた。にもかかわらず。

的中の直後、全ての砲弾は『ひゅっ！』と手品のように消滅した。鳥妖どもの全身は淡く、あやしく輝くのみで、まったくの無傷！

「あれではダメです。この世ならざるものどもには、然るべき呪術の手順を踏んでから攻撃しないと〝なかったこと〟になります」

おののく県知事の前で、梨於奈は実践をはじめた。

「大なる哉、乾なる哉。乾は元いに亨り、貞しきに利し――」

護国戦勝の呪句であった。対戦車ヘリが『ガガガガガッ！』と火を吹いた。機首に取りつけた大口径機関砲の連射がはじまったのである。

「おお！」と県知事が目を輝かせる。

弾雨を浴びて、ハルピュイアどもが傷ついていったからだ。二〇ミリの弾丸が鳥妖どもの肉を抉り、砕き、鮮血を飛び散らせていく。連射。連射。肉片と羽毛、血と骨が空中に舞い散り、人語を話せない妖魔どもに怪鳥めいた悲鳴をあげさせる。

クェエエエッ！　クェエエエッ！　クェエエエッ！

七匹のハルピュイアが血まみれの肉塊と化して、ばたばた墜落していった。

「これが君の能力、なのか!?」

「わたしは《飛ぶ者たち》の女王。空を往くものは全てわたしの式神にできます。だったらヘリの装備にも《式》を仕込めばいいだけのこと。鬼切の妖刀が好きな懐古厨の方にはご理解いただけませんけど、悪魔祓いの機関銃も悪くないものです」

「そのとおりだとも!」

しかし――。いきなり機関砲の連射が途切れた。

そのうえ、生きのこり二匹が対戦車ヘリに体ごと突っこんできた。機体につかみかかり、翼で『ガン、ガン!』となぐりつける。

ハルピュイアどもは巨体だ。人間の三倍以上の背丈である。その大きな口――人間と同じ形・構造の口を開き、対戦車ヘリの機体に嚙みついてきた!

ぎしっ、ぎしっ、ぎしっ!

すさまじい顎の力と歯の強靱さによって、ヘリが軋む。軋む。

しかも対戦車ヘリはぐんぐん高度を落としていった。墜落中なのだ。これをハルピュイア二匹は面白がり、翼を羽ばたかせて加速を開始する。

ヘリを道連れに地上めがけて仲良く降下。大地にたたきつけるつもりなのだ!

「ど、どうしてヘリを動かさないんだ、鳥羽くん!?」

「タイムアップです。先ほど閣下より頂戴した『指令』の持続時間が切れました。わたしの能力がひきつづき必要であれば、先ほどの要領で戦闘を続行せよと——」

「と、とにかくやってくれ！　私が許可する！」

「御意。うけたまわりました、主どの」

ズガァァァァァァァァンッ！

対戦車ヘリはついに地上へ激突した。しかし、梨於奈は直前に呪文を唱えていた。

「善き星よ、皆来れ。悪星は退散せよ」

式神を守護するための言霊だ。おかげで地上——アスファルトの地面に激突したものの、対戦車ヘリは衝撃で揺さぶられるのみだった。

エンジン爆発、ガソリンに引火という惨事も起こらない。

まあ、後部座席の県知事が「うわあああっ!?」と悲鳴をあげていたが。とはいえシートベルトも締めて、ヘルメットも着用済み。〝ちょっとした交通事故〟程度で済むだろう。一方、梨於奈は——衝撃のなか、操縦席のドアを蹴りつけていた。

式神と化した機体は主の意を受け、ドアを自ら『ぼんっ！』とふきとばす。

梨於奈は外へ飛び出した。シートベルトなどつけていなかったので速い。自分の場合、あんなもので体を拘束する方が危険なのだ。そして、地面に体を投げ出しながら、拳銃の引き金をひいた。

ふとももののレッグホルスター、スカートの下に隠していたハンドガンを。

「さあ——飛びなさい。急急如律令！」

呪文は唱えても、銃の狙(ねら)いなどはつけない。必要ない。

この銃弾もまた鳥羽梨於奈のしもべ、式神たち。獲物(えもの)めがけて勝手に飛んでいく。射出時の反動までも吸収していく。

エアガンでも撃つように、寝転んだまま片手で一〇発を撃ち放った。

式神と化した九㎜パラベラム弾は生き残りのハルピュイア二匹に五発ずつ突き刺さり、降魔(ごうま)破邪(はじゃ)の霊験(れいげん)を示した。

この世のものならぬ鳥妖どもは一瞬にして爆発。

血と肉片をばらまきながら、あっさりと絶命していった。

「み、みごとだよ鳥羽くんっ。わ、私の方も救助してくれ——！」

「時間がありません。閣下の御命令が有効な間に、偵察して参ります」

「なんだって!?」

「ふつうなら、《空間歪曲》は四八時間もすれば縮小をはじめます。でも、ここ神戸の歪曲点はいまだにその兆(きざ)しを見せません。強行偵察が急務です」

ひしゃげたヘリ内から『ご主人さま』に懇願(こんがん)されても、梨於奈は一顧(いっこ)だにせず。

代わりに短く「変化(へんげ)」と唱えて、青いツバメに変身した。身長一六〇センチの少女から、翼長三〇センチ程度の渡り鳥へと早変わり。軽やかに羽ばたいて、ぴゅっと飛びこんでいく。ここポートアイランドの北端に現れた『光の渦』へ。

関係者が《空間歪曲》と呼びならわす——異世界の入り口に向かって。

2

ツバメと化して、『光の渦』へ突入すると。

まぶしい光が梨於奈の視界いっぱいに乱舞した。光。光。光。光。光。万華鏡の内部に入りこんだかのようだった。だが、我慢して直進を続けると――

唐突に、光の入り乱れる領域を通り抜けられた。

「海！」

大海原が広がっている。いくつか小島も浮かんでいた。ただし、大きな陸地は東西南北のいずれにも見当たらない。なにより海が青い。あざやかすぎるほどのマリンブルー。明らかに兵庫県神戸市の景色ではなかった。

「あれは船……？」

梨於奈の見下ろす海を、数隻の『帆船』が進んでいた。

船体は流線型で、一〇メートルほどの長さの木造船であった。人類がまだガレー船を発明する前、古代技術を駆使して製作したものと同じだ。

「この世界がギリシア神話に準じるなら。技術や文化のレベルはミケーネ文明に相当すると考えられますね……」

船団の進行方向とは逆の空が――真っ暗だった。

ぶあつい雨雲が立ちこめている。梨於奈はツバメの翼をめっぱい広げて、風に乗った。雨雲のたちこめる方角へと突きすすむ強風だった。ぐんぐん進む。

「あんなところに人が!?」

雨雲の下、岩ばかりが目立つ孤島。中心部は峻険(しゅんけん)な山で、大きく盛り上がっていた。

この山頂に——壮年の男が仁王(におう)立ちしていた。

トーガに似た白い衣(ころも)をまとっている。豊かな髪も、髭(ひげ)も、巻き毛だった。

そして何より神々(こうごう)しいオーラ。荘厳(そうごん)とさえいえる白い輝きをその身より放ち、ひれ伏したくなるほどの——威厳をただよわせていた。

「絶対に人間ではありません！　あれはまさか……!?」

髭男の放つ白い光。これがいきなりふくれあがり、そのまま『光の柱』となって、孤島の山頂と雨雲の間を結ぶ。

髭男はいきなり、梨於奈の知らない言語で朗々と叫んだ。

「××××××、××××××××！　××××××、×××××××！」

声まで神々しい。堂々たる厚みをそなえている。

梨於奈はとっさに魂を研ぎすませた。未知の言語と己(おのれ)の言語感覚を〝同調〟させて、短時間でその言語を習得する——《通訳術》を使うためだ。

「印欧語(いんおうご)系の……ギリシア祖語？　やっぱり！」

幸いにも、彼女が知る古代言語のひとつとよく似ていた。おかげでたちまち理解できるようになった。髭の男はこう言っているのだ。

「余……ウスの苛立ちを知れ、空よ。雷鳴響かせるクロノスの子、雲を呼ぶ者、荒れくるう君とは余のことにほかならぬ。さあ北風よ、極北の地より駆けつけよ。嵐を運ぶ南風、疾く馳せ参じよ。西風、東風も遅れるな！」

いきなり強い雨がばしゃばしゃ降ってきた。

雷もさかんに落ちてくる。風もさらに威力を増して、小さなツバメに過ぎない梨於奈の体をあっさりふきとばしてしまう。

嵐のはじまりだった。髭男が起こしたものにちがいなかった。

「ひとときの憂さ晴らし、神々の王は暴風どもの戯れを所望するぞ！」

髭男——いや。まちがいない。梨於奈は確信した。

彼こそがギリシア神話における最高位の存在。《嵐の神》。その神名の語源は天空を意味する印欧祖語『DYEUS』である。

「神々の王ゼウス……！」

ツバメの翼では暴風にあらがえない。為す術なく彼方へ飛ばされる。

梨於奈はそれでも懸命に呪力を高めて、自由を取りもどそうとした。小さなツバメの身では無理でも、こちらには切り札が——

『地上人よ。そこまでにしてもらおう』

雷鳴のごとき一声が天に鳴りひびいた。それは少女の声ながら、ひどく凜々しい声音であった。次の瞬間、梨於奈の意識はあっさり暗転していった……。

ぽつ。ぽつ。雨粒を頰に感じて、梨於奈はめざめた。

ツバメへの変化（へんげ）は解けて、人間の姿でコンクリートの地面につっぷしていた。すぐに起きあがる。目の前は海で、ここは港だった。

「ここは神戸港――」

すこし先の海上に『島』が浮かんでいた。神戸市の人工島ポートアイランドだ。

そこには星雲めいた光の渦もあった。さっき飛びこんだ空間歪曲（わいきょく）である。左手首の腕時計をチェック。異世界突入から三〇分しか経（た）っていない。

「よりにもよって、あの神と遭遇するなんて……」

つぶやいた刹那（せつな）、梨於奈はぞっとした。強大な気を感じたからだ。

海辺に植えた椰子（やし）の木――その梢（こずえ）にフクロウが止まっていた。

空に満ちる雨雲のせいで暗いとはいえ、まだ午後三時にもなっていない。夜行性の猛禽（もうきん）が活動するには早すぎる。

しかも、このフクロウが人語を発した。

「不作法だな、地上人よ。われらが《神域》に許しもなく立ち入るとは」

少女の声。〝向こう側〟で意識を失う直前に聞いた声と同じだった。

ある直感がこみあげてきた。このフクロウはさっきの《嵐の神》と――同じ種族にちがいないと。つまり――神。

　梨於奈はごくりと息を呑んだ。が、意を決して、返事する。

「では許しを得れば……あちらを訪れてもよいのですか？」

「どうせ無駄な旅となる。やめておけ。あの神域はいずれ滅びる運命なのだから……。わざわざ渦中に飛びこむ必要などない」

　フクロウは少女の声で、不吉な予言を口にした。

「そして、その滅びは……そなたらの地上にも必ず伝わり、未曾有の災厄を引きおこす鍵となろう。これ、このように」

　雨粒に頬を打たれて、梨於奈はハッと空を見上げた。

　降りはじめていた雨、ついに勢いを強め、ばしゃばしゃ大地を打っていく。

　強風も吹きつけてきた。雷鳴も鳴りひびく。いきなりの豪雨と大風、雷の乱舞。

　嵐が到来したのだ。

　目の前の大阪湾、海面が激しい波で揺さぶられている。大荒れだ。

　ずぶ濡れになりながら梨於奈は思い出す。神話の世界でも同じことが起きていた！

「この嵐、あちら側でゼウスが起こしたものと――同じですね!?」

「聡いな、地上の娘よ」

　フクロウは鷹揚に認めた。

「いかにも。天空の王なる大神が呼んだ風雨の精ども……あやつらが時と空を越えて、こちらにもやってきたのだ。しかし安堵せよ。これは神の戯れに過ぎず、怒りではない。そう長くはつづかぬ。……今はまだ、な」

不吉な予言をしたフクロウに、じっと見つめられている。

それだけで梨於奈の全身が冷たくなった。いや、それどころか腰から下が『石』と化していた！　肉体だけでなく衣服の生地や革靴まで！

「な、何をなさるのですか……？」

「おお？　許せ、娘。気づかぬうちにそなたの体を苛んでいたようだ。この姿では『瞳』の力が強くなって、どうもいかんな」

梨於奈を襲った石化は腰から上へと、範囲をさらに広げていった。

いまや首のすぐ下まで冷たい石と成りはてている。このままでは一箇の石像となる以外にない。梨於奈が覚悟を決めかけたとき。

「君たち、ちょっと待ってくれ」

フクロウと梨於奈の間に、第三の人物がいきなり割りこんできた。

まだ若い、大学生風の青年だった。彼は石になりかけた梨於奈を背中にかばい、フクロウをまっすぐ見つめた。

「言葉をしゃべるフクロウには驚いたけど。事情はどうであれ、女の子にひどいことをするのは見過ごせないな」

青年は髪を明るい色に染めていた。人当たりはよさそうで、言葉遣いも態度も親しげ。つまりチャラい。しかし、その表現がやや不似合いなほど、顔立ちはきれいにととのっていた。話し方にも品がある。

青年は神とおぼしきフクロウへ、和やかに訴えた。

「僕は六波羅蓮。よかったら、僕とすこし話をしよう」

「なぜだ、地上の若者よ？」

「そうしたら僕たち、友達になれるかもしれない」

バカな提案を……。あきれた瞬間、梨於奈の意識がうすれかけた。

なんとか堪えたものの、青年の右肩あたりがぼやけて見える。そこに霊的な何かが取り憑いているかのように。石像となりかけている影響だろうか。

そして、おめでたい青年をフクロウはしばらく見つめてから――

「……………フッ」

失笑を洩らして、ばさりと飛び立った。

激しい風雨も一切気にせず、嵐の空へと上昇していく。

直後、梨於奈の石化も解けた。石となっていた肉体や衣服、もとどおりになっている。見逃してもらえたのだ。だというのに。

「おーい！　もうすこし僕につきあってよ！」

青年はフクロウを追いかけて、依然として大荒れの海のそばまで走っていった。

だが、その瞬間に大きな荒波が押しよせてきた。

「うわああああああああっ!?」

引き波によって青年が海へ引きずりこまれるのを、梨於奈はたしかに見た。

3

晴天の朝――。嵐の一夜が明けた。

神戸市三宮の街頭ビジョンでは、ニュースが流れていた。

「……神戸市内に発令された空間災害警報はいまだ解除されず――」

「昨夜の局地的豪雨による関西地方の被害は――死者、すでに一七二名……」

「該当地域の避難指示はいまだ継続中……」

「現在、兵庫県内では――村が孤立状態となり……」

街中いたるところが濡れて、暴風でふきとばされた物も散乱していた。

葉っぱ、木の枝、紙類、看板など。さらに根元から折れた街路樹、風でひっくりかえされた自動車などまでも。

ひとり街を歩きながら、梨於奈は眉をひそめた。仏頂面である。

「昨日の意味不明なお節介さん、どうなったのでしょう……?」

梨於奈はスマホをチェックして、肩をすくめた。

「二〇歳前後の男性が水死した情報は二件。どちらかがあの野次馬さんかも……」

はっきり言って、間抜けで緊張感のない青年だった。

しかし、彼のおかげで命拾いできた面もある。それに何より。わざわざ梨於奈を助けようと思わなければ、彼の身に危険がおよぶこともなかったはず――。

その自覚と罪悪感が梨於奈を不機嫌にさせていた。

「あのエリアは避難命令が発令中だから、一般市民は誰もいないはずだったのに！」

よほど命知らずの野次馬、だったのだろうか？

愚痴りながら、梨於奈は大きな鳥居をくぐった。繁華街・三宮から歩いてこられる距離に、大きな神社と鎮守の森があるのだ。


「これが――向こう側でわたしが目撃した諸々です、県知事閣下」

「あ、ああ。君が無事に帰還できて何よりだよ。私の方は見てのとおりだが」

「骨にひびが入ったとうかがっております。よかったですね。その程度でしたら、まだまだ無理も利きます。わたしといっしょに粉骨砕身の精神でがんばりましょう♪」

「い、いや。医者から緊急入院を勧められていてねっ」

社務所内の広い和室で、梨於奈は正座していた。

向かい側であせる兵庫県知事はあぐらだ。頭と右腕に包帯を巻いている。特に腕の方は三角巾でつっていた。

ふたりの間には十数枚の写真がある。被写体は神々しき《嵐の神》、古代の帆船、飛び去るフクロウなどだ。目撃したものや記憶の一コマをフィルムなどに転写する——《念写術》によって用意した資料であった。

ちなみに梨於奈と県知事から、すこし離れた場所では。

梨於奈の同僚、《神祇院》のメンバーたちが話しこんでいた。白い着物に袴の神職や巫女さんもいれば、スーツ姿、僧衣の人物もいる。皆、同じ資料写真を見ていた。

「鳥羽宗家の若長があちらで目撃した神……」

「やはり、あらゆる特徴が〝ぜうす〟と一致している、か」

「神戸以外にも、ギリシア神話とつながった空間歪曲はどこかにないのか……？」

同僚たちの話し合いを耳にして、県知事は眉をひそめた。

「なにか『ゼウス』という名前が聞こえてくるな……」

「たぶん、県知事閣下もご存じのゼウスでまちがいないと思います。ギリシア神話と、チョコのお菓子のおまけシールでおなじみの彼です」

「……ほう」

「そして、神戸市内の空間歪曲はいまだ健在。〝世界で最も有名な嵐の神ゼウス〟のいる世界とつながっている状態ですから——彼が荒ぶるたびに、昨日のような大嵐がやってくる可能性もあるでしょう」

「…………」

「ちなみにゼウスの兄は津波と地震を起こす海神ポセイドン。災害対策チームの天敵のような兄弟です。弟を確認できた以上、兄もどこかにいると考えるべきでしょうね……」

「むしろ考えすぎだろう。ちょっと悲観的すぎないか」

「顧問官として提案します。わたしと県知事閣下であらためて神話世界に潜入し、内部調査をすべしと。空間歪曲の消去方法を模索するのです」

「わ、私は怪我人なんだ！　誰か代役を立てるべきだ！」

「では防衛大臣クラスをお呼びいただけますか？　県庁の防災課長あたりでは、わたしのご主人さまはつとまりませんから」

「そ、そんなこと、できるはずないだろうっ！」

なにかしら大きな責務や、宿命のような〝格〟を背負った人物でなければ、八咫烏の主たりえない。それが梨於奈の力を解放するための――ルールなのである。

議論が膠着していたとき、梨於奈のスマホに電話の着信があった。

「……はい。えっ？　新しい『主』を確保した？　結社《カンピオーネス》？　ああ、あの南欧の古豪……あそこに所属する――ヨーロッパ帰りの日本人!?」

それは《神祇院》上層部からの連絡であった。

4

嵐の一夜が明けて、晴天の朝。

神戸（こうべ）港から大阪湾を眺めながら、六波羅蓮（ろくはられん）は途方に暮れていた。

「参ったな。あいかわらず道路は封鎖（ふうさ）されて、電車も止まったまま。ポートアイランドに渡る方法は何もなし。昨日の子がどうなったかもわからないし……」

昨日もこの近辺をうろついていた蓮。たまたま見つけた『あやしすぎるフクロウの力で石にされかかった女の子』を助けにいって、結局、嵐の海に落ちた。

それでも自力で陸まで泳ぎつき、濡れねずみで神戸市郊外の安宿に帰還した。

我ながら感心するほどのしぶとさ、生命力である。

「こうなったら、ジュリオのコネが上手（うま）く通用していることに期待しよう」

となれば、定時連絡を行う必要がある。

妙な巡り合わせで『南ヨーロッパの秘密結社！』のバイトをはじめて以来、スマホの類（たぐい）は事あるごとに水没・破損の憂（う）き目に遭（あ）っている。だったら最初から持たない方が――と、自前で持つのはやめてしまった。

必要なときは、誰かに借りることにしている。

ただし、ここには自分以外の誰もいない。ポートアイランド近隣に避難命令が発令された影響だろう。だから、蓮は虚空へ呼びかけた。

「ステラ。ステラ。ジュリオが君にあずけたスマホ、貸してくれない？」

「気やすく呼ばないでいただける、蓮」

目の前の地面から――少女の不機嫌そうな声だけが湧き出てきた。

「あのフクロウ女ごときの前で不覚を取った大失態——全部、見ていたわ。本当、恥さらしもいいところ。そんな男に呼び出されたくないわね」

「昨日のフクロウ、もしかして君の知り合い？」

「下衆な言葉で言うところの腐れ縁。深く追及しないで頂戴。それよりも蓮、命を無駄にしたいのなら、その海にもう一度飛びこんだらいかが？　そうなれば、あたしもあなたのお守りなんて俗事とは縁が切れるし……」

　話し相手の少女はあいかわらず声だけ。蓮はすぐさま謝罪した。

「心配させちゃったようだね。ごめん、ステラ」

「……今の言葉をどう聞いたら、そう思えるのかしら？　バカではなくて？」

「そこはほら。君の真心を僕の第六感が感じとった、みたいな。当たりだろう？」

「か、勝手に決めつけないでっ。それはまあ、獣同然の下賤な下郎であっても、それなりに縁があった以上、気にかけてあげるのもやぶさかではないけど……」

「で、さっきの話。スマホ、貸してくれないかな？」

「あんな俗塵にまみれまくった道具、あたしが後生大事にかかえているとお思い？」

「思うよ。僕に必要なものを、ステラが捨てるわけない」

「……もうっ。本当に世話の焼ける男！」

　蓮の足元に、防水仕様のスマートフォンが忽然と現れた。

　相棒はなんだかんだで六波羅蓮には甘いのだ。感謝の気持ちと共にスマホを拾い、通信アプリを立ちあげる。

液晶に表示された〝上司〟の顔は、いつもどおり秀麗だった。

貴公子然とした黒髪のラテン美男子。彼こそが結社《カンピオーネス》の総帥である。

「やあジュリオ。フリーパスの件、どうなった？」

「問題ない。オレの家門とつきあいのある日本の旧家を介して宮内庁と《神祇院》に働きかけた結果、全て上手くいった」

「ええと、何それ？　宮内庁じゃない方」

「日本の呪術と神事祭礼をひそかにとりまとめる祭祀機関――と言っても、おまえにはわかるまい。日本における魔術師のギルドだと思っておけ」

「了解。日本にもジュリオたちみたいな魔法使いがいたんだね」

「日本は神秘科學の〝本場〟のひとつだぞ。そして幸運にも《神祇院》のエースが事態の収拾に当たっていた。大陰陽師・安倍晴明の師匠筋――賀茂氏の末裔だ。交渉の結果、彼女をおまえの案内人として確保することにも成功した」

「前から思っていたけど、ジュリオは僕よりも日本文化にくわしいよね？」

「だろうな。おそらくおまえは知るまいが、彼女は霊鳥《八咫烏》の化身、生まれ変わりでもある。わかりやすく言うと〝火の鳥〟だな」

「相当すごい人みたいだね……。ところで僕の方も報告がある」

蓮はおもむろに話題を変えた。

「昨日すこしドジをして、ステラがへそを曲げた。姿を見せてくれない」

「どうにかしろ。まあ、おまえには甘い彼女のことだ。いざとなれば何事もなかったように手助けしてくれるかもしれんが……」

「そう願いたいよね。ステラがいなかったら、僕は只(ただ)の役立たずだ」

蓮は手帳を取り出した。ここ数カ月で何度もいっしょに水没した愛用品だ。

紙はとっくにごわごわだった。だが耐水インクのおかげでメモした内容は読める。とあるページに『ある程度コネの効く神さまとその傾向！』が記してあった。昨日、ジュリオに報告したものだ。

「そういえばジュリオ。今度の世界はどんなところだった？」

「古代ギリシアの詩人ホメロス……彼の叙事詩(じょじし)『イリアス』と『オデュッセイア』の舞台だ。その中心トロイアの都まで、日本の陰陽師に案内してもらえ」

通話が終わった。暗くなったスマホの液晶に、蓮の顔が映っている。

線は細く、ときどき女性から『王子さまっぽい！』とも言われる顔立ちだ。

美容師見習いの友人にブリーチやヘアカラーの練習をさせるせいで、髪の色はずいぶんと明るい。

そして、南欧(なんおう)を拠点(きょてん)とする魔術結社《カンピオーネス》の工作員(エージェント)。

それがスペイン留学中の日本人、六波羅蓮の肩書きだった。

二時間後、蓮は待ち合わせ場所を訪れた。

神戸市三宮にある大きな神社の境内では、見覚えのある少女が待っていた。

お嬢さま学校のブレザーを着た高校生ながら、むしろ『女王』と呼びたくなるような——威厳と力強さの持ち主だった。

「ああ。ジュリオが言ってた案内の人って、君だったのか」

「あ——あなたは！」

「また会ったね。僕は六波羅蓮。これからよろしく」

若き陰陽道の大家・鳥羽梨於奈と六波羅蓮、再会の瞬間だった。

5

奇しき縁の糸に導かれて、運命的に再会できたというのに。

鳥羽梨於奈嬢は虫のいどころが悪そうに眉をひそめ、冷ややかに言った。

「では六波羅さん。最初にお話ししておくことがあります」

「蓮でいいよ。僕も君のこと、梨於奈って呼ぶから」

「……いきなり呼び捨てですか。さすがヨーロッパ帰りの魔術師、あちらの流儀に染まっていらっしゃるのですね」

梨於奈の誤解に気づいて、蓮はにこやかに言った。

「ちがうちがう。僕はたしかにスペイン帰りだけど。向こうに行く前から、こんな感じ」

「礼儀作法については、ざっくばらんだったと？」

「うん。あと、魔法とかさっぱり使えない」

「……たしかに素人(しろうと)としか思えない雰囲気ですね、六波羅さんは」

「呼び捨てでいいのにな。まあ、とにかく梨於奈(りおな)の言うとおり、魔法とかに関しては本当にど素人でね。取り柄(え)といえば、ふつうよりもすこし逃げ足が速いくらいで。体力と足には自信があるんだ」

「そんな方がどうして危険な任務に送りこまれるのか、理解に苦しみます」

「僕が〝ある人〟に気に入られているから、なんだけど。ただ昨日怒らせちゃったんで、今はちょっと適任ではないかもね……」

「……いいでしょう。全て了解いたしました」

　梨於奈はいきなり優雅に微笑んだ。ゆるやかにウエーブした髪もつややかで、どこの御令嬢かと思うほどのエレガントさ。だというのに、彼女の目は『野鼠(のねずみ)を狩る鷹(たか)』のような気配をじんわり漂わせていた……。

「もともと、ど素人の県知事を無理矢理連れていく予定でしたからね。新しい臨時ご主人さまが無能な太平楽でも、気にしないことにします。《カンピオーネス》ほどの結社から派遣された使節であれば、このわたしの『主(あるじ)』となるに十分な格もありますし」

「ねえ梨於奈。主とかご主人さまって、どういうこと？」

「あとでくわしく教えて差し上げます。それさえも知らない素人さんだなんて、いっそすがすがしいですね……と、皮肉を申し上げておきましょう」

「ははははは。自分で皮肉とか言っちゃう人なんだねえ、梨於奈は」

「それにあなた方の活動には、わたしもかねがね敬意を抱いておりました」

今度は一転して、梨於奈はまじめな口ぶりで言った。

「近年、世界各地に現れる空間歪曲と……その先に存在する神話世界について、最も熱心に研究されているのが結社《カンピオーネス》ですからね。あなた方がネットで公開している情報、わたしたちも今回、大いに参考にさせていただきました」

「ああ。うちがやってるっていう会員制のデータベースか」

「それで六波羅さん。ずばりおうかがいしますが、ここ神戸に現れた空間歪曲、どこの神話世界につながっているのですか？」

「サンクチュアリ・トロイア。うちのジュリオはそう言ってたよ」

蓮が答えるなり、梨於奈は即座にうなずいた。

「……あなたたちの報告書で読みました。現在、三つの空間歪曲との結合が確認されている神話世界。イタリアのシチリア島、トルコ領のキプロス島、それからインドネシアに出現した空間歪曲を越えていくと、その先はいずれも《トロイア戦争》の世界だったという――」

満足したのか、梨於奈はなんとも不敵に微笑んでみせた。

かくして、六波羅蓮はついに神戸ポートアイランドへと足を踏み入れた。

この人工島の北端、北公園。そこに出現した『光の渦』、異世界の門である空間歪曲を前にして、旅の道連れ(コンパニオン)へ訊(たず)ねる。

「ところで梨於奈。トロイアの世界って、もしかして『トロイの木馬』と関係ある?」

「そこもいずれ教えて差し上げますから、ご主人さま。今後、わたしの指示には絶対服従してください。余計なことは一切しないように。わかりましたか?」

主と呼びつつも、明らかにそう思っていない口ぶりだった。

一筋縄ではいかない梨於奈へ、蓮はにこやかに即答する。

「それは約束できないよ。僕の力は本当に微力だし、わからないことばかりだけど。僕の力と判断が何かの役に立つときも……あるかもしれないだろう?」

「まあ、器用なご主人さまですね。起きながら寝言をおっしゃるなんて」

六波羅蓮と鳥羽(とば)梨於奈、紆余曲折(うよきょくせつ)の末に急造の主従(?)となった両名。

いよいよ旅立ちのときだった。梨於奈は言った。

「さあ六波羅さん。このわたし——八咫烏(やたがらす)の化身(けしん)に命じなさい。我をサンクチュアリ・トロイアの中心にまで導け、急急如律令(きゅうきゅうにょりつりょう)と」

「了解。じゃあ、その辺いろいろ頼むよ梨於奈!」

「まかせてください。では——往(い)きます」

一瞬、梨於奈の瞳が青い輝きを放った。

その光の妖しさに驚いた蓮の左手首を——梨於奈がいきなりつかむ。

直後、ふたりは青い光につつまれて、飛び立った。目の前に立ちはだかる光の集合体、星雲に酷似した空間歪曲のなかへ！

「わああっ!?」

「《飛翔術》といいます。鳥に変化する方が疲れなくていいのですけど、今回は六波羅さんもいるので、こちらを使います」

光。光。光。蓮の視界は万華鏡のごとき光の乱舞で占領された。

この領域を一気に突っ切って——

「あっ、すごいな。地中海に来たみたいだ！」

蓮は感嘆した。眼下にはあざやかなマリンブルーの海。今、突きすすんでいる空もひたすら青い。地球上ではなく、異世界の海と空だった。

ちなみに、さっき蓮の手首をつかんだ梨於奈——その姿が消えていた。

彼女は青き光のかたまりとなって、蓮を保護しながら高速飛行しているのだ。

『向こうに陸地と——港が見えます。行ってみましょう』

耳元で梨於奈のささやき声だけが聞こえた。さらに加速。ある方角めざして、梨於奈の光はまっすぐ飛んでいく。しかし、風圧や高空の寒さが蓮を苛んだりはしない。

そして、ついに港街が見えてきた。

日干し煉瓦とおぼしき建材で造られた家が、数百軒は集まっている。

海辺の街だった。船着き場には、木の小舟が数十隻ほど係留されている。現代日本の感覚では決して『港』と呼ぶほどの規模ではない。

しかし一隻だけ、おそろしく大きな帆船が街の近くに停泊していた。

『戦闘中のようですね』

「戦闘……っていうには、かなり一方的なような」

下界では、住民らしき人々が次々と虐殺されていた。

ただし、殺す側は人間ではない。十数匹の〝人間型モンスター〟だった。

みんな巨体で、身の丈二メートル半から三メートルはある。それだけの体格で斧や棍棒を豪快に振りまわし──人々を無惨にぶった切り、押しつぶしている！

勇猛・残忍な巨人ども、頭部がそろって『牛』だった。それも闘牛、猛々しくも残忍な猛獣の面構えだった。そして鎧も、兜も身につけていない。

腰布を巻いただけで、逞しい裸形と筋肉をあらわにしていた──。

『牛の頭を持つ怪物、ミノタウロス。これもギリシア神話のモンスターでしたね』

6

蓮と、人間の姿にもどった梨於奈はとある家の屋根に降り立った。

平屋建ての、素朴な一軒家だった。やはり建材は日干し煉瓦のようである。これは木・石材のすくない地域で多用されるらしい。

街のそこかしこで、牛頭巨人による殺戮が繰りひろげられていた。

獰猛なミノタウロスたちは散り散りになって、思い思いに獲物を物色し、草でも刈るようにして町の人間を殺してまわっているのだ。

バカ力にまかせて、重い棍棒で、かよわい人間の頭蓋をたたき割る。

たいして切れ味のよくなさそうな斧で、力まかせに人間の腹をぶった切る。

単なる乱暴な足蹴りで、人間ども二、三人をまとめて、文字どおりに蹴散らす。

十数匹いるミノタウロスたちは例外なく怪力で、そのうえ野獣のしなやかさと機敏さをもそなえた肉体自慢で、残虐かつ猛々しく、血に酔っている――。

暴力。血。殺戮。暴力。血。殺戮。

凄惨な景色を屋根の上から見おろして、蓮はつぶやいた。

「日本でいったら、銃のない街に暴れ熊が群れで現れたようなものだよ……」

「それでも抵抗しないと、血に飢えた獣はどんどん調子づきます」

梨於奈もつぶやいた。そう。人間たちは決して無抵抗ではない。

必死に、懸命に、ミノタウロスどもに立ち向かう男たちもいる。街の男衆だろう。漁師、農夫とおぼしき彼らはしっかり日焼けして、逞しい。

着衣こそ簡素な平服だが、みんな、武器やその代用になるものを持っている。

剣、槍、弓矢、鍬、鋤、銛など――。しかし、それらでミノタウロスに手傷をあたえることはできても、なかなか討ち取るまでにはいたらない。

　力の差がありすぎるのだ。まさしく怒れる熊と、ひよわな人間ほどに。

「うっ。あの連中、なんてことをするんだ」

「ミノス王が迷宮に閉じこめたミノタウロスにも……食糧として少年少女をあたえていたと言いますからね……」

　非力な女・子供を惨殺したミノタウロスがいた。

　しとめた獲物のやわらかさに惹かれたらしい。やにわに手足や腹にかぶりつき、肉を食いちぎり、骨を噛みくだいていた。そして口に入れたものを嚥下して――

　見れば、同様の真似をする牛頭巨人はすくなくない。

　惨劇の現場と化した街を――仏頂面で見わたしながら、梨於奈が言った。

「……それでどうなさいますか、ご主人さま？　危険を避けるおつもりがあるのなら、そろそろ出発すべきですけど」

「……そうだね。じゃあ、ここからはおたがい自由行動だ」

　護衛兼案内役の少女へ、蓮は言った。

「梨於奈。君は何か――したいことがあるから下に降りたんだろう？　そうでなかったら、あのまま街の上を横切ればいいだけだし」

「意外と鋭いですね、六波羅さん」

「もしかして君、人命救助をしたいのかな？」

「一応、同じ人間ですからね。あと、血なまぐさい最前線で六波羅さんがどれだけとり乱すか――チェックしようと思いました。あなたの肝っ玉がどれくらいか、てっとりばやく確認しておこうと」

冷ややかに梨於奈は告げた。

「わかっていた方が、今後の方針を決めやすくなりますから」

「ああ。そういうつもりだったのか」

蓮が苦笑いしたとき、「ふぅぅぅっ！」と荒い鼻息が聞こえてきた。ふたりのいる屋根の上にミノタウロスの一匹がよじのぼってきたのだ！

すかさず梨於奈がスカートの下より、拳銃を引き抜く。

「雷天大壮、貞しきに利し！」

ガンガンッ！　言霊と《式》を銃弾二発に込めて、梨於奈はミノタウロスの巨体をほぼ一瞬で爆散させた。

「六波羅さんはこのあたりから動かないで、わたしが戻るのを待っていてください。暴れ牛をまとめてかたづけてきま――六波羅さん？」

梨於奈の豪語。しかし、蓮は最後まで聞いていなかった。

実はミノタウロスの気配を感じた瞬間に、屋根から飛び降りていたのである。

「ごめんごめん。梨於奈の心配はいらないとわかってたから、つい」

屋根の上にいる凄腕の仲間へ、蓮は地上から声をかけた。

「僕は足手まといになるだろうから、適当にふらふらしているよ。怪物たちのこと、上手(うま)いようにやってくれ！」

「……顕現(けんげん)」

ひとりきりになった瞬間、梨於奈は簡素な言霊を唱えた。

変身がはじまる。小さなツバメなどではなく、今度は黄金色の鳳凰(ほうおう)へ——。

大きく翼を広げて、ふたたび空へと舞いあがった。

翼長、実に二〇メートルを超している。羽毛は黄金に光り輝き、『金翅鳥(こんじちょう)』と呼ぶべき神々(こうごう)しさを宿していた。全体に細身で、孔雀(くじゃく)に近いシルエットであり、切れ長の瞳はいかなる人間の美女もおよばない憂(うれ)いを帯びている……。

足は三本。これこそ霊鳥《八咫烏(やたがらす)》としての姿。

人よりも神に近しきもの、鳥羽(とば)梨於奈の〝本性〟であった。

ギリシア神話の領域サンクチュアリ・トロイアの空はすがすがしいほどに青く、代わりに地上は殺戮の巷(ちまた)である。

梨於奈は八咫烏の化身(けしん)として、聖なる火の言霊を唱えた。

「神火清明(しんかせいめい)——」

本当なら、街と港ごとミノタウロスどもを灼(や)き尽くす方がてっとりばやい。

しかし、それはいかに神の使いといえども暴虐が過ぎる。ならば。

「かけまくもかしこき吾が皇神のおおまえにかしこみもうさく……燃ゆる火と吾が呪詛を以て、祓い給え清め給え――」

金翅鳥の姿で悠々と天を滑空しながら、梨於奈はさらに唱えた。

詠唱が進むと同時に――地上に〝天の裁き〟が下っていく。梨於奈が大きく広げた黄金の翼から、さらさらと火の粉が落ちていったのである。

海と港街、街の人間たち、彼らの亡骸、そして牛頭の怪物どもに向けて。

何かの上に落ちた火の粉は粉雪のごとく、はかなく消滅していった。ただし、ミノタウロスどもだけは――瞬時に燃えあがらせる。

牛頭人身の巨体はたちまち火の柱となり、街のあちこちで焔上をはじめた！

「火の鳥からの――神罰を受けなさい！」

八咫烏の化身として空を舞いながら、梨於奈はおごそかに告げた。

神祇書・延喜式にいわく、八咫烏は日之精。すなわち太陽の精霊なり。焔と光を自在に操る存在なのだ。

梨於奈の決めた〝標的〟だけを燃やすなど、児戯にも等しい。

そして、火の粉は――海辺に停泊する帆船にも降りかかっていった。

おそらくミノタウロスどもはこれに乗って、港街まで来たはず。海賊さながらに。そして当然のように、帆船も一気に燃えあがった。

「これで怪物どもは全滅……では、ないようですね」

八咫烏の姿のまま、梨於奈は酷薄に笑った。

燃えあがる帆船の焔のなかから、一匹のミノタウロスが外へ走り出てきたからだ。

しかも、この一匹は天上の焔を――自力で消し去った。闘牛のごとく全力疾走することで火焔を振りはらったのだ！

「ｍｍｍＷｏｏｏｏｏｏｏｏｏｏｏｏｏｈ！」

猛牛さながらの咆哮。直後、船より出てきたミノタウロスは巨大化した。

もとより身長三メートルを超す巨体だった。それがいきなり十倍近い体軀へと、膨張してしまったのである。

「まあ。怪獣かウルトラマンかというサイズになって！」

封印解除なしでも、梨於奈はきわめて卓抜した呪術使いである。

しかし、八咫烏への変化をはじめとする最秘奥レベルの呪法には、やはり『主』による許可が必須となる。

ひさしぶりの自由を謳歌すべく、梨於奈は闘志を燃やした。

霊鳥・八咫烏の嘴がほのかに開く。人間の姿であれば、微笑したところだ。

「あの大牛さんはさしずめ、クレタ島から派遣された将軍というところかしら？　トロイアの都を攻め滅ぼすために――」

「ｍｍｍＷｏｏｏｏｏｏｏｏｏｏｏｏｏｈ！」

上空で優雅に微笑む八咫烏へ、巨大ミノタウロスが吠えた。

それだけで大地が揺れる。港街を形作っていた煉瓦がぼろぼろと崩れ、砕け散る。この咆哮が空気を揺らし、局地的な地震まで起こしているのだ。しかも。

梨於奈＝八咫烏の上に、重圧がのしかかってきた。

今まで悠々と空を舞っていたのに、いきなり翼が重くなった。

落ちる。落ちる。どんどん高度が落ちていく。このままでは大地に激突してしまう！

「小癪な真似をしますね！」

八咫烏と化した梨於奈は、体内の呪力を高めた。

仕掛けられた呪術を振りはらうためだ。八咫烏が火を操るように、巨大ミノタウロスも大地の精を操るのだろう。敵は天を往く霊鳥に呪詛をかけてきた。

汝、我が母なる大地へ失墜せよ、と――。

「mmmWoooooooooooooooh！」

「火と日の秘詞、諸々の罪穢れを禊ぎ、祓い給え！」

大地の言霊と、火の言霊。

ミノタウロスの将と、太陽の鳥・八咫烏の術比べ。

大地に墜落させようとする呪力に、梨於奈は必死にあらがった。ここを乗り切って、必ず反撃の一手をたたきこむ――つもりだった。しかし。

「六波羅さん……？」

高空より俯瞰する〝鳥の目〟で主の姿を見つけてしまった。

便宜上(べんぎじょう)のご主人さま・六波羅蓮は、いつのまにか港の船着き場にやってきていた。

「よりにもよって、いちばんの危険地帯をふらふらしなくてもいいでしょうに！」

残念ながら、梨於奈の怒りは彼にとどいていなかった。

「mmmWooooooooooooooooh！」

大ミノタウロスが吠えている。それに応じて、地面もぐらぐら揺れる。まるで地震だ。生きのびていた港街の人々はみんな大地に伏して、なにやら祈っていた。

しかし、六波羅蓮は地震に慣れた日本人である。

「これなら、震度三くらいかな……」

つぶやきながら、船着き場まで走った。大ミノタウロスに近づくためである。

身の丈なんと三〇メートル級に達した牛頭のモンスター。彼は浅瀬のなかで仁王立(におうだ)ちしながら、天を往く黄金の巨鳥へ咆哮していた。

「mmmWoooooooooooooooooh！　mmmWooooooooooooooooh！　mmmWoooooooooooooooooh！」

「ステラ。ステラ。そろそろ拗(す)ねるのをやめてもらえると助かるな」

近くには誰もいない。虚空(こくう)に向けて、蓮は呼びかけた。

「僕には——君の助けが必要なんだ」

「ふん。妙な鳥娘に取り入ろうとしていたくせに、殊勝(しゅしょう)なことを言うわね。まあ、あんな魔女ごときより、このあたしを頼る方がたしかに賢明でしょうけど」

どうやら鳥羽梨於奈の登場で対抗心を刺激されていたのか。

思いのほか、あっさりと——相棒は姿を現した。

目の前の地面から、ひとりの少女が泡（あわ）のように湧き出てきた。一二、三歳だろう。幼い顔つきながらも絶世、傾国（けいこく）と呼んでいいほどに美貌だった。みごとな金髪をツインテールにまとめている。彼女こそが六波羅蓮の相棒、ステラなのだ。

ただし——

身長三〇センチ前後。人形同然のサイズであったが。

「じゃあステラ。例のやつをまた頼むよ」

「あたしに軽々しく言いつけないで頂戴（ちょうだい）。下賤（げせん）の生まれの分際でっ」

ステラは、白い生地（きじ）を体に巻きつけただけの衣装であった。美術館で女神像などが似た格好をしている。メリハリのあるプロポーションがよくわかる。顔立ちの幼さの割に、かなり発育がいいと言えた。

蓮はその小さく、可憐（かれん）な体を抱きあげて、自分の右肩に腰かけさせた。

すると彼女の腰に巻かれた白い帯が——薔薇（ばら）色に輝き出す。

「さあ蓮。おまえたちが《海の星（マリス・ステラ）》と呼ぶ姫の……真の名前を唱えなさい。そして、世界に奇跡をもたらすがいいわ」

「了解。では……」

深呼吸で息をととのえて、蓮はおもむろに唱えた。

「女神アフロディーテ。君が持つ『友達の輪』を僕のために使ってくれ。僕と、あの娘と、この街の人たちを助けるために」

「友達の輪じゃなくて《友愛の帯》、女神の気高き衣装のひとつよ！」

罵りながらも、ステラの全身が薔薇色の輝きを放つ。

神の力――権能が発動した証であった。ステラは憤然と訴える。

「アフロディーテの神具をそのような異名で呼ぶなんて、本当に浅はかな男。こんな痴れ者の許しがなくては、権能を使えないなんて――――！」

ギリシア神話における〝美と愛の女神〟アフロディーテ。

その英語名・金星は『海の星』とも呼ばれるという。美しき女神の怒りを受けながら、蓮は軽やかに笑った。

「友達の輪でいいと思うけどね。君の仲良しを呼んでもらうわけだし」

「もうっ。――来ませい太陽の神アポロン、遠矢撃つ神よ。愛の女神との友情をお忘れなければ疾く駆けつけ、ひとときの援助を給わりませ！」

空で燦然と輝く太陽。その輝きがやにわに、そして強烈に強まった。気づけば蓮とステラの横に長身の美男子がたたずんでいた。

金髪の輝き、愁いを帯びた流し目、いたずらっぽく微笑む口元。

全てが美しく、魅惑的だった。しかも、彼の肉体は屈強そのもので、銀製の長弓をたずさえており、ここに黄金の矢の鏃をつがえて――

「キュプロスの女王、泡より生まれし姫君よ。お招きに応えて参上したが……まずは無粋な邪魔者をかたづけておくとしよう」

麗しき《太陽神アポロン》は射た。

銀の弓より放たれた黄金の矢、軽々と飛んだ。

すこし先で仁王立ちする大ミノタウロスの胸に、みごと突き刺さる。牛頭の怪物は『カッ』と黄金に輝いて、消滅――。蓮たちが勝利した瞬間だった。

上空では黄金の霊鳥＝鳥羽梨於奈がふたたび滑空をはじめていた。

彼女を捉えていた呪力もなくなり、自由になったのだ。

優雅に空を舞う黄金の鳥――。

しかし、霊鳥の目はなんとも胡散くさげに地上を見おろしているのだった。

第二章

chapter 2

トロイア戦争

1

「美と愛を司(つかさど)るアフロディーテの君よ。ひさしぶりだな」

太陽神アポロンはまぶしい笑顔であいさつしてきた。

「すこし前にこの聖域より出ていったようだが……外での用事は済んだのかね？」

「用事というほどのことは何も。血と汗のにおいばかりのいくさに飽(あ)きて、地上の空気を吸いに行っただけだわ」

蓮(れん)の右肩から答えるミニマム少女ステラ＝女神アフロディーテ。

生意気そうな澄まし顔である。高飛車(たかびしゃ)な物言いは同等の神が相手でも同じなのだ。そんな同胞(どうほう)をアポロンはにやにやと眺める。

「ふむ。気晴らしのついでに、やけに体も縮んでしまったと」

「じ、事情があってのこと。詮索(せんさく)無用と思(おぼ)し召せ！」

「そのうえ、新しい愛人まで見つけてきたとは」

「か――勘ちがいをなさらないで！　ここにいる蓮は駄馬同然の庶民、下賤の生まれの凡夫に過ぎない男！　女神の恋人となる資格なんて、かけらもないわ！」

狼狽するステラとは逆に、アポロンはにやにや笑っている。

その口元と切れ長の瞳はどこかひねくれており、一筋縄ではいかない曲者の雰囲気がぷんぷんしていた。

「ふふふふ。ここはそういうことにしておこうか。ともかく、これで盟友アフロディーテへの義理は果たした。わたしはそろそろ――」

「あ。ちょっと待ってくれる？　僕たちは危険な旅をはじめるところで」

すかさず蓮は口を挟んだ。

「できたらステラに免じて、旅に役立つものを借りるか頂戴できるとうれしいな」

「……ほう」

ここで初めて、アポロンは蓮を見つめた。

今までも『女神アフロディーテを乗せた荷台』として、視界には入れていただろう。だが蓮という人間自体には関心を抱いていなかったはずだ。

しかし今、ようやく太陽神アポロンは蓮を『一箇の人格』として認識した――。

「人間よ。そなたは只人の分際で神々の会話に口を挟み、女神を愛称で呼ぶのだな。そのうえ輝ける者アポロンに餞別まで無心するか……」

「だって、その程度。あなたにはたいした負担じゃないでしょう？」

何かを借りたり、無心するときにはコツがある。

相手の性格・財力・状況に応じて、お願いの仕方を変えることだ。それを一発勝負のアドリブで決めないといけない。蓮はいくつもの選択肢『誠心誠意』『平身低頭』『土下座』などから、『ちょっと図々しくおねだり』を選んだ。

ステラと話す彼を見ていて、これでいい気がしたのだ。

はたしてアポロンは〝気前のいい中東の石油王〟めいた鷹揚さで笑った。

「まあ、たしかにな。それにどうやら——麗しの女神は本来の力を封じられている様子。身を守る術があるに越したことはない、か」

「そ、そんなこと、あるわけないでしょうっ！」

ステラがあせっていた。一応、偉大な女神である。

なのに隠し事のできない性格なのだ。アポロンが微苦笑した。

「いいだろう。そなたの身と女神を守るために役立てよ。思えば、アフロディーテの姫には神界のあらゆる男子が貢ぎ物を差し出したものだ」

「みたいだね。前にステラも自慢していた」

「蓮！」

「ははは。此度我がアポロンは《太陽の矢》を——三本進呈しよう」

アポロンは三本の矢を差し出してくれた。鏃が黄金製だった。

受け取った瞬間、蓮の手の中に――全ての矢が吸いこまれてしまう。さすが神界の矢というべき奇跡であった。

「では、今度こそさらばだ。また会おう、泡より生まれし姫神よ」

太陽神アポロンの堂々たる姿、今度こそ『シュッ』と消え失せた。

この一幕、人間体にもどった鳥羽梨於奈がこれまた胡散くさそうに眺めていた……。


「じゃあ六波羅さんは、完全な無能というわけではなく」

不機嫌そうに眉をひそめて、梨於奈はつぶやいた。

「女神アフロディーテとその神具を切り札にお持ちだったんですね？」

「正確には『僕の体とひとつになった』、かな？　スペイン旅行をしてたとき、たまたま僕らの世界に出てきたステラと会ってね。そのとき彼女は誘拐されそうになっていて」

「オリュンポス十二神の一柱である女神が、ですか？」

「ステラを誘拐しようとしていたのも、同じ神様だったから」

蓮はあっさりと、数カ月前の出来事を語った。

ミノタウロスどもを撃破した直後。戦場となった港街の船着き場、そこで適当に腰かけながらのミーティングだった。

「そいつの狙いが『帯』だったんだ。そうだろう、ステラ？」

「ええ。あたし、美と愛の女神アフロディーテの帯といえば、愛慕と友愛の情を意のままに操れる神具。神々でさえ、その霊験にはあらがえない……。知っていて、鳥娘？」

蓮のすぐ隣にステラが現れていた。

わずか三〇センチ程度の背丈ながら、尊大に梨於奈へ告げる。

「神々の王ゼウスの妻、白き腕の女神ヘラはあたしの帯を借りて、夫をたぶらかしたこともあるのよ。それほど強大な神具と我が身を――ちょうど居合わせた蓮の体に隠して、危険をやり過ごしたら……」

「僕の体と切りはなせなくなったんだよ。ははははは」

「ど根性じるしのカエルとTシャツの関係になったわけですか……」

はあと梨於奈がため息をついている。

対してステラの方は、キッと蓮をにらみつけてきた。

「笑いごとじゃないわ、蓮。こんな恥さらしの身では神界にも帰れないのよ！」

「なら仕方ない。僕が死ぬまで、ずっと僕のそばにいるといい」

「な⁉　凡夫の分際で、愛の女神を妻に――伴侶に迎えるつもり？　なんて図々しい。そ、それはもちろん、今後も離れられない以上、そういう身の振り方を考える日が来るかもしれないけど、まだ――」

「あ、いや。そこまでの意味はないよ。君はそもそも人妻だっていうし」

「何のことかしら？　ふぅ、今日はすこし疲れたわ。ごきげんよう蓮、鳥娘」

いきなりステラはすっとぼけて、姿を消した。

魔術や神話について、蓮はまったくの素人である。それでも女神アフロディーテに『夫』がいるという話、聞き覚えがあった。

この話題になると、ステラはすぐに隠れてしまう。蓮は肩をすくめた。

「僕はふだん、スペインで貧乏留学生をやっているんだけどね。ステラのおかげで今のバイトに採用してもらえたんだ。魔法使いの会社——じゃなくて結社《カンピオーネス》に」

「そのことですが、六波羅さん」

じろりと、梨於奈がにらんできた。

「あなたにアフロディーテという切り札があるのは理解しました。でも、素人のあなたに単独行動をさせるのはなぜでしょう？　ほかにもうひとり、見識のある魔術師をつけた方がいいでしょうに」

「だからだよ。ジュリオが君に声をかけたのは」

「……《カンピオーネス》から人員を出せばいいだけに思えるのですが……」

「それがね。うちは総帥のジュリオが少数精鋭主義だから、いつも人材不足なんだ。地球の反対側にまで僕の相談役を派遣する余裕はないみたいで」

「……やはり、そうでしたか」

「ところで梨於奈。君、さっきから機嫌悪そうだね？」

「まさに今、六波羅さんが言ったことです。『とんでもない切り札があるくせに、知識と判断力に問題がありすぎる工作員のお守りを押しつけられた』ことにうすうす気づいて——上手くハメられた自分のうかつさが腹立たしくて、たまりませんでした……」

　心の底から悔しそうに、梨於奈はつぶやいた。

「いつもはわたしの方が他人を振りまわす——女王様の立場なのに！」

「ははは。君も結構、いい性格をしてるよね。そういうところ、ジュリオといっしょで親近感がわくな。これからよろしく」

　軽やかに蓮は笑った。

「このトロイアって世界の崩壊、いっしょに食いとめよう」

「えっ？」

　いつも鋭気にあふれる梨於奈が珍しくきょとんとする。蓮は言った。

「ほら。昨日、変なフクロウが言ってたじゃない。この世界はいずれ滅びる運命で、その滅びが地上に伝わって、未曾有の災厄を引き起こす鍵になる——って」

「そういえば、そうでしたね……」

　蓮は一歩踏み出して、梨於奈の美しい顔を間近からのぞきこんだ。

「だったら、この世界——サンクチュアリ・トロイアの崩壊を食いとめれば、僕らの地上に災厄は降りかからない。そうなるだろう？」

2

「余の怒り――ペレウスの子アキレウスの怒りを歌え、詩の女神よ」

英雄アキレウスは震える声でつぶやいた。

海を往く軍船の舳先に立ち、前方に待つ陸地をにらんでいる。

その雄々しい肉体に青銅の鎧兜をまとい、やはり青銅造りの長剣を腰にさげる。完全武装であった。そして、彼の美貌は怒りと憎悪でゆがんでいた。

「無二の友パトロクロスを失った怒り、我が友を槍の穂先にかけた仇への怒り、われらギリシア勢の攻撃に往生際悪く防戦をつづけるトロイア人どもへの怒りを――」

数日前、親友が戦死した。

アキレウスらが属するギリシア連合軍――その標的である〝黄金の都〟トロイア。かの難攻不落の城塞都市へ攻め入ったときに。

憎きトロイア軍の総大将との一騎打ち。武運尽きたのは親友の方だった。

「嗚呼パトロクロス、パトロクロス、我が半身よ。妻、弟すらもおよばぬ腹心の友よ。おまえを夜ごと抱きしめた日々が忘れられぬ……！」

単なる友を超えて、恋人・伴侶にも等しい存在であった。

その喪失の苦しみがアキレウスを半狂乱にさせ、激しく猛らせていた。

「聞け、我が近衛の兵たちよ。目の前に待つ町の全てをくれてやる。血に飽きるまで殺し尽くし、火を放て。富と食糧を奪い、女は犯せ。余の――女神テティスの息子アキレウスの名にかけて許す。我が友パトロクロスの弔いとせよ……！」

彼は一介の戦士ではない。神の血を引く英雄にしてプティア国の王子なのだ。

潮風を帆に受け、力強く突きすすむ軍船には近衛兵たるミュルミドネス人の兵団が乗り込み、殺戮のはじまりを待っている。

かつてゼウスの神慮によって、蟻から人間に生まれ変わった者たちの末裔。

彼らはまさしく蟻の群れのごとき鉄の結束を誇り、狩りに出た働き蟻のごとく集団で敵を襲い、死すら恐れずに戦い抜く――。

「トロイアの都を落とす前の肩ならしとせよ。余とともに戦え！」

3

「神話の筋書きを変えるというのなら」

おもむろに梨於奈から告げられた。

「六波羅さんにトロイア戦争のことを教えないといけませんね」

「頼むよ。……ところで梨於奈。そろそろ僕のことを『蓮』と呼んでも――」

「呼びません。ではご主人さま、かいつまんで説明して差し上げます」

ご主人さまと言いつつも、敬意のかけらもない口調であった。

サンクチュアリ・トロイアに来て、初めての夜を迎えていた。昼間、戦場になった港街から、そう離れていない場所にいる。

みごとなオリーブの大樹が生えた――丘の上であった。

その木陰で野営するつもりなのだ。尚、ステラはとっくに姿を消している。

「トロイア戦争とは――ギリシア諸国の連合軍と、都市国家トロイアの戦いです。最後はトロイアの滅亡で終幕となります」

梨於奈の講義がはじまる。蓮はメモをとりはじめた。

ここ数カ月で何度も水に落ちたので、手帳の紙はとっくにごわごわだった。だが耐水インクのおかげで、今まで書いたメモもどうにか読める。

「この戦争は一〇年も続く大戦争です。ただ、その大半は小競り合いの繰り返しでした。海賊同然にトロイア周辺を襲うギリシア軍と、守勢にまわるトロイア軍という形で。でも終盤、英雄アキレウスの奮起で急展開を告げます」

「それ、聞き覚えのある名前だね」

「アキレス腱の語源ですからね。実はアキレウス、褒賞が足りないと戦闘をボイコットしていたのですが。彼の代役で出陣した親友が戦死して、怒りくるいます。そこからは怒りにまかせて大暴れ。ひとりで戦況を『ギリシア勝利』の寸前まで持っていきます」

「すごいな。完全に主役じゃないか」

「でも、トロイア側も必死に反撃します。戦いは結局、『トロイの木馬』の計略でギリシア側がだまし討ちを行うまで続きました」

「トロイの――」

「コンピューターウイルスの名前ではありませんよ。その名の由来となった計略の方です。ギリシア連合は撤退したふりをして、巨大な木馬をトロイアの都に残します。で、平和がもどってきたとトロイア人を油断させて……」

「思い出した。木馬に隠れていた兵士たちが街を攻めるんだ」

「ええ。こうしてトロイアは陥落するのです。でも戦争の間に人間たちが繰り返した非道に神々は怒り、天罰を下します。津波と嵐を起こして、トロイアの都とギリシア軍の船を――海に沈めてしまうんです」

「この世界――サンクチュアリ・トロイアはそうして滅びるのか。……じゃあ、トロイアを守り切れれば、崩壊を阻止できるはずだね」

「問題は、この戦争に神々も参加していることです」

うなずく蓮へ、梨於奈はなやましげに告げた。

「ギリシア側には女神アテナとヘラ、海神ポセイドンが肩入れしています。時にギリシア軍を陰から保護したり、時に自ら戦場に立ったり――」

「神様たちが……わざわざ人間同士の戦いに介入するのか」

「逆にトロイア側には、太陽神アポロンと軍神アーレス、そして愛の女神アフロディーテが味方しています」

「アフロディーテって――ステラのことじゃないか」

たき火がぱちぱち燃えている。

神話世界の夜。蓮と梨於奈の頭上では、星々がまたたいている。

地球上よりも輝きが明らかに強い。より明瞭に星座が見てとれる。澄み切った空気と、星座にまつわる力――ギリシア神話の力がより強い世界だから、かもしれない。

「昼間、アポロンがおっしゃっていたように」

夕食代わりにビスケットをかじりつつ、梨於奈が言った。

小ぶりなショルダーバッグに入れて、地上から持ち込んでいたらしい。

「ステラの神としての力――権能は、制限されているのですか？」

「本当は愛のパワーを振りまいて、世界中の人類を虜にもできるみたいだよ。でも、今は昔なじみの神様を呼び出して〝おねがい〟したり、餞別をもらう程度しかできないそうだ。だから僕は、あの力を《友達の輪》と呼んでいる」

ぐぅううう。空腹のせいで蓮の胃袋が鳴った。

まちがいなく聞こえているはず。なのに梨於奈はくすりと優美に微笑んで、ひとりだけビスケットを上品に口へ運んでいた。

彼女はほかにも飴玉やチョコなど〝栄養価の高い携行食〟を所持している……。

「友達の輪。やや俗すぎますけど、わかりやすいですね」

「一度呼んだ神様の再召喚は失敗することも多いし、必ず何かをもらえるわけでもないから、使うタイミングがむずかしいけどね」

「むずかしいどころか、あまり当てにできない能力ではありませんか？」

梨於奈はずばりと言った。

「神を呼んでも来てくれるかは向こう次第。来たとしても、役立つ品をくれるかどうかも向こう次第……。出たとこ勝負で、ソシャゲのガチャとたいして変わらない印象です」

「さすが鋭いね。実はおっしゃる通りなんだけど——ねえ梨於奈」

「何でしょう？　今夜はそろそろ寝てしまいますか？」

プライベートまで把握（はあく）する『できる秘書』風に、梨於奈は言った。

「もちろん寝床はべつ。わたしに妙なちょっかいを出してきたら、護身用のおもちゃを使わせていただくと明言しておきますけど」

「とか言って、銃をちらつかせないでほしいな……。そんなことより」

ひもじさをもてあましながら、蓮は懇願（こんがん）した。

「君の食糧、僕にも分けてもらえるとうれしい。あいにくと手持ちがなくて」

「ふふふふ」

「笑って聞き流すだけの君もすごく素敵だけど。ここで助け合いの精神にめざめてくれたら、土下座したっていいくらいに感謝するよ」

「土下座くらいでは全然足りません」

梨於奈は意地悪く、くすくすと笑った。

「三回まわって『ワン』と鳴いていただけますか、ご主人さま？」

「お安いご用だ。見ていて」

ふたりでたき火の前に腰かけて、暖を取っていたのだが。

蓮は立ちあがるなり、くるくるくるとフィギュアスケートの選手さながらに三回転して、ぴたりと止まった。片足立ちで、その爪先を支点にしてのスピン。昔、見よう見まねで覚えたバレエの動きである。

「ワン――！　どうだろう、女王さま？」

「……昼の戦闘のときから思っていましたけど、六波羅さんはかなり身軽ですよね」

端整な美貌を仏頂面に変えて、梨於奈は言った。

「今の動きも無駄にエレガントで」

「お誉めの言葉、恐縮だね。これで結構、運動神経と体力はある方なんだ」

「誉めていません。女王様は勝手なアレンジに機嫌をそこねています。演出の指示を守っていただかないと困ります」

「これ、このとおり。僕に食糧を分けてください」

「……そこで躊躇なく土下座できる六波羅さんは、大物かもしれませんね」

「ありがとう！」

流れるように繰り出した土下座が効いたらしい。

半分あきれ、半分感心した様子で梨於奈は板チョコを差し出してくれた。

蓮はうやうやしく押しいただいた。ちょうどひざまずいているので、まさに女王さまからご褒美を頂戴した格好である。

「土下座のあとで、格好つけなくてもいいと思いますが」

「いやね。こうやると『王子さまっぽい』って、よろこばれるときがあって」

「ああ、たしかに。六波羅さんは話し方にもすこし品があって、顔もまあ——その雰囲気を気に入る女性は多そうです。たしかに『王子っぽい』ですね」

「ありがとう。そう言ってもらえるとうれしいよ」

「ただ、わたし好みの顔ではありません。あと、一枚目王子路線とは真逆の間抜けっぽさのせいで、あくまで『王子さま風』というだけですけど」

「ははは。君のそういう口の悪さ、僕は結構好きだよ？」

蓮はさっそく褒美のチョコレートを一かけ割って、口に放りこんだ。

甘みと苦みが舌に広がる。半日ぶりに摂取するカロリーは、やはり美味だった。

「そういえば、べつの神話世界に行ったとき。持ってた菓子パンが『炭』になったな……」

ふとしたつぶやきに、梨於奈はすぐ答えてくれた。

「地上とのつながりが弱い神話世界で、ときどき起きる現象です。本来、その世界になかったものを『べつの物質』に差し替えて、矛盾が生じないように調整したのですね」

「このトロイアでは、銃も使えるようだね」

「地上とのつながりが十分強いからでしょう。でも、この世界に補充の銃弾はありません。確認したらスマホも動作していましたけど、無線ＬＡＮもコンセントもありませんから、やっぱり当てにできませんね。……武器、食糧、道具。今後は〝現地調達〟が基本です。食糧に関しては奪い合いになる可能性もあるので、すこしむずかしいかもしれませんが」

「それはどういうこと、梨於奈？」

そのときだった。空から白鷺が舞い降りてきた。

梨於奈のすぐ前に着地するなり、白い優美なシルエットは――折り紙の『鶴』へと早変わりした。これも式神らしい。

たき火をはじめる前に梨於奈が折り紙で鶴を作り、空へ放り投げたのだ。

それがたちまち〝生きた白鷺〟に変化したのである。蓮と梨於奈のために、周辺の土地や状況を偵察してくるために。

「六波羅さん。式神からの報告です。すこし離れたところで戦闘があったらしいと。さっきのミノタウロスとはべつの隊が――暴れていたみたいです」

梨於奈は例の《飛翔術》で、惨劇のあとへ蓮を連れていってくれた。

海辺の漁村である。満天の星と、半月の明るさが地上を照らしている。おかげで松明などの照明を用意しなくても問題なかった。

「……ひどいな」

漁村をひとりで歩きまわって、蓮は眉をひそめていた。

まるで大火事のあとだった。村中の家が猛火で焼かれたらしく、ほとんど黒焦げになっていて、一面焼け野原と化していた。建材の煉瓦がいまだに熱を帯びて、火種としてくすぶっているところもあった。

そして、村の人々――。亡骸が大量に転がっていた。

が、火に焼かれた犠牲者はむしろすくない。傷口でわかる。刀と槍、そして暴力で打ち殺された人ばかりだった。

「ほんのすこしだけ生きのこった人たちと、話をしてきました」

梨於奈がやってきた。不愉快そうに眉をひそめながらも、冷静さを意志の力で保とうとしているのが見てとれる。

「今日の夕方――ギリシア兵が船でやってきて、村を襲ったそうです。ふつうなら、村人を殺すのもそこそこに食糧や金品を略奪して、撤収していくのに……今日はこのとおり徹底的に殺してまわって、火まで放っていったとか」

「ふつうって……そうか。食糧の現地調達か」

蓮はため息をついた。輸送手段が発達して、軍隊が『補給』に頼れるようになる以前、他国へ攻め入った兵士たちは必要な物資を現地で買いつけていた。もしくは、暴力と脅迫で奪い取っていた。

しかし今回、ギリシア軍は『現地調達』より、殺戮を優先した――。

小さな村である。人口は百名前後だろうか。だが生存者は一割を切っている。蓮はどこか近くで「う……っ。う……っ」とすすり泣く声を聞いた。

だが声の主を探して、慰めるような真似はあえてしない。

わずかに生きのこった村人たち。なかには女性もいた。ギリシア兵に乱暴されたとおぼしき女性もいた。だから聞き込みを梨於奈にまかせたのだ。男の自分が行くべきではない。犠牲者のための憤りとやるせなさは、べつの形で発散すべきだった。

蓮はひざまずき、右手を大地にのばした。

この地に吸いこまれた全ての血と絶望を我が手でたしかめる。そのつもりだった。中指と人差し指でかわいた土を撫でまわし、それから黙然と手を合わせたとき。

「……ん？」

「六波羅さん、あぶない！」

梨於奈の声を聞いたときにはもう、蓮は「うわっ!?」と跳びのいていた。

近くに倒れていた——明らかに村人ではない男、武装したギリシア兵。どうやら死んではいなかったようで、こいつが必死に立ちあがり、槍で突いてきたのである！

蓮がすばやく逃げたおかげで、槍の穂先は空を切った。

ガァァアアアアンッ！

銃声。兵士は背中を撃たれて、ふたたび倒れた。

今度こそ永眠だろう。いつのまにか近くに来ていた梨於奈が射手だった。オートマチック拳銃を手にした彼女、あきれ顔で言った。

「どこまで逃げているんですか、六波羅さん？」

「ははは。なるべく安全圏に待避しようと思って」

「ご自分でも言ってましたけど、たいした逃げ足ですね。あ、これは三割が誉め言葉、残りは皮肉です」

蓮はたたっと全力で遁走し、一瞬でたっぷり一〇メートル近くも移動していたのだ。

苦笑いしながら命の恩人のそばに行き、襲撃者の死体をいっしょに見おろす。

「……この村を襲ったギリシア兵、なのでしょうね」

「調子に乗って暴れていたら、村の人に返り討ちにされたのか」

梨於奈の言葉に、蓮はうなずいた。

同じような完全武装のギリシア兵、ほかにも何人か倒れている。

青銅の鎧兜。丸い盾。短めの剣に手槍。全身の肌が赤銅色である。日焼けというには赤みが強すぎる。なにより兜の下の顔は――

これと同じ骨格の顔立ち、蓮は今までの人生で見たことがなかった。

「なんていうか『蟻』みたいな顔だ。顔全体が細長くて、目と目の間がずいぶん離れていて、鼻は極端に低い……というより鼻がない?」

「おそらくミュルミドネス人です」

「もしかして、ギリシア神話のモンスター?」

「むしろエルフ、ドワーフに類するものでしょう。蟻を先祖に持つアイギナ島の少数民族です。昼間のミノタウロスはたぶん、クレタ島からギリシア連合軍に参加したと思われます。この兵士たちもおそらく――」

「さすが神話の世界だ。こういう民族もいるんだな」

「……六波羅さん。彼らミュルミドネスは《英雄アキレウス》を王と崇める部族です。近くにギリシア軍最強の勇士がいると思われます」


「ここから海沿いに北へ歩けば……半日程度でトロイアの都だ」

アキレウス配下による虐殺の犠牲となった漁村。

わずかに生き残った人々をとりまとめるのは、五十歳前後の漁師だった。彼は〝あとかたづけ〟を手伝った蓮たちに感謝して、道を教えてくれた。

「これから、おじさんたちはどうするつもり？」

「とりあえず、近くの村や町に住んでいる親戚を頼ることにするよ……」

蓮が今後のことを訊くと、漁師は力なくつぶやいた。

生き残った人々は短い仮眠のあと、夜明けと共に村を旅立っていった。

ちなみに、蓮たちの素性があやしまれることはなかった。言葉が通じるのと、神話世界には奇妙な風体の人々がめずらしくないおかげだろう。

「さあ。今度はわたしたちが旅立つ番です」

朝焼けの曙光を浴びながら、梨於奈にうながされた。

ふたりは歩きはじめた。街道のように整備されてこそないが、このあたりの海沿いはだだっ広い平原が続いており、かなり歩きやすい。

徒歩の旅も予期していたようで、梨於奈は靴をスニーカーに替えていた。

「僕は体を動かすのが苦にならない方だから、いいんだけど」

道中、蓮は相方に声をかけた。

「梨於奈は飛んでいかなくてもいいのかい？　ほら、さっき使った空飛ぶ術で」

「あれはあれで疲れるのと、なんといっても目立ちますから。例の——神とおぼしきフクロウもいます。できるかぎり、飛行は避けた方がいいでしょう」

幸い——食糧も調達できていた。さっき村人たちの『旅の支度』を手伝ったとき、荒れはてた村でかき集めた食物を分けてもらえたのだ。

古代の製法による素朴なパン、干し肉、乾燥果実、卵など。

さらに革の水筒にいれた井戸水と葡萄酒、そして小さな陶板なども。

ある程度歩いたところで休憩して、蓮はライターで火をおこした。油をひいた陶板で目玉焼きを作り、それを梨於奈と分け合った。

ピザ生地に似た平たいパンに乗せて、朝食兼昼食としてかじる。

「この世界、やけにエーゲ海っぽく見えるときが、僕にはあるんだよね」

西とおぼしき方角に広がる海原を眺めて、蓮はつぶやいた。

固めに焼いた目玉焼きには、調理にも使ったオリーブオイルと塩を振りかけた。シンプルすぎる料理だが、野外なので、これでいい。十分美味い。

するとと梨於奈がさらりと言った。

「トロイア戦争を叙事詩『イリアス』にまとめたのは、古代ギリシアの詩人ホメロスです。この詩が絶対に史実だと信じて——一九世紀の考古学者シュリーマンが『本当にトロイアを掘り当てた』話、ご存じではありませんか？」

「ああ……！　聞いたことあるかも」

「実はホメロスの詩、紀元前一三世紀に起きた『本当の戦争』をモデルに作られたといわれます。当時の風俗をしのばせる描写があまりに多いからです。となれば、神話世界としてのトロイアが『現実の地球』に似ていても、不思議ではないでしょう」

「なるほど。メモしておこう」

そして出発から約五時間後。前方に小高い丘が見えてきた。

その上には城壁に囲まれた——古代都市らしきシルエットが見える。

「あれがおそらくトロイア。わたしたちの目的地のはずです」

言うなり、梨於奈が和紙で『鶴』を折りだした。

これを宙に放つと、途端に生きた白鷺となって飛んでいく。例の式神だ。

「あの子が見たものをこの鏡にそのまま《念写》します」

梨於奈の差し出した手鏡。そこで映像の再生がはじまった。

空高くを飛ぶ鳥が俯瞰で見下ろすもの——。

それは『海辺の丘陵地に建つ城塞都市』だった。海から三、四キロと離れていない。まわりを強固な城壁によって囲まれていた。

「……軍団がいますね」

丘の上に建つトロイアのまわりはだだっ広い平原なのだが。

そこに数万人規模の大軍団が展開していた。三日月状に部隊をならべて、トロイアの都を半包囲していた。

「あれはもしかして、ギリシアの連合軍？」

「もしかしなくてもそうでしょう。……タイミングがいいのか悪いのか。ホメロスの叙事詩でも山場のひとつとなる――有名な一幕が進行中です」

梨於奈の答えで、蓮は気づいた。

奇妙だった。戦争中にしては、ずいぶんと〝下〟が静かだ。

ギリシア兵たちは誰とも戦っていない。武装した彼らはトロイア城壁の真下で繰りひろげられている何かに注目している。

全軍の見つめる先には、勝ちほこる槍使いと地に倒れた剣士がいた。

「ちなみに、それってどんな場面？」

「英雄アキレウスがトロイア軍の総大将ヘクトールを一騎打ちで倒したあと。その亡骸を憎しみにまかせて……辱めるはずかし場面です」

激しい一騎打ちの末に、アキレウスは憎き仇の喉笛に槍を突き立てた。

トロイアの王子にして総大将ヘクトール。親友パトロクロスを殺めた男。その急所をつらぬいて、英雄アキレウスは暗い愉悦を堪能した。

「ヘクトールよ、冥王の館へ旅立つ前に何か言い残すといい。できるはずだ」

くくく。ふくみ笑いをもらす。

手練の槍さばきで喉笛を切り裂きながらも気管までは傷つけず、かろうじて会話できるだけの余力を残させた。慈悲ではない。

死にゆくヘクトールへ、末期の絶望を味わわせるためだった。

砂塵のなかに斃れた仇敵は、弱った瞳でじろりとアキレウスを見すえた。

「……おぬしの勝利が定まった以上、何か言いのこす必要などあるまい。早くとどめの一突きを繰り出すがいい」

「その前に、貴様の屍が迎える末路を教えてやろう」

仇敵の喉笛から、鮮血がじゅくじゅくと流れ出ている。

我が復讐は成れり。アキレウスは目を細めて、血の紅さを愉しんだ。

「恥知らずの犬ヘクトールよ。我が半身たる友を殺めた大罪、存分につぐなわせてくれる。余はこれより貴様の屍を思うさま嬲りつくし——血と肉のかたまりとなった残骸を、野犬と野鳥どもに喰らわせてやろう……！」

「思いとどまれ、アキレウス」

懇願（こんがん）というよりも、さとすようにヘクトールは訴えた。

「骸（むくろ）は城壁の奥に控える我が父母、トロイア王と王妃にひきわたし、しかるべき身代金（みのしろきん）を受け取るがいい！　私のためとは言わぬ。おぬし自身の名誉のために！」

「ははははは」

哄笑（こうしょう）と共に、アキレウスは槍を一振りした。

敵将ヘクトールの喉笛を横に切り裂いて、今度こそ絶命させた。

その瞬間だった。まわりで見守っていたギリシアの兵と勇将たちがついに歓声と笑い声をあげて、どっと騒ぎ立てた。

「みごとなり、駿足のアキレウスどの！」

「われらギリシア勢が勝利する日も近かろう！」

「アキレウス！　アキレウス！　アキレウス！　アキレウス！」

「われらの怒りを思い知ったかヘクトール、鼠（ねずみ）と雌豚（めすぶた）の息子め！」

歓声のなかアキレウスはひざまずき、ヘクトールに手をかけた。

逞（たくま）しい肉体と、美貌を誇ったトロイア国の王子。その屍から青銅の兜（かぶと）を、籠手（こて）を、脛当（すねあ）てを、胸当てをはぎ取っていく。盾（たて）も奪う。いや、奪いかえす。

「これらはもともと余が――このアキレウスが身につけ、我が代役として親友パトロクロスが出陣するにあたり、貸しあたえたもの」

怒りで声を震わせながら、アキレウスは言った。

「貴様ごときが使ってよいものではない！」

戦場で倒した勇士、勇将の武具を奪い、我がものとするのは武人の慣らい。

だが、だからといって――愛する親友の形見を渡したままにはできない。その思いから、アキレウスは装具を全てはぎ取った。

なんとも美々しいヘクトールの裸体があらわになる。

憎い仇敵のものでなければ、なにかしら情も湧いたかもしれないが。

「ギリシアの子らよ。こやつを好きにするがいい！」

アキレウスの一声で、近くにいた兵士らが駆けよってくる。

何十人もいた。彼らはヘクトールの肉体と美貌に足蹴りを喰らわせ、剣で一刺しを加えて、やりたい放題にする。

兵たちも――この強剛なる敵将に恨み骨髄だったのだ。

「どうだヘクトール、ずいぶんあつかいやすい体になったではないか！」

兵たちの罵声、アキレウスには天上の雅曲のごとく聞こえた。

さらに、仕上げもおこたらない。ヘクトールの両足――踵からくるぶしにかけて穴を開け、そこに紐を通し、戦車にくくりつけたのである。

これを二頭の駿馬にひかせて、敵城トロイアのまわりを疾走する。

城壁内にこもっているトロイアの民と、ヘクトールの家族へ見せつけるために。アキレウスの勝利と復讐を見せつけるために。

　ガラガラガラ！　雷鳴のごとき轟音を立てて、車輪が回る。

　二頭の馬にひかれて、戦車が激走する音であった。アキレウスが自ら手綱を取って、ヘクトールからはぎとった武具を御者台に乗せて。

　戦車にひきずられる敵将の屍は、ぼろきれのごとく傷だらけとなっていく。

　石と砂塵と固い地面に、さんざん打ちのめされた結果であった。


「神話の一騎打ちというのも、えぐいものだね……」

「ホメロスの詩で読むだけでも残酷なシーンでしたけど。実際にその場に居合わせると、かなり気分が悪くなりますね……」

　蓮はうんざりとつぶやき、梨於奈は不快そうにコメントする。

　城塞都市トロイアは海辺の丘にある。そのまわりは開けた平原で、丈の短い草ばかり。ふたりはそこの適当な岩陰に隠れていた。

　神戸から持ってきたオペラグラスで、アキレウスの所行を見守りながら。

「あのアキレウスって人、こっちにまで走ってきたよ」

「長い距離を走れば、それだけひきずっている死体を傷つけられます。それが狙いかもしれません。興奮が収まらないだけという線もありえますけど」

　仇敵の亡骸をひきずって、戦車を疾走させるアキレウス。

はじめはトロイアのまわりを周回していた。だが、ついにギリシア軍を離れて、蓮たちのいる平原の方にまで駆けてきた。

尚、トロイアの方からは悲嘆の叫び声がここまで聞こえてくる。

あの都市の城壁のなかで、幾千幾万の人々が泣き叫んでいるのだろう。トロイアの王子にして総大将ヘクトールの戦死を嘆いて――。

「殺された将軍は慕われていたんだね……」

「トロイア戦争を描いた一連の叙事詩――その登場人物では、いちばんの人格者です。まあ、殺した方が〝あんな感じ〟ですしね……」

「アキレウスもだけど、ギリシアの兵ってだいぶ柄が悪いような……」

「……史実のトロイア戦争が起きた紀元前一三世紀頃、文明の進んだエジプトやヒッタイト帝国はたびたび野蛮な『海の民』の海賊行為に悩まされたそうです。現代でいうギリシアやイタリア半島に住んでいた民族だといいますね」

「あ、じゃあ」

梨於奈の言わんとするところを、蓮は察した。

「アキレウスたちギリシア連合軍のトロイア侵攻って――史実の海賊行為を上手いこと神話とか伝説に美化したお話だったり……？」

「諸説ありますが、そう考えても特に問題ないと、個人的には思います」

「ははは」

あまり笑えない話だが、蓮は力なく笑った。血なまぐさく、凄惨な事件続きで、あえて笑った方が気持ちの平衡を保てるように感じたのである。そして気づいた。

「あれ？　誰かいるよ」

今まで地面に伏せて、平原の草むらに隠れていたのだろう。

だが、いきなり立ちあがり、木製の長弓をかまえた。一目で強弓だと見てとれるほど、長く、太く、立派な弓だった。しかし。

弓の持ち主はなんとも可憐な――美少女であった。

長い白銀の髪の持ち主で、細面の美貌がひどく儚げだ。薄幸そう、とさえ言えるかもしれない。だが今、彼女は凜々しくもけなげな面持ちで、前方をにらんでいる。

麗しい視線の先には、英雄アキレウスがいた。

二頭の駿馬にひかせた戦車を駆り、ただ一騎だけで疾走してきたところだ。

「お兄さまの形見の――この弓で。必ず、仇を討ってみせます！」

銀髪の乙女はかよわげな声ながら、決意と共に叫んだ。

その両耳の先端、ややとがっていた。もしかしたらミュルミドネス人と同じく、神話の種族なのかもしれない――そう思った蓮の眼前で。

美少女は強弓に矢をつがえ、必死に弦をひきしぼった！

そして射た。決して武芸自慢には見えない、少女の細腕である。にもかかわらず、矢はひゅんと――戦車で疾走するアキレウスへと飛んでいった。もしかしたら『亡き兄』の霊魂か遺志

が妹に助力したのかもしれない。

しかし、アキレウスは戦車(チャリオット)を御(ぎょ)しながら、無造作に左手を振った。

キン！　矢は青銅の籠手ではじかれてしまった。

誉(ほま)れ高き英雄は「ハァッ！」と手綱を打って、軍馬たちに指示を下す。雷のごとく疾走していた戦車はスピードをゆるめ、いくらか走ったあとでついに停車した。ひきずられていた名将ヘクトールの亡骸も、ようやく動きを止めた。

アキレウスは戦車から降りて、銀髪の少女へ近づいていった。

「余を——このアキレウスを仇と呼んだか……」

青銅の鎧兜(よろいかぶと)をまとった英雄は、低い声で呼びかけた。

少女は急いで二の矢をつがえようとする。しかし、その細腕は強弓をあつかうには非力すぎた。もたついている間にアキレウスの接近を許してしまった。

銀髪の少女はあきらめて、きっと青銅の兜をにらむ。

「はい。兄があなたの御友人を殺めたように、あなたも我が兄を殺めましたわ。その仇をわたくしが討たんとするお気持ち、おわかりいただけるでしょう……？」

「くくく。そうか」

アキレウスは少女を見て、それから戦車の後方を見やった。

トロイアの英雄ヘクトール。傷だらけの肉塊(にくかい)と化した亡骸がくくりつけられている。

「たしかにヘクトールの面影(おもかげ)がある。何番目かは知らぬが、トロイア王の娘と見た。姫よ、名をうかがおう」

「カサンドラに……ございます」

「聞き覚えがある。名高き色男アポロンの御神に見そめられたとうわさの姫よな。だが、それにしても奇妙な。まるで余がこちらに一騎のみで駆けてくると――わかっていたかのように待ち伏せをしておったとは……」

胡乱そうにアキレウスはつぶやく。

その長身と屈強な肉体、美しい武具の数々、どれも英雄の名に恥じないものだ。

間近に対峙して、明らかにカサンドラなる少女はおののいていた。しかし、けなげにもおびえをなるべく表に出すまいと、唇を強く噛みしめている。

「まあ、よい。今、大切なのはそなたの美しさだ」

「きゃあっ!?」

いきなりアキレウスが腰の長剣を抜き放ち、一閃させた。

カサンドラを斬り捨てた、のではなく。彼女の白い衣の――肩紐だけを、みごとに切ってのけたのである。

ステラと同じく、ギリシアの女神像がまとう衣装と同種のものだ。

その左肩のあたりだけを断ち切られて、当然カサンドラの衣がはだけてしまう。まぶしい素肌と、ゆたかなバストがあらわになりかける。儚げな美貌、かぼそい肢体とは裏腹に、女性としてはすばらしく成熟しているのだ。

カサンドラはとっさに両手で胸元を隠し、あらためてアキレウスをにらんだ。

「う……うわさに聞いておりました。ギリシアの勇士方がいくさ場で見せるという獣のごとき振るまい。か、神の御子であるアキレウスどのも……そうなのですか!?」

「戦場の慣らいである。今日はよろこばしい日だ」

兜の下で、アキレウスはほくそ笑んだ。

「仇敵を屠っただけでなく、その妹まで戦利品としていただけるとは」

「きゃああああっ!?」

英雄の剣がふたたび一閃。今度はカサンドラの手にしていた長弓を断ち切った。この無体な一幕を――蓮と梨於奈はすこし離れた岩陰から見つめていた。

「ねえ梨於奈。あのアキレウスって」

カサンドラの身を案じて、蓮は訊ねた。

「もしかして騎士道精神とか――全然ないのか!?」

「ないと……思います。そういう『女性を守るべし』みたいな精神がヨーロッパに生まれるのは、二千年以上も先の話です。ギリシア神話の英雄はしばしば『勝利のトロフィー』として、負かした敵から妻や娘を奪って、奴隷にしますし」

梨於奈の声には、抑え切れない忌ま忌ましさがにじみ出ていた。

「英雄アキレウスは、この戦争の終結までに何十人もの女性を自分の所有物に加える――女の敵です。なかにはトロイア王の娘もいました。ほかの英雄も似たような真似をしますけど、だからといって、彼を弁護する気にはなれません」

「よし梨於奈。君に命令させてくれ」

「全能力を解放して、アキレウスをぶちのめしてこい、ですか？」

　蓮の一言に、梨於奈は女王のごとく不敵に微笑んだ。

「さすがのわたしでも〝軍神と同等クラスの英雄〟が相手では、かなり厳しい戦いになるでしょう。でも全霊力を駆使して、あの野郎からお姫さまを奪いとってみせます。六波羅さんにしてはいい命令です」

　この異世界で、肉体的に弱い女性がこうむる苦難の数々。それをたびたび目の当たりにしていたせいか、梨於奈はひどく好戦的に言い放った。

　しかし、すぐさま蓮はかぶりを振った。

「ああ、いや。もちろん君の能力を解放してくれて、かまわないんだけど。まず僕が先に行くから、それを上手いことフォローしてほしい。もし僕に万一のことがあったら、ひとりで地球に帰って、新しいご主人さまを探すんだ」

「え……っ？」

「じゃ、行ってくる。――おいアキレウス、僕が相手になるぞ！」

　蓮はすばやく岩陰から出ていった。

　ちょうど地面に落ちていた石ころを拾い、完全武装の英雄に投げつけるおまけ付きで。さすがアキレウス、抵抗するカサンドラを無理矢理に組み伏せようとしていたのに。

とっさに少女を突き飛ばして、左腕を一振りした。

背後から投げつけられた石を——それでみごとにたたき落としてしまう。

「そなたは何者だ？　トロイアの戦士か？」

「いいや。通りすがりの日本人、六波羅蓮だ。最近、王子さま風なんて言われたからね。しっかり『王子様』と言ってもらえるように、がんばるつもりなんだ」

「ニホンなどと申す土地、聞いたこともないが」

しゃしゃり出た蓮を見て、アキレウスは失笑した。

「貴様のごとき——自前の盾どころか剣すら持たぬ小僧が出る幕ではない。とっとと下がるがいい……。む……っ？」

いきなりだった。剛勇無比の英雄が目を細めた。

不審そうに蓮を見つめる。身長一七八センチ、体重六〇キロ台前半。神話の英雄たちと比べれば貧相きわまりない細身の日本人を、きわめて胡乱そうに。

彼は地面に投げ捨てていた丸盾を拾い、防備まで固めた。

アキレウスやヘクトールは一九〇センチを超す長身で、筋肉の厚みもすさまじい。

体格だけでも、六波羅蓮を警戒する必要などないというのに——。

（もしかして、何か気づかれた？）

内心、蓮はひやっとした。

太陽神アポロンから授かった三本の矢。さすが神の武器だけあって、その存在を思うだけで使い方がわかる。あれらが宿る右手を高々と天にかかげればいい。

「まあ、こっちは飛び道具だし。やばそうなら、すぐに逃げればいい」

蓮はポジティブかつ大雑把につぶやいた。

かの英雄の足下にでも『矢』を一発喰らわせて、牽制してやれば――右手の人差し指で高々と天を、指そうとした。その刹那。

「下郎に妙な真似をされてはかなわぬ」

アキレウスはわずか一瞬にして、蓮の眼前に移動していた。

そのうえ盾を――たたきつけてきた。たぶん、抜剣するよりも盾で殴る方が早いという『戦士の勘』だったのだろう。大型トラックにでもひかれたかのような衝撃を味わい、蓮は大きくふっとばされた。

「わあああああっ!?」

なんという速さ。光や稲妻と同等のスピードにすら思えた。

思いながら、蓮の意識は遠くなっていった――。

5

「なんてバカなご主人さま！」

梨於奈は悪態をついた。盾の殴打で六波羅蓮がふっとんでいく。

太陽神アポロンの矢を頼みに、高をくっていたのだろう。しかし、かの英雄の異名は『駿足のアキレウス』。神界でも随一のすばやさを誇る韋駄天なのだ。

「せめて、最期の命令くらいは遂行してあげます!」

おそらく、便宜上の主・六波羅蓮は即死した。タックル同然に体ごと盾をたたきつけた。大型ダンプも大破するほどの衝撃だったはず。喰らった者は当然——

「変化!」

梨於奈は変身の言霊を唱えた。今回は《八咫烏》ではなく、『小さな青ツバメ』である。小柄さとはしこさを活かして、アキレウスの横をすり抜けた。

衣服を切られて、あられもない格好となった少女カサンドラのそばへ来た。

梨於奈はツバメの姿のまま、言葉を発した。

「わたしについてきなさい。逃げましょう!」

「は、はいっ」

トロイア王の娘だというカサンドラ、よほど素直な性格なのか。

ツバメの言うがままに、そのあとを追って、走りはじめてくれた。梨於奈は彼女を置いていかないように注意しながら、翼を羽ばたかせた。

さて、どちらへ逃げればいいものか。

すこし先が——切り立った崖になっていた。あそこまで行ってから《八咫烏》に化身し、カサンドラを霊力で体内に取りこみ、飛び立てば――。

「こちらへ！」

「ああ、駄目です！　そちらに向かってはいけませんわ！」

梨於奈の指示に、なぜかカサンドラは反論してきた。

それがなぜか――梨於奈を異様に『いらっ』とさせた。理由を聞く気にさえもなれず、無言で崖の方へと飛んでいく。

それ以上カサンドラも意見しようとせず、だまってついてきた。そして。

断崖(だんがい)の手前に、二頭の逞(たくま)しい軍馬が現れた。梨於奈は愕然(がくぜん)とした。

「先回り――された!?」

さっきまでアキレウスの戦車(チャリオット)につながれていたはずの駿馬(しゅんめ)たちだった。

「そういえば、英雄アキレウスの馬は風の精霊の子供たち。霊鳥であるわたしに近いクラスの存在でしたね……」

神馬クサントスとバリオス。名前も思い出した。

二頭の駿馬は実に賢く、しかも獰猛(どうもう)な戦士のまなざしで、こちらをにらんでいた。自(みずか)らの意思で戦車との連結をほどく程度の真似、かんたんにやってのけるだろう。威嚇(いかく)のうなり声まで発して、梨於奈たちを牽制(けんせい)してきた。

カサンドラは「嗚呼(ああ)……」とうめいて、足を止めた。

梨於奈も少女のそばへ飛んでいった。変身も解く。日本の女子高生に早変わりした青ツバメを見て、神話世界の王女はハッと瞠目していた。

説明する暇もないので、梨於奈は新たな言霊を唱えた。

「顕現――」

鳥羽梨於奈の全身から黄金のオーラと紅い焔がふくれあがる。

霊鳥《八咫烏》への化身。今なら六波羅蓮の〝命令〟がまだ有効なのだ。しかし。

「ほう。そなたは魔女で……そのうえ、火の精でもあったか」

英雄アキレウスの嘆声に水を差された。

二頭の神馬に足止めされた梨於奈たちを、ゆっくり追ってきたのだ。

「不憫よな。風か大地の申し子であれば、逃げきれたやもしれぬ。だが余――アキレウスの母は《水の女神》なのだ。火は水によって消されるもの。今ここで我が母テティスに祈念しようぞ。……母よ、この魔女めの焔をかき消し給え」

「そんな⁉」

梨於奈は慄然とした。アキレウスの背後に乙女の姿が見える。

青いヴェールをまとった、麗しき女神の幻像。なかば透きとおっている。

この幻像にやさしく見つめられて――顕現の術は中断してしまった。梨於奈の体より膨張した黄金のオーラと焔、あとすこしで《八咫烏》に具現化するというのに！

ひっそりと梨於奈はつぶやいた。

「飛翔術は……やめておくべき、でしょうね」

青き光と化して、空を往く秘術。あれの使用中は無防備になる。

アキレウスの戦車には弓矢と槍も乗せてあるはず。大英雄の弓と投槍の技をもってすれば、飛び立った梨於奈を撃墜するなど児戯にも等しいだろう。

将棋でいう『詰み』に追い込まれたか――。絶望にむしばまれかけたとき。

「梨於奈！　それともうひとりの君！　僕といっしょに跳んでくれ！」

「六波羅さん!?」

「きゃああああっ!?」

なんと六波羅蓮がすばらしい快足で全力疾走してきた。彼は梨於奈とカサンドラを両腕にかかえこみながら、断崖から海へと飛び降りた――。

どぼぉぉぉぉぉおおおおおおおおんんんんんんっ！

断崖から海面までの距離、一〇メートルほどだった。着水時の衝撃でしたたかに蓮は打ちのめされた。マリンブルーの海水のなか、どんどん水底へと沈んでいく。しかし、それでも必死に海面まで浮きあがり、ようやく顔を出した。

やっとのことで空気を吸いこんで、蓮は文字どおりに一息ついた。

見れば、梨於奈と銀髪の少女も海から顔を出していた。

「よかった。君たちも大丈夫だったか」

「あ、ありがとうございます、異国の御方！」

「どうして無事だったんですか、六波羅さん⁉」

「いやね。アキレウスに突っ込まれる寸前、まずそうな予感がしてね。逃げようと後ずさりしたら、足をすべらせちゃって」

おかげで、転倒しながら盾で殴られる形になった。

地面から両足が離れた——空中に浮いていたタイミングで敵は突っ込んできた。

だからだろう。大きくふっとばされはしたものの、ごろごろごろと地面に転がることで、衝撃を逃がすことができた。踏んばる方があいうときは大きなダメージになるのだ。

そう蓮は種明かしをした。

落下した場所がやわらかな草地だったことも幸いした。

岩場やコンクリートに叩きつけられていたら——ゾッとしてしまう。

「さすがに脳震盪は起こしかけたけどね」

蓮は軽やかに笑って、海面をただよう木片にしがみついた。

運よく難破船の破片が流れてきたのだ——いや。難破ではない。トロイア・ギリシアの軍船同士で戦闘した結果、海のもくずと化した船の残骸だ。

だから幸運ではなく、戦場ゆえの必然だった。

同じ破片に、梨於奈もしがみつく。カサンドラというらしい銀髪の少女も。

「とにかく、みんな無事でよかったよ」

「……と言うのは早いようですよ。六波羅さん、あれを」

　梨於奈が目配せした方から、古代式の帆船が近づいてくる。

　その舳先に立つのは——アキレウスだった。蓮たちが海中でもたついている間に、船に乗り込んで、追いかけてきたのだ！

「仕方ない。今度こそ、例のあれを使ってみよう」

「いけません、異国の方！」

　蓮はきょとんとした。カサンドラに警告されたからだ。

「輝ける黄金の矢を放っても、アキレウスどのの盾で防がれてしまいます！」

「君が——どうして、矢のことを知っているんだ？」

　自分たちしか知らないはずの切り札である。

　蓮は驚いた。それと同時に、もやもやと『この娘はうそをついているんじゃないか？』という疑念が湧きあがってきた。いきなり、何の理由もなく。

　唐突すぎる疑念。それを強引に無視しようとして、蓮は気づいた。

　梨於奈が——疑わしそうにカサンドラを見つめている。もしかしたら、蓮と同じ疑念にとりつかれたのかもしれない。

　そこから自分と梨於奈を解放させようと、蓮は景気よく言った。

「とにかく、やってみなくちゃはじまらない。考えるよりも先に動け、だ——！」

　右手の人差し指で、今度こそ蓮は天を指した。

　よく晴れたトロイアの空に、太陽が燦然と輝いている。そこから黄金の光が矢のごとく降りそそいできた。

それはまさしく『太陽光の柱』であった。

海を往く英雄アキレウスと、その軍船をまるごと呑み込み、灼き尽くすための！

「おお！　やはり由緒ある神界の武具を隠していたか！」

太陽光のレーザーが迫る軍船の舳先で、アキレウスは叫んだ。

「ふふふ。小僧、貴様より感じた凶兆、余の思いすごしではなかったようだな。しかし――嘆くがいい。アキレウスにも誉れの武具がある！」

剛勇駿足の英雄は、丸い盾を前方にかざした。

途端に白銀の光が船全体をつつみこんで、太陽光の猛威から遮断した。神話の領域ならではのバリア、防護壁であるのだろう。

「詩の女神よ、我が装具の誉れを謡え。母テティスが鍛冶の神へパイストスに懇願し、このアキレウスの甲冑と盾は鍛えられた！　その堅きこと、輝ける遠矢をもってしても、決してつらぬけぬ――！」

アキレウスの盾、青銅板を五枚も重ねた堅牢な造りであった。

胸当ての輝きは燃える焔よりもまぶしく、兜は黄金の飾りで彩られていた。銀色の脛当ては錫製である。全て鍛冶神へパイストスの業物だった。

そして、蓮たちと共に海面で見守っていたカサンドラは――

「ああ、やっぱり！」

と、目を伏せてしまった。しかし、すかさず蓮は叫んだ。

「だったら二発目だ！」

「ぬぅぅうっ！　ヘパイストスよ、母よ、アキレウスに加護を授けよ！」

ふたたび天を指さして、黄金の矢を続けて落とす。

降りそそぐ太陽光の柱に対して、軍船の舳先でアキレウスは天へ祈った。彼とその船を守る防護幕の白銀色が輝きを増す――。

攻める太陽神アポロンの矢と、守る鍛冶神ヘパイストスの防具。

神域の攻防、互角のせめぎ合いであったのだが。

「兄の仇め！　われらトロイア王家の憎しみを込めた一矢、受けるがいい！」

いつのまにか接近していた小舟に、まぶしいほどの美男子が乗っていた。

彼は今まさに長弓を射たところだった。必死にアポロンの矢を防いでいたアキレウス――その側面に小舟をまわりこませて。

新たな射手の輝く美貌を見て、カサンドラが叫ぶ。

「パリスお兄さま！」

美男子パリスは、何本もの矢を射かけた。

それらはことごとく軍船を守る白銀の防護幕にはじかれたのだが、どうにか一本だけが光の膜を突き破り、英雄アキレウスのかかとに――突き刺さる！

「ぬ、おおおおおっ！」

アキレウスが苦悶の咆哮を口からほとばしらせた。

そのまま『どう！』と船上に倒れ伏す。ヘパイストスの防具による白銀の防護幕もかき消えてしまい、太陽光の柱がアキレウスの軍船を思うさま蹂躙する。ほぼ一瞬にして、船全体を蒸発させてみせる――。

「今、アキレウスが撃たれたところって、やっぱりアキレス腱だよね？」

海水につかりながら蓮がつぶやくと、隣で梨於奈もうなずいた。

「はい。本来、不死身の特性を持つはずのアキレウス――唯一の急所です。彼の母テティスは生後まもない息子を冥府のステュクス川にひたして、その肉体を不死身に変えます。ただ、そのとき足首のあたりをつかんでいたので――」

「そこだけ水につからず、不死身の体の急所になったのか……」

蓮はつぶやいて、安堵のため息をこぼした。

「そんな大英雄に勝てたんだから、僕たちの大金星だねえ」

「切り札の――アポロンの矢。もう一本しか残っていませんけどね……」

そして、不可思議な力と武功を見せた地上人ふたりへ、王女カサンドラが感謝と興味に満ちたまなざしを向けていた。

第三章

chapter 3

敵の名はアテナ

1

英雄アキレウスの戦死から二日が経ち――

六波羅蓮の肩書きは『通りすがりの日本人』から『王女カサンドラを救い、憎きアキレウス討伐を助けた勇士』に格上げされた。

今は客人として、なんとトロイア王宮に滞在中だ。

仲間の梨於奈もいっしょだ。彼女には『鳥に変身できる魔女』という称号まで加わり、トロイアの宮廷人から畏敬のまなざしを向けられている。

……もちろん、好待遇には理由がある。

「レンどの。ギリシア人どもがまたしてもこの都に！」

「あー。あのままどこかに行ってくれたら、よかったのになあ」

王宮の武将が注進に来たので、急いで都を出る。

アキレウス死後もトロイア包囲を続けていたギリシア勢。彼らがふたたび大攻勢を仕掛けてきたからだ。

横死した英雄の復讐を果たすため、敵の士気は高かった。

迎え撃つ側のトロイア軍は、いまだ体勢を立てなおせていない。

そこで蓮に助太刀の要請がきたのである。とはいえ、残り一本だけの『アポロンの矢』をここで使い切るのも少々もったいない。

「じゃあ、頼むよステラ」

「まったく仕方のない男。まあ、こういう荒事なら、あの御方になんとか頼みこめるでしょうから……来ませい軍神アーレス、青銅まとう神よ。美の女神とのあい——友情をお忘れなければ、ひとときの援助を給わりませ！」

なぜか途中でつかえながら、ステラは《友達の輪》を使った。

空の彼方から戦車が駆けてくる。もちろん二〇世紀の発明『Tank』ではなく、あのアキレウスが使っていたのと同じ、二頭の馬にひかせる戦闘用の馬車のことだ。

これを御すのは、青銅の鎧兜をまとう武将である。

「おねがいアーレス、ギリシアの不埒者どもを蹴散らしていただける!?」

「……いくさの王である余をわざわざ呼び出して、その程度の頼みごとか」

軍神アーレスは不機嫌そうに言った。

空中で静止した彼の戦車、蓮は地上から仰ぎ見ていた。蓮の肩に乗るステラはうるうると目を潤ませて、自然と上目遣いになっていた。

まあ、それにほだされたわけでもないだろうが――

「……ふん」とアーレスは戦車を急発進させた。

トロイアの城壁に押しよせるギリシア勢、さらには海上のギリシア船から上陸のタイミングをうかがう兵たちの――頭上を豪快に走りまわる。

ごろごろごろごろ！

空中を駆ける車輪の音、雷鳴さながらであった。

この轟音がギリシアの将兵を一気にざわつかせた。それまでアキレウスの仇を討つため勇壮に奮闘していた彼らが、いきなり遁走をはじめたのである！

「……あれは一体、どういうこと？」

「戦場での恐怖と敗走を操ることもアーレスの権能なのよ」

蓮の問いに答えるステラ、ほっとした表情だった。

「彼、戦場の外の出来事にたいして興味を持たない神だから、上手く頼みごとをできる場面がととのって、幸運だったわ」

しかし、蓮は居心地が悪かった。

雷鳴まがいの音と共に天翔ける戦車から、ときどきアーレスがこちらをにらんでくるように思えたのである。

「僕、何かあの神様を怒らせたかな？」

「六波羅さん。軍神アーレスといえば、女神アフロディーテの浮気相手のひとりです」

梨於奈にさらりと教えられて、蓮はうなずいた。

「ああー。そうだったのか、なるほどねえ」

「ば、バカねっ。そんなの根も葉もないうわさに決まってるじゃない！」

青銅の兜に隠れていたが、アーレスは相当な美形であった。

そしてステラ＝アフロディーテには、明らかに『面食い』の傾向があるのだ。ともあれ、仇討ちに燃えていたギリシア勢をついに撤退（てったい）させた。

苦戦していたトロイア側もこれでようやく一息つける。

「僕らも新しい贈りものをいただけるチャンスができたしね……って、あれ？」

蓮は驚いた。敵軍を蹴散（けち）らした軍神アーレス、彼の戦車（チャリオット）もギリシア勢とは逆方向の空に去っていったからだ。

「ステラにあいさつもしないでか!?」

「前に言ったでしょう、蓮。青銅まとう軍神の君は戦争以外のことに興味はないから、呼び出す以上のことに期待するなって」

「さすがサイヤ人に匹敵する戦闘民族スキタイの神ですね……」

感心した体（てい）で梨於奈がコメントした。

まあ、何はともあれ、トロイア方の勝利である。奮戦した兵士たちといっしょに都へ帰ると、群衆が大歓声で迎えてくれた。

――おおおおおおおおおおおおおっ！

――おおおおおおおおおおおおおおおっ！

隊列を組んで行進する軍団に交ざり、蓮と梨於奈は歓声をたっぷり浴びた。

「これが凱旋ってやつか。結構、気分がいいものだね」

「他力本願とはいえ、六波羅さんは都を救った功労者ですからね、一応。気分よくしても罰は当たらないと思いますよ」

ふたりは武功を認められ、戦車に乗せてもらっていた。

馬を御すのは御者にまかせて、そのうしろで歓声を存分に満喫している。手を振ると、集まった観衆はひときわ大きな声を張りあげてくれた。


そして、数日が過ぎた。

蓮と梨於奈、ふたりとも王宮内に個室をあてがわれている。

ふかふかで清潔な寝台は心地よく、部屋の掃除や身のまわりの世話は専属の奴隷たちがやってくれる。上げ膳据え膳。食糧の心配もいらない。

「神話の世界に来て、ここまで楽できるのは初めてかも」

「着の身着のままで旅しなくてもいいだけで、全然ちがいますからね。ここではお風呂……それもバスタブにたっぷりお湯を張ったものに入れますし」

「王宮だから、下働きの人たちがお湯汲みをがんばってくれるしねえ」

おだやかに晴れた昼下がり、ふたりはのんきに語り合った。

　厨房（ちゅうぼう）で用意してもらった昼餉（ひるげ）を、王宮の庭先で食べたあとだった。ちなみにここトロイアでは、朝はパン一個、麦粥（むぎがゆ）一杯だけなどと簡素に済ませる。

　その分、昼と夜にしっかりと食べる。

　ふたりが今日食べた献立（こんだて）はゆで玉子に山羊（やぎ）のチーズ、三角に切り分けたケーキのような形のパン、焼いた鴨（かも）肉のマリネ、蜂蜜漬けのアーモンド、スイカ、ザクロのジュースというものだった。

「戦争中で、しかも籠城（ろうじょう）みたいなことをしてるのに、意外と食糧不足になってないね。昨日遊びに行った市街の方も、食べ物の屋台とかいろいろ出ていたし」

　蓮のつぶやきに、梨於奈がさらりと言った。

「史実のトロイアは陸海の交易拠点（こうえききょてん）となる商業都市で、非常に栄えていたといいます。食糧もかなり潤沢（じゅんたく）だったはずです」

「神話のトロイアもそうみたいだね。この王宮もお金がかかってそうだよ」

「だからこそギリシア連合がはるばる略奪をしに来るわけです。まあ、ただ、ギリシア神話的な『戦う理由』が――実はちゃんとあるのですけど」

　そのとき、話し声が近づいてきた。

　それは明らかに〝いちゃつく男女のもの〟だった。

『勇敢（ゆうかん）なヘクトール義兄（にい）さまが亡くなられて、この都はどうなるのでしょう？』

『安心して、美しいヘレネー。君の夫は憎きアキレウスを射止めた勇者で、命に代えても君を守ると誓った男なんだから』

『でもパリス。そのためにあなたが危ない目に遭うと思ったら、わたくし……！』

蓮と梨於奈は――顔を見合わせて、そそくさと木陰に隠れた。

やってきたうち、男の方は蓮も知る人物だった。前の戦いで英雄アキレウスを討ちとってくれたパリス王子だ。麗しきカサンドラ姫の兄である。

『とにかくヘレネー。今はふたりで愛の楽しみを満喫しよう！』

『ええ！　あなたの愛でわたくしをつつみこんで。さ、あちらで床へ……』

パリス王子とその妻ヘレネーのいちゃいちゃ、すぐには収まりそうにない。

日本人ふたりはここを離れることにした。十分に距離を取ったところで、おもむろに梨於奈が言った。

「ちなみに、あのバカッ……いえ、カップルがトロイア戦争の発端です」

「えっ、そうなの？」

「絶世の美女ヘレネーはもともとギリシアの強国、スパルタの王妃でした。でも外交使節だったパリス王子と恋に落ちて、ふたりはトロイアまで駆け落ち。怒ったギリシア諸国が連合軍を組んで、『愛を取りもどせ！』とヘレネー奪還の戦争をはじめたのです」

「それがトロイア戦争の発端か……」

「しかもパリス王子、考えなしに駆け落ちしただけではありません」

まだまだこれからと、梨於奈は数えあげていった。

「ホメロスの叙事詩『イリアス』では、恐怖心から戦闘に参加することを拒否します。いややや前線に出たときも勝手に敵前逃亡します。あげく逃げたことを隠して、ヘレネーといちゃついたり、傷を治療してもらおうと元カノの家に押しかけたり……」

蓮は「うーん」とうなった。

「あのパリスって王子さま、アキレウスを倒したときはすごい颯爽として、立派で強そうだったのに――。なんだか印象変わったなあ」

「実はここ、わたしたちにはとても重要なポイントです。……六波羅さん」

いきなり梨於奈がスッと顔を近づけてきた。

カサンドラといい、ヘレネーといい、美男美女が多い世界である。

彼女らは――顔の造作がよいだけではない。この世ならぬ雰囲気、只人ならざる気配まで身にまとっている。そこにいるだけで目立ち、光り輝く存在なのだ。

梨於奈も同じ雰囲気を放ちながら言う。

「大英雄のアキレウスを倒したことで、もしかして六波羅さんは楽観していませんか？　トロイア滅亡を防ぐのは――意外とかんたんそうだ、とか」

「白状すると、ちょっとね」

「でしたら、気を引き締めていただきましょう。アキレウスがトロイア戦争の最終局面よりも先に退場するのは、定められた筋書きです」

「えっ、うそだろう!?」

　蓮は驚きにまかせて言った。

「トロイア戦争の主役はアキレウス。そういう話だったじゃないか！」

「はい。そして、影の主役がもうひとりいます。パリス王子です。彼は『大英雄アキレウスを討つ運命の子』なのです。『いずれ太陽神アポロンとパリス王子が力を合わせて、不死身のアキレウスを葬る』。そういう予言まであったくらいで」

　淡々と梨於奈は語る。たしかに六波羅蓮がアポロンの矢を撃ってから、パリス王子がとどめの矢を放ったのだ。

　神話の筋書きはさほど変わっていない。蓮は愚痴った。

「だったら、もっと〝それっぽい〟キャラでもいいだろうに。ま、あの軽い感じも親近感が持てて、きらいじゃないんだけどさ……」

「ホメロス以前の神話では、正統派の英雄的王子さまだった節があるそうです。でもホメロスを筆頭とするギリシアの詩人たちが『非業の死を遂げるアキレウス』を主役として際立たせるため、パリス王子をダメ男に改編したのではないか……」

　そういう説がありますと、梨於奈は締めくくった。

「実際、長いトロイア戦争のなかで、ときどきパリス王子は人が変わったように覚醒して、英雄らしいパワーを見せるんです。長つづきはしませんけど」

「無理矢理キャラを変えた名残が大長編のあちこちに残ったのかなあ」

「そもそも、顔だけのダメ男に殺されるほど、不死身の英雄がやわだと思いますか?」

「いや、ごもっとも」

パリス王子の矢に十分なパワーが宿っていたからこそ勝てた。

梨於奈の言うとおりだった。あのとき、アキレウスの盾による防護幕はまだまだ健在だったのだから……。

肩を落とした蓮と、やや愉しそうにそれを眺める梨於奈。

ふたりで王宮の個室にもどってきたら——トロイア人の奴僕が待ちかまえていた。

「か、今日もカサンドラさまが是非お目にかかりたいと……」

麗しき王女からの呼び出しだった。

あの日以来、奇妙な異邦人ふたりを妙に気に入ってくれているのだ。

2

丘の上に建つ城塞都市トロイア。

日干し煉瓦を積みかさねた城壁で、四方を取り囲まれている。

それは高さ一〇メートル弱、東西の長さはおおむね二五〇メートルほど、南北は二〇〇メートルほどという規模であった。

長い戦争を続けてきた割に、市内には活気があった。

……結局、梨於奈の唱えた『ギリシア連合＝海賊説』が正しいのだろう。

彼らは『海賊団の寄せ集め』も同然であり、『数は十分でも内輪揉めが絶えず』『連合の統率はゆるゆる』。だから『散発的にしかトロイアとその勢力圏を襲えない』。

おかげで、守るトロイア側にはそこそこ余裕がある――。

「パリスさんとヘレネーさんがあんなふうにできるくらいだしな……」

しみじみと蓮はつぶやいた。

この都市でいちばんの高みに建つ王宮のバルコニーから、市街を見おろしていた。王宮以外は平屋建ての家屋ばかりなので、すばらしく見晴らしがいい。おまけにあざやかな青色の海が丘の向こうにどこまでも広がっている――。

そして、絶景を誇る王宮の『姫』がすぐそばにいた。

「お兄さまとヘレネーさまが……どうかされたのですか？」

「ああ。さっき仲よさそうなところを見かけたんだ」

「でしたら、ようございました。特にヘレネーさまは――ヘクトールお兄さまが亡くなられたことで、ずいぶんとお立場が苦しくなられたはずですから……」

ほっとした面持ちで、心やさしきカサンドラ姫は言った。

ヘクトール王子。この間アキレウスに惨殺されたトロイア軍の総大将。ここでさりげなく梨於奈が口を挟んだ。

「人格者のヘクトール王子は弟と駆け落ちしたヘレネーにいつも紳士的に接した――数少ない

人物です。なにしろ彼女が『戦争の元凶』ですからね……」

「あー。たしかに、なかなかできることじゃないね、それは」

「勝ったアキレウスを差しおいて、『騎士の鑑』と後世で讃えられるほどですよ」

ああいう境遇の女性につらく当たる人間の方が——おそらく多い。

それが人の世の慣らいだろう。特に戦時というストレスの多い環境下では。惜しい人を亡くしたと、蓮はつくづく思った。

そんな異邦の男を見て、カサンドラがふんわり微笑んだ。

「蓮さまは……すこしヘクトールお兄さまに似ていらっしゃる気がしますわ」

「本当？　だったらうれしいね。よかったら、僕を『お兄さま』と呼んでも——」

「六波羅さん。これは社交辞令か、気の迷いと受け取るべきでしょう」

「梨於奈、僕もうすうすそうじゃないかと思ったけど。すこしの間、夢を見させてくれてもいいじゃないか」

「誤解と妄想のタネは早めに摘むにかぎります」

「ふふふふ。おふたりのお話は本当に楽しゅうございます。ニホンなる国の御方は、皆そのような感じなのですか？」

「日本人としては、この人はすごく特殊なほうだと思うなあ」

「その言葉、そっくりそのままお返しいたします」

「まあ。さようでございますか！」

ひどく楽しそうに、カサンドラは笑ってくれた。

なんとも素直で、善良そうなリアクション。そして、ちょっとだけ大げさで、そこがかえってけなげだった。頼もしい兄を失った悲しみと失意——表に出すまいと、あえて明るく振る舞っているのだ。

蓮たちに連日会いたがるのも、気持ちを切りかえねばという想いからだろう。

ちなみに——カサンドラやパリス王子、ヘレネーらは微妙に『耳』がとがっていた。彼女らはみんな、神の血を引いているのだという。

その神聖な血統が耳に現れている、のかもしれない。

しかし、異世界の美姫の〝ただならぬ〟ところ、それだけではない——。

「ねえカサンドラ。君って、やけに察しのいいときがない？」

アキレウスに追いつめられたとき、カサンドラが端々で見せた『先見の明』、蓮は忘れていなかった。当の王女は答えづらそうに口ごもる。

するとと代わって、梨於奈が答えた。

「六波羅さん。カサンドラ姫には予知能力があるのです」

「予知？　それはすごいね！」

「姫の美しさを見そめて、太陽神アポロンがあたえた能力です。でも彼は見返りに我の恋人になれと迫り、それを姫が拒んだら——呪いをかけました。地上の何人もカサンドラ姫の予知、予言を信じなくなるという……」

「まあ——。梨於奈さまはよくご存じでいらっしゃいます！」

カサンドラ姫が賛嘆のまなざしを日本人少女へ向けた。

「さすが、魔女の力をお持ちの御方！」

「恐れいります。……本当なら、すぐに気づくべきでした。『トロイアの予言者』の話は有名ですからね。でも、あのとき——わたしもアポロンの呪いにやられていました。おかげで姫のお言葉を信じられず、平常心まで乱してしまって……」

「あの気前のいいアポロンさんがそんな呪いを？」

蓮は首をかしげた。彼から授かった『矢』、まだ一本だけ残っている。

まさしく太陽の輝きを宿していた青年神には、明らかに不似合いな——陰性のエピソードではないか。そう思いかけて。

「あ、いや。あの人、たしかに曲者の感じがぷんぷんしてたな……」

ステラとのやりとりを思い出して、蓮は決意した。

「今度会ったら、カサンドラのことで文句を言ってやろう」

「いいえ、蓮さま。これはわたくしの不心得にあたえられた——罰でございます」

トロイアの王女はいきなりおごそかに言った。

「わたくしを愛人の列に加え、そして、地上の巫女として取り立てたいという御心に背いてしまった以上、神罰を下されるのは当然のこと。しかもアポロンさまは、わたくしのような女のいるトロイアを——常に変わらず守護してくださるのですから……」

胸の前で両腕を組み、カサンドラは敬虔に心の裡を語る。

そういえば。蓮は思い出した。トロイアの都には太陽神アポロン、軍神アーレス、愛の女神アフロディーテらが肩入れしていたはずだと。

対して、ギリシア側を応援するのはたしか――

「輝けるアポロンの君がいらっしゃらなければ、恐るべきギリシア勢には到底太刀打ちできませんわ。なんといっても、あちらには大神ゼウスの愛娘、輝く瞳の姫神がいらっしゃるのですから……」

「輝く瞳の――何？」

「麗しき御顔に星の輝きを宿す姫。いくさの女神アテナでございます」

カサンドラが畏怖と共に神名を唱えた。

アテナの名はあまりに有名すぎる。さすがに蓮でも知っていた。

「ええ、そうよ。あのカマトト女にくらべれば、アキレウスなんか所詮は小物」

やつは四天王でも最弱の男――。

そんなノリで毒づくのは、蓮の〝相棒〟ステラであった。

「いい？　トロイアを攻めるギリシア勢は星の数ほどいるけれど。最も狡猾で戦意旺盛、そして厄介な敵は――女神アテナでまちがいないわ！」

カサンドラのもとを辞したあと、王宮の庭園へ出た。

すでに夜だった。半月の下で名を呼ぶと、ステラは地面から泡のように出てきた。そこでアテナの名前を出したのである。

「あの女はね、ゼウスの殿のお気に入り。今回のいくさでも殿のお膝元であるギリシア方の英雄たちをひきいて、女王気取り。処女神とかいって純情ぶるくせに、男たちを侍らせて、いい気になっているのだわ。本当にお笑いぐさよね」

身長三〇センチほどのミニマム美少女は、皮肉っぽく冷笑していた。

かなり険のある言いぐさ。梨於奈は感心し、蓮は驚いた。

「さすが古今東西の女神界でも屈指の遊び人アフロディーテとミス・ストイック。当然のように仲が悪いわけですね……。どちらもゼウスの娘だというのに」

「じゃあ、姉妹喧嘩?」

「……ああ。一応、表向きは姉妹となっているのだったわね」

含みのある物言いで、ステラはさらに冷笑する。こうまで対抗心をむき出しにする相棒、初めてかもしれない。蓮はつぶやいた。

「ステラがここまで嫌う女神さまか。ちょっと会ってみたくなったよ」

「やっぱりバカね、蓮。あなたはもうとっくに——顔を合わせているわ」

「えっ?」

「うわさをすれば、なんとやら……。いやだわ。女神ともあろう者がはしたなく立ち聞きをするなんて」

いきなりステラは、蓮の背後を冷たく見つめた。

すぐに蓮は振りかえった。みごとな枝振りのトネリコの木がある。その梢に――一羽のフクロウが止まっていた。

「ひさしいな、キュプロス島の姫よ。妾の名を忘れていなかったか」

数日前、神戸市内で遭遇した謎のフクロウ。

あの不思議な鳥が蓮たちの前に、いつのまにか現れていた。

3

「ごきげんよう。アテナイの守護女神にして、ゼウスの殿にしっぽを振る雌犬の姫」

「あいもかわらず物を知らぬ姫御前よな」

ステラのいやみを聞いて、フクロウは少女の声で言った。

「妾の――このアテナの眷属たる随獣どもはフクロウであり鳥たち、そして蛇。あとは森の獣たちであろうか。犬とはさほどの縁を持たぬ」

「まあ。智恵の女神ともあろう御方が皮肉もおわかりにならないのね！」

「……ふっ。そうであったか。許せ。軽々なる頭のアフロディーテ姫にそのような言葉遊びができようとは、思いいたらなかった」

人形サイズの少女とあやしいフクロウによる、超常的な舌戦。

ただし、使う単語の重々しさはともかく、内容はやや低俗な『女の戦い』だ。なるほど、このふたりはライバル関係だったようだ。

そして、フクロウはすっと地上に舞い降りて——

次の瞬間、少女に変身した。二三、四歳だろう。濃い緑色のローブを身につけているが、フードをはねのけてある。短めの銀髪は月を溶かしたような輝きを宿し、その瞳は漆黒の瑪瑙を彷彿とさせた。

言うまでもなく美しい。だが、なにより蓮を驚かせたのは視線だった。

漆黒の瞳であるくせに——強烈に光り輝いているように錯覚してしまう。視線の鋭さ、神々しさがそう思わせるのだ。

「これがアテナか……」

智慧と戦争の女神。ギリシア神話に無知な日本人でさえ承知している。

ここで蓮は気づいた。アテナは錫杖を持っているのだが、その先端部が『牙をむく蛇』を模した白銀の細工物であった。

そのアテナに向けて、すっと一歩を踏み出したのは——梨於奈だった。

「もし先日の非礼をお忘れでなければ……ごあいさつをお許しください。おひさしゅうございます、女神アテナ」

「忘れてはおらぬ。非礼とも思っておらぬ。覚えているぞ、地上人よ」

ブレザー姿の女子高生へ、アテナは鷹揚に言った。

「結局、そなたは死にいそぐのだな。まもなく滅びを迎える世界に飛び込み、しかも、神々と英雄のみが加われる闘争に——要らぬ手出しをしようとは」

「もしトロイア方の勝利となれば、その滅びも避けられましょうから」

さすが〝人よりも神に近い〟霊鳥《八咫烏》の生まれ変わり。

大女神を相手に、堂々たる口上だった。アテナは幼い美貌に微笑を浮かべた。

「ふふふふ。アキレウスを葬ったことで手応えを得たか？　だが、あれはまあ、所詮は道半ばで斃れる運命を背負っていた男。そんな者を討ったところで——」

「大勢は変わらぬとお思い？　輝く瞳のアテナともあろう御方がお甘いこと」

ステラが挑発的に口を挟んだ。

「そのような言葉、ここにいる——六波羅蓮を葬ってから口にすべきではなくて？」

「えっ？　そこで僕に振るのか、ステラ!?」

傍観者の立ち位置で、観客気分だった蓮はたじろいだ。

そもそも『女の戦い』に男が立ち入って、いい結果になることなどない。なるべく空気と一体化していようと、こっそり心がけていたのに——。

「ほう」

青天の霹靂。アテナが蓮を見つめてきた。

日本人的感覚では、中学生の女子と大差ない歳頃だ。が、こうも眼光鋭いローティーンなどいるはずない。蓮は背筋をのばし、あいさつした。

「先日はどうも。六波羅蓮です」

事を荒立てる気はない。にこやかに笑う。対してアテナは女王の傲岸さで、

「ふむ。見た顔だな。あのときは——旧知の姫と同じ気配を感じて、奇妙に思ったが」

「ははは。だから神戸で見逃してくれたんだ」

裏表なく、軽やかに笑う蓮。しかし、それをアテナは尊大かつ錐を突き刺すように——力強く見据え、六波羅蓮の笑顔を無視した。

「愚者ではあるが、それだけではない……。あのときも今もそう感じる。そして案の定、アフロディーテの姫を匿っていた。なかなか面白い男では、ある」

底の底まで見とおしそうな——アテナの輝く瞳。

危険を察知する動物的勘でも働いているのか、蓮の額にじっとりと汗がにじむ。今は彼女と揉めるべきではない。そう、今はまだ。

持ち前の軽妙さをキープするのに、やや努力が必要になってきた。

そして、おもむろにアテナがふくみ笑いをこぼした。

「くくくく。この者がアフロディーテ姫の——新たな浮気相手か」

「な!?　バカげた勘ちがいをなさらないで！　この男はいわば馬車馬、あたしを運ぶための輿に過ぎぬ存在と思し召せ！」

ステラがあわてて文句をつける。アテナは軽く聞きながした。

「そういうことにしておこうか」

「ううううっ。あなた、このことをまさかオリュンポスで言いふらす気⁉」

「愚かな。アテナがそのような仕儀を為すとお思いか？　無論、あなたたちの仲を訊かれたときには、我が見解をつまびらかに語るであろうが……」

「か、語らなくていいわ、この鍋頭の鈍感カマトト女！」

「？　智慧の女神たる妾が男女の愛と営みについて、何も知らぬと？　言いがかりはやめていただこう。それらについても、妾は十全なる知識をたくわえている」

「もう――いいわ。こうなったら戦場で決着をつけましょう！」

憤懣やるかたない面持ちで、ステラが言い放った。

「あたしのひいきするトロイア方に必ず勝たせて、あなたが肩入れするギリシア勢をぎたぎたにたたきのめしてあげる！　覚悟してらっしゃい！」

「承知した。ではまた、戦場で」

冷笑と共にアテナも応じた。

「妾も宣言しておこう。必ずトロイア軍を滅ぼし、この神域に破滅をもたらして、さらには地上にも――その滅びを必ず到達させてみせると。地上人どもよ、そなたらの故郷が終末を迎える日も近い。覚悟しておくがいい」

「……ちょっと待った」

ここで初めて、蓮はアテナをとがめるように見つめた。

「そんなふうにあっさり『滅ぼす』とか言われたら、僕もステラを応援したくなるな。忘れないでいてほしいね」

「承知した、地上の男よ。では、さらばだ」

　ふたたびアテナはフクロウと化して、飛び立った。

　夜闇の彼方へと去っていく。まだまだ困難は終わらない。英雄アキレウスの次には、その英雄たちをたばねる女神が敵としてひかえていたのだ。

4

　アテナとの対面から一夜が明けて――

　蓮は朝早くに王宮を出て、トロイアの市街へ向かった。

　大勢の露天商が集まる広場をのぞくと、雑多な人々でごったがえしていた。

「朝から人でいっぱいだ。活気があるねえ」

「ここの暮らしは日の出と共にはじまりますからね。わたしたちより遥かに早起きですよ」

　連れの梨於奈がコメントする。蓮はうなずいた。

「あー、たしかに。王宮も朝早くから大忙しだったっけ。炊事、掃除、洗濯……小麦をごりごり粉にするやつも朝からがんばっていたね」

　王宮の一角では毎朝、女奴隷たちが石臼で粉挽きに励んでいる。

　そうして小麦粉にしないと、主食であるパンの材料にできないからだ。

ちなみに粒のまま煮て、麦粥（むぎがゆ）も作れる。しかし、現代人が積極的に食べたがるほどの味ではない。この世界の富裕な人々も、同じ理由でパン食を好むようだった。

そして今、いい匂（にお）いがただよっていた。

露天市のとある屋台で、豚肉をあぶっていたのだ。

「ちょっと小腹も空（す）いてきたし、おやつでも買おうよ」

「賛成です。向こうで焼き鳥も売っていますしね」

「梨於奈って羊・豚・牛・鳥の選択肢があるとき、大体チキンを選んでない？」

「単に好物というだけです。今は変身していないので、共食いには当たりません」

「そうかなあ？」

買い食いの選択肢は、たくさんあった。

肉・タマネギ・ニンニクなどをまとめて刺した串焼き。豚の丸焼きを食べる分だけ切りわけてくれる店。イカや青魚、白身魚の塩焼き。スイカ、イチジク、ブドウ、ナツメなどの果物売り。焼きたてのパン。スープで煮込んだ麦の練り物など――。

軍資金もある。戦功への謝礼として、報奨金（ほうしょうきん）を授かったのだ。

この世界――サンクチュアリ・トロイアでは、銀の粒が『通貨』として使われていた。紙幣やコインがなくとも、貨幣経済は存在しうるようだった。

蓮は羊肉のグリル香草巻きと、平たいパンでイワシの塩焼きをはさんだもの。

梨於奈は野鳥の肉の串焼きに甘辛（あまから）いタレをぬったもの。

　それぞれ軽食を買いこんで、道々かじりながら、城塞都市トロイアの市門まで来た。戦闘中は固く閉ざされていた門だ。今日もそうだった。

　しかし、門番に通行手形を見せる。これも王宮でのもらいものだ。

　かくして、日本人ふたりはついに都の外へと出た。

　そのまましばらく歩いて、海を見おろす丘の――端っこまでやってきた。

「では約束どおり、地図をお目にかけましょう」

　海を望む断崖に立って、梨於奈はさっと人差し指で天を指した。

　すると、空から一〇羽近い白鷺が次々と降りてきた。彼女の指先近くまで来た瞬間、白鷺たちは――パッと折り紙の『鶴』に変わってしまう。

　サンクチュアリ・トロイアに来た直後、梨於奈が放った式神たちだった。

　周辺の土地や状況を偵察せよと、指示をあたえて。彼らがついに任務を終えて、主のいるトロイアに集合したのである。

「式神たちが見たものをこうして《念写》すれば――」

　地上から持ってきたノート。梨於奈はその一ページを破り、表面を軽く撫でる。そこに、写実的なタッチの地形図が浮かびあがった！

　トロイアの都の俯瞰図。その周辺の地形図。一枚、また一枚と増えていく。

　特に蓮が注目したものは――

「この海と陸地の形、見覚えがあるな」

遥か上空から、地上を見おろした絵面だ。さながら衛星写真である。

その一枚を取りあげて、蓮はまじまじと見つめた。

「僕らの地球でいう〝地中海とエーゲ海とそのまわり〟に似ているような……」

「前に話したとおりです。トロイア戦争の叙事詩が史実をモデルにした関係上、神話世界の方も現実の地球に似るという――」

梨於奈はおもむろに、エーゲ海（っぽい海）の沿岸部を指した。

「トロイアの都はここに位置しています」

「これ、思いっ切りダーダネルス海峡の近くじゃないか！」

示されたポイント、エーゲ海に面したトルコ領の一角を連想させる。

ちょっと東へ行けば、ボスポラス海峡とよく似た〝裂け目〟まである。ヨーロッパと小アジアの境目とされる場所だ。

「それでか！　トロイアって結構いろんな人種でいっぱいだよね？」

蓮は納得した。さっきの露店市もそうだった。

黒髪黒目のラテンっぽい人々。色白で、明るい色の髪と目の人々。顔の彫りが深く、濃いひげをたくわえた人々。肌の黒い人々。褐色の肌の人々など。

使われている言語も三、四種類はあった。すこぶる多国籍な印象の街なのだ。

「ギリシア神話の世界だけど、ここはその『外』になるんだ！」

「というより。ギリシア神話に出てくる地名、ペロポネソス半島――現代のギリシア領の外にある土地がかなり多いですよ」

「あっ、そうなんだ？」

「たとえば黒海沿岸のカフカス。東ヨーロッパのトラキア。さわるもの全てを黄金に変えたミダス王の国フリギアはトルコ内陸部。女神アフロディーテ生誕の地キュプロス島は、エーゲ海でもトルコやシリアのすぐそば……」

梨於奈はすらすらと地名を挙げていった。

「だからステラ……女神アフロディーテはトロイアの味方なのです。彼女はもともと東方、オリエントの地で崇拝されていた大地母神でした。それがギリシア神話に〝輸入〟されて、美と愛の女神にローカライズされたのです。ギリシアの東方で生まれた女神が『同胞』に肩入れするのは、当然と言えるでしょう」

考えてみれば、日本も仏教をはじめとする宗教・神々を輸入してきた国だ。

日本の風土に合わせた〝ローカライズ〟にも積極的だった。きっと古代ギリシアも同じだったのだろう。梨於奈はさらに語る。

「ちなみに、アポロンも非ギリシア圏出身の〝外なる神〟です。軍神アーレスもトラキア、騎馬民族スキタイの勢力圏で信仰された神。もとは彼らも東方に属する神ですから、ギリシア勢ではなくトロイアに味方しています」

深遠なる神話の謎解き。太陽神アポロンらがギリシア軍とアテナを敵にまわす理由、しっかりあったのだ。

「アフロディーテは主神ゼウスの娘とされていますが、あくまで『養女』です。ゼウスの頭部から生まれたとされるアテナとは、そこも大きなちがいですね」

「昨日ステラが言ってたのはそれか」

いろいろ事情を飲み込めて、納得する蓮であった。


さて。トロイア戦争の発端は美男美女の駆け落ちであった。

が、さらに前日譚があるという。

駆け落ちの当事者パリス王子が若かりし頃。彼は戦女神アテナ、ゼウスの妻ヘラ、そしておなじみアフロディーテに迫られたという。

——『あたくしたち三女神のなかで、最も美しいのは誰!?』と。

彼女たちはパリス王子に『見返り』を提示したらしい。もし自分を選ぶのであれば、こんな特典がおまえを待っているぞと。

アテナいわく「あらゆるいくさで勝者としてやろう」。

ヘラいわく「おまえを世界の王にしてあげるわ」。

そしてアフロディーテいわく「世界一の美女をあなたの妻にしてあげる！」。

……正直、誰を選んでもあとくされがある難問だろう。また、見返りがある時点で不正選考もいいところだ。しかし、適当にごまかさず、あっさり神界一の美女神を選ぶあたり、パリス王子は只者ではなかった。

「うーん……じゃ、アフロディーテさまで！」

数年後、パリス王子は人妻だったヘレネーと巡り会う。女神の加護もあってか恋の焔は瞬時に燃えあがり、手に手を取っての駆け落ちとあいなった……。

まあ、彼のチャラさはさておくとして。

パリス王子の〝ある性格〟がよくわかるエピソードだ。すなわち権力にも、さらに力や武勲にも興味を持たない恋愛脳の持ち主だという――。

そして、蓮が梨於奈といっしょにトロイア王宮へ帰ってきたとき。

やや性格に問題のある粋人との対面が待っていた。

「やあレンどの。ちょうど君を探してたんだ」

王宮の庭園で、パリス王子がさわやかな笑顔で話しかけてきた。

歯の白さがまぶしい。きらりと光りそうなほどだ。また、彼の背後に付きしたがう奴隷たちは『盾と鎧兜の防具一式』を抱えていた。

「アキレウス――あいつの甲冑をトロイアの武将たちに分配することになってね。いちばんの功労者である君から、好きなものを選んでくれないか？」

盾、兜、胸当て、左右の籠手と脛当てなど。

どれも見覚えがあった。船上で死んだ英雄アキレウスの装備品だ。

海に沈んだはずだが、回収していたらしい。神の手による逸品だというから、再利用したい気持ちはわかる。しかし、蓮は美しきパリス王子へ訴えた。

「アキレウスを倒したのは王子なんですから、あなたから選ぶべきですよ」

兜でも籠手でも好きな部位を取ってくれという意味だろう。

しかし防具一式、欠けているパーツはまだひとつもない。パリス王子が何も選んでいないのは明らかだった。当の王子は平然と言った。

「ボクはいいんだ。こういうのには全然興味なくってね。もっとお洒落な服とか帽子とか、絹の反物なら話はべつだけど」

今日のパリス王子、色あざやかな赤の三角帽に緋色のマントを合わせて、金のネックレスを首に巻いていた。髪もきれいにくしけずっている。

ずいぶん華やかな装いで、身だしなみに相当気を遣っているのだろう。

「ま、ボクはもう、世界一の美女って『宝』を手に入れてるしねっ」

「ははは、なるほど」

そういうことならと、蓮は「じゃあ、これを」と指さした。

「盾か！　うん。神々に祝福されたレンどのにへパイストスの盾が加われば、もう怖いものなしだ。次の戦いでもよろしく頼むよ！」

パリス王子は愉快そうに笑って、去っていった。

「美しき魔女どのもごきげんよう！」

別れ際、妻帯者のくせに流し目を送るあたり、さすが名うての遊び人だった。一方、王子の視線は無視して、梨於奈がコメントする。

「やっぱり、その盾はインパクトありましたからね」

「うん。とんでもない防御力だった」

　王子付きの奴隷から受け取ったばかりの丸い盾。

　蓮は惚れ惚れと眺めた。ベースは木製だが、青銅版を五枚も貼りつけてある。ずしりと重い。英雄アキレウスを守った誉れの盾だ。

　貴重な神聖武具。これを蓮は——梨於奈へ差し出した。

「梨於奈。こいつは君に持っていてほしい」

「わたしが!?」

「僕にはアポロンの矢がまだ一本ある。盾が必要なときは君から借りるよ。それに——僕にできることって、そのとき呼ぶ〝友達〟次第だからね」

　六波羅蓮、剣と盾で肉弾戦を演じるキャラではまったくない。

　ステラと《友達の輪》を頼みにふらふら『遊軍』でいるべきなのだ。その方が敵味方ともに思いもかけない何かをやれる、かもしれない。

「僕だと盾が役立ちそうなとき、そこから逃げているかもしれないし」

「それをおっしゃらなければ、六波羅さんを『目先のアイテム数にとらわれない、合理的判断のできる人』と見直すところでした」

「ははは。それは惜しいことをしたな」

「でも、たしかにありがたいお申し出です。遠慮なくお預かりします」

梨於奈の手にいきなり霊符(れいふ)が現れた。

これが貼りつけられた途端、アキレウスの盾は『しゅっ』と消えた。霊符によるコンパクト収納魔術。その便利さに蓮は感心してから、

「ところでさ。この世界の人たちはリサイクルに熱心だよね。今のもそうだし、アキレウス当人も倒したヘクトールさんから鎧をはぎ取っていた」

「亡くなった勇士の武具を我がものとするのは、ギリシア神話の慣習なのです」

梨於奈はおごそかな口調で言った。

「そうやって、死せる英雄の力を我がものにする。一種の宗教儀礼でもあるのでしょう。食人儀式(カニバリズム)と同じかもしれません。死んだ人間の一部を食べることで、その人間のパワーを我がものにする……」

「そうか。武具を取るのは、倒した相手の力を奪うってことなのか！」


その夜、珍しく相棒の方から声をかけてきた。

「蓮。話があるわ」

「どうしたんだい、ステラ？」

王宮の廊下、蓮の部屋の前である。隣は梨於奈の部屋で、ちょうど別れる寸前だった。連れの少女と顔を見合わせて、ふたりが蓮の部屋に入ると——

「実はこの王宮に、あたしの〝親友の息子〟がいるの」

床から人形かと見まごうサイズの美少女、ステラが湧き出てきた。

「彼──アエネイスくんはトロイアの王族で将軍だから、あの子と話をしてくるわ。そろそろギリシア勢へ大攻勢をかけるべきだって。向こうは最強のアキレウスを失った直後だし、きっと上手くいくわよ」

「たしかに言われてみれば、いいタイミングかもしれないね」

「待ってくださいステラ。英雄アエネイスといえば、女神アフロディーテが浮気相手ともうけた隠し子だったような」

「変なうわさを本気にしないでくださる、鳥娘？」

梨於奈のコメントを受け流して、ステラはそそくさと床に潜りなおす。蓮はしゃがんで、床をさわってみた。相棒の気配をまったく感じない。

「もう外に行ったみたいだ」

「六波羅さんから離れて行動することもできるのですね……」

「僕の近くにいた方が安全だから、あまりやらないでほしいんだけどね」

「ところで、例の《友達の輪》ですけど。もしかして、あまりひんぱんには──使えないのではありませんか？」

梨於奈がおもむろに指摘してきた。

「もし濫用できる能力なら、呼び出せる神をかたっぱしから召喚して、役立つ貢ぎ物をくれと要求しつづける方が……アイテムの備蓄もできて、賢いと思います」

「梨於奈は鋭いね。実はそうなんだ」

隠すつもりはない。あっさりと蓮は認めた。

「遠くから神様を召喚すると、ステラのＭＰをごっそり使うみたいでね。回復にも結構時間がかかる。できればコネの効く相手や、すぐ友達になれそうな神様と、たまたま出会ったときに使いたいそうだよ」

尚――。このときの蓮は相棒の出張を軽く考えていた。

いくら女神アフロディーテでも、あんな姿でひょっこり顔を出す程度では、たいした影響力を発揮できないのではと。しかし、それはあっさり裏切られる。

5

「すごいことになったなあ」

「この都だけでなく、トロイアに従属する周辺の都市や街、それに近隣の同盟国からも船と兵士が集まったそうです。思いのほか大船団になりましたね……」

トロイア王宮のバルコニーから、蓮と梨於奈は海を見おろしていた。

数百隻もの軍船がトロイア沖に集結し、停泊中だった。同じく外部から参集した兵士や将軍たちも大勢いる。

彼ら増援の兵たちで、トロイアの市街と王宮は大にぎわいだった。

「ステラが〝親友の息子〟さんをけしかけたら、二、三日でこうなるなんて」

「わたしたちの想像以上に、トロイア勢の士気が上がっていたのかもしれません。考えてみたら、アキレウスの戦死ですこし『神話の筋書き』が変わっているんです」

感心する蓮のそばで、梨於奈が言った。

「本来のストーリーならアキレウスは陸で戦死し、遺体はギリシア方に奪いかえされるはずでした。そして英雄の死を悼むため、盛大な葬儀と——武術大会が開かれます」

「それはやっぱり、ギリシア軍全体を盛りあげるため？」

「はい。しかも大会の賞品はアキレウスの武具です。この間はトロイアの武将たちで分け合いましたけど、本来はギリシアの英雄たちが再利用するはずでした」

「そういうアドバンテージが全部こっちにまわったわけか……」

案外、このまま戦争の形勢はトロイアへ傾くのではないか。そんな期待を抱いた蓮のところへ、見覚えのないトロイア人の奴隷が近づいてきた。

「えっ？　王様が僕たちを？」

トロイア王の名はプリアモス、妻はヘカベだという。

しかし、蓮はシンプルに『王様・王妃さま』で記憶していた。彼らほど身分のある貴顕を名前で呼ぶ機会などないので、それで十分だった。

そして謁見の間で玉座に腰かけて、トロイア王は重々しく言う。

「異邦の勇者レンどの。魔女リオナどの。先日は我が子たちをお救いいただき、いまだ感謝の念が尽きませぬ」

跡継ぎでもあったヘクトール王子を失った心痛からだろう。

トロイア王は傍目にもわかるほど、ずいぶんと憔悴していた。しかし、その眼光は十分に鋭く、王者の威厳に満ちている。

「願わくば、この先いつまでも我が王宮におとどまりいただきたいものですな。レンどのが秘蔵されているというアポロン神の黄金の矢、いずれこの老いぼれにもご披露していただきたいと心より願っておるのです」

蓮のことをしっかり持ちあげてから、トロイア王はこう切り出した。

「ところで、お二方に折り入ってご相談がございます」

「トロイア王。次の出陣、僕たちも参加させてもらえますか？」

蓮はずばりと言った。梨於奈と相談して、すでに決めていたのだ。

王の疲れた顔に、うれしそうな笑顔が浮かんだ。

「そう言っていただけるとは、かたじけない。無論、しかるべき待遇と褒賞を用意し、お二方の御心ばえに応えるつもりにござれば……」

「陛下。お耳に入れたい情報がございます」

今度は梨於奈が発言した。

「現在、ギリシア軍は近海の大きな島に駐留しております。わたしの式神――使い魔が居場所を突きとめて参りました。正確な方角と距離をご報告いたします」

「おお！」

トロイアの武人たちが求めてやまなかった重要情報――。

それを教えると言われて、トロイア王は玉座から身を乗り出した。


翌日、数百隻の軍船は日の出と共にトロイアを出航した。

そのうちのひときわ大きな軍船のひとつが――蓮と梨於奈の『船』であった。

「まさか、神話の世界で『船長』になるとは思わなかったな。あ、待てよ。兵士のみんなもあずかったから『将軍』になるのか……？」

「これは軍艦なので、『艦長』でいいかもしれませんね」

全長二〇メートル前後のサイズ、古代船としては破格の大艦であろう。

乗組員は水夫と水兵を兼ねている、だけではない。陸に上がれば歩兵となり、蓮たちの手足となって戦うはずだった。

しかも、この一隻プラス八隻の軍船に乗る将兵まで指揮下に入る。

総勢で二、三〇〇名ものトロイア兵をひきいる武将――。

六波羅蓮の立場はまたたく間にそこまで変化してしまったのだ（もちろん梨於奈も込みではあったが）。

出航から数時間。東風に乗って、トロイア船団は海を往く。

天気は快晴。全てが文字どおりに順風満帆。そんなときだった。

「レンさま。ご報告が」

「……密航者がいた？　僕らの船に？」

配下のひとりが注進してきたのだ。蓮は首をかしげた。

水夫と兵士を兼任しているような人間が温厚だとは考えにくい。実際、彼は見るからに荒っぽそうな顔つき・物腰だ。密航者など見つけようものなら、問答無用で海にたたき落としても不思議ではないのに。

しかし、その彼はやけに神妙そうな面持ちで、やってきたのである。


「まあ、蓮さまに梨於奈さま！」

案内された船室には、なんとよく知る人物がいた。

王女カサンドラ。しかも旅用の外套とされるフード付きのマントを羽織り、明らかに旅支度であった。彼女が密航者だったのだ。

「もしかして、家出なのかな？」

「軍船に隠れて、ですか？　わたしにはもっと無鉄砲な計画のように思えます」

船室内で三人だけとなり、蓮と梨於奈はささやき合った。

一方、カサンドラ姫は観念したのか。肩を落として、こう語った。

「実はまた……予知が視えたのでございます。たくさんの兵士たちが斃れ、無念を抱えたまま海に沈んでいくという――」

またしても蓮の胸に、もやもやと去来するものがあった。

ひそやかに語られたカサンドラの予言を胡散くさいと、決めつけたくなる気持ち。隣の梨於奈も眉をひそめていた。しかし。

日本人仲間が何か言う前に、蓮は急いで両目をつぶった。

心と意識をクリアにするためだ。今、湧きあがった感情は無視することにする。目を開けると、蓮はいつもどおりの笑顔を悲劇の予言者に向けた。

「それがどうして、カサンドラの家出につながるのかな？」

「は、はい。わたくしの言葉が信じてもらえないのなら、もう無理して誰かに予言を伝えるのはやめようと思いまして……。その代わり、予言が決して具現化せぬように精一杯――何かをしてみようと考えたのでございます」

うつむきながらも、麗しき王女は決意に満ちた言葉を口にした。

「ヘクトールお兄さまのお命を守ることはできませんでしたが、今度こそ……！」

「そういうことでしたか」

不意に、梨於奈が納得の面持ちでつぶやいた。

「ずっと不可解だったんです。あのとき、どうしてカサンドラ姫がおしのびで城壁の外に出ていたのか。……兄上を守るおつもりだったのですね？」

「はい。でも上手くいかず、せめて仇をと思い――」

あのときのカサンドラの行動に、そういう覚悟があったとは。

蓮も納得し、そして感動した。けなげな女の子だとは承知していたが、ここまで強い心の持ち主だとは――まったくわかっていなかった。

予言が信じてもらえないのなら、自らの行動で予知の具現化を防いでみせる。

かよわく見えても、彼女はすばらしい芯の強さを持つ女性なのだ。

「ただ、ご存じでしょうが、わたくしは智恵も力も不十分な身。今度も上手くいかないかもしれませんが……」

「大丈夫。僕と梨於奈もできるかぎり手伝うよ。僕らの船に隠れているといい」

浮かない顔の王女へ、すぐさま蓮は請け合った。

「ご家族やえらい人にばれたら、君は陸にもどされるだろうからね」

「よ、よいのでございますか、蓮さま!?」

「まかせてよ。君の予知能力は必ず何かの役に立つだろうし。それに――僕はともかく、梨於奈は頭もいいし、魔法もばっちりだ。困ったときはどうにかしてくれる」

「そこでわたしに全振りですか……」

「いいじゃないか。一応、僕が『ご主人さま』だ」

「もちろん乗りかかった船ですし、わたしたちの目的とも噛み合うことですから、一向にかまいませんが――。六波羅さんは本当に調子のいい人ですね」

「お、おふたりとも、ありがとうございます！」

感極まって、カサンドラ王女が目に涙をためている。

蓮は軽やかに笑って、呪われた予言者のかぼそい右手を――両手でつつみこんだ。

「ついでにもうすこし『調子いいこと』を言っておこうか。僕はね、カサンドラ。君の善い行動に相応の報いがあるといい……心から、そう思うよ」

因果応報という言葉がある。

これは悪行だけでなく、善行にも適用される概念らしい。

サンクチュアリ・トロイアに来て以来、『悪』の方ばかりを見てきた。だから今、けなげな女の子が見せてくれた『善』がなんとも愛おしい。

これから唱える言葉、必ず現実になれ。その意志と共に蓮は言った。

「大勢の命を救おうと行動を起こした人間に、それ相応の善果が必ず返ってくるとはかぎらないけど。すくなくとも僕だけは、君のそういう気持ちに必ず報いるよ」

「ありがとうございます！」

「……急にどうしたんですか、六波羅さん？　らしくない言葉を使って」

珍しいことに、梨於奈がぎょっとした顔で見つめてきた。

よほど意外だったのだろう。蓮は軽く笑った。

「たまにはいいじゃないか。僕だってまじめなことを言うときくらいある。もちろん、梨於奈のことも同じように思っているよ」

「そんなことを急に言われると、わたしはむしろ気色悪いです」

旅の道連れから邪険に言われて、蓮は苦笑いを浮かべた。

しかし。蓮も、そして梨於奈も、アポロンの呪いを甘く見ていた。

カサンドラの予知への不信感を無視しようと心がけていたら、自然と『予言そのもの』が意識にのぼらなくなったのだ。

だから異変がはじまるまで、うかつにも失念していた。

『たくさんの兵士たちが斃れ――無念を抱えたまま海に沈んでいく』

悲劇の王女カサンドラによる不幸の予告を。

はじまりは暴風と大波だった。

いきなり海が荒れだして、トロイアの大船団を揺さぶりはじめたのである！

6

「うわあああああっ!?」

「こ、このままじゃ船が沈むぞおっ！」

水夫たちが騒ぐのは、蓮たちの船だけではない。

トロイアより出航した大船団、その全ての船上で起きていることだった。

これまで順風満帆の航海だったというのに、何の前ぶれもなく大時化が来た。びゅうびゅうと大風が吹き荒れ、海面は上に下にと振幅を繰りかえす。

　この荒波で、数百隻もの軍船はいっせいに揺さぶりをかけられていた。

　船体と、船上のあらゆる人と物は振り子よろしく、右へ左へと大きくスイングさせられる羽目になった。

　転覆した船もすくなくない。当然、乗員たちは海に投げ出されてしまう。

「この辺って結構な外海だよね!?」

「どこか近くに島でもあればいいのですが！　そうでなかったら、絶対に陸地まで泳ぎ着ける距離ではありません！」

　蓮たちの船は――まだどうにか沈んでいない。

　その甲板上で、梨於奈といっしょに蓮はマストにしがみついていた。

　波しぶきが乗員と船上・船内をざばざばと洗う。洗濯機に呑みこまれた気分だ。みんな、とっくにずぶ濡れだった。

　水夫たちは騒ぐか、神に祈るばかりであった。

　まあ当たり前だろう。この状況下で何かをしようにも、かよわき人間の身にできることなど皆無なのだから。

　尚、蓮と同じマストに王女カサンドラもすがりついていたが――

「ああっ!?」

　王女はいきなり、遥か遠方の空を指さした。

そこには、にわかに立ちこめてきた暗雲が広がるだけだった。しかし。

「蓮さま、梨於奈さま。あちらにこそ、わたくしどもを苦しめる神威の源が――！」

たぐいまれなる予知能力者は、霊感もすぐれているのか。

王女カサンドラによる啓示だった。これは予知ではなかったからか、いつもの不信感はこみあげてこない。だからだろう。すぐに梨於奈が反応した。

「邪と穢れは水に逐われて清まる、急急如律令！」

若き大陰陽師の手に忽然と霊符が現れた。

記された呪句は『千邪万歳、逐水而清』。梨於奈はこの霊符を宙へ投じる。

浄めの霊符はなんと数百メートルも飛んで、カサンドラの指さしたとおぼしきあたりまで到達し――爆裂する光と化した。

「飛びなさい！」

この光を浴びて、虚空に浮かびあがる『影』があった。

人影だった。ただし、身長二百メートル前後の人間がいるとすれば。

彼は大荒れの海のなかに屹立していた。腰から上だけが海面から出ている。ありえないほどの巨体を除けば、壮年の威厳ある人物だった。

右手に持つのは三つ叉の矛。ガウンのような衣をまとっていた。

ただし上半身が全てはだけているので、筋骨隆々ぶりがよくわかる。そして彼の肌は――

全身、青黒い。梨於奈が叫ぶ。

「海神ポセイドン！　彼がこの大時化を発生させていたようです！　アテナと同じで、ギリシア連合に肩入れしている神ですよ！」

「だったら、こうするしかない！」

蓮はとっさに、人差し指を天に突きつけた。

「最後の矢、使わせてもらうよアポロンさん！」

これ以上もたつけば、大時化による船の被害が増えるだけ。一瞬も躊躇することなく、蓮は太陽神アポロンの矢を放った。

空に立ちこめる暗雲を切り裂くのは、天より降る黄金の光。

これがレーザーの刃となって、巨大なる海神ポセイドンの肉体に降りそそぐ！

太陽の矢を胸に浴びて、ポセイドンが大音声でうめいた。

『ぐ――ぬぅおおおおおおおおおおっ！』

熱さと痛みで苦悶しているのだ。巨大なる海神はそのまま顔をしかめて、かぶりを振った。

すると彼の青黒い巨体は――煙のように消え失せた。

蓮は拍子抜けして、首をかしげた。

「あれ？　意外とあっさり退場したな」

「太陽神アポロンの介入と判断して、即時撤退を選んだのかもしれません」

梨於奈がすぐに教えてくれた。

「トロイア戦争でオリュンポスの神々は内輪揉めをしていますが、神同士での直接対決は避ける傾向にあるのです」

海神ポセイドンの退場にともない、大時化は急速に静まっていった。

船の揺れもようやく収まり、蓮たちの船でも水夫たちは胸をなで下ろしていた。まあ、今までの騒ぎで海に投げ出された者もかなりいるようだが――。

海神発見の功労者、カサンドラも安堵（あんど）していた。

「ああ。神々よ、感謝いたします！」

トロイア船団で無事だった船、その全てで同じ光景が見られることだろう。

しかし、それは窮地（きゅうち）を切り抜けたがゆえの――油断であった。最初に絶望したのは大船団のいちばん端に位置する軍船の水夫だった。

「ギリシア人どもだ！　迎え撃て、ギリシア人どもが来るぞ！」

大時化によって、船団全体がいつのまにか流されていたらしい。

その海域にはあろうことか、ギリシア連合軍の大船団が停泊していた。海神ポセイドンの権能（けんのう）でトロイア勢がここまで追い込まれるのを――待ち伏せしていたのである。

大海神の荒波は、あくまで序章に過ぎなかった。

「火矢だ！　船が燃えるぞっ。すぐに消せ！」

「水――水を持ってこ……駄目だ、もう間に合わない！」

「海に飛び込め！　この船はもう沈む！」

蓮たちのまわりでは、友軍の船が次々と沈んでいた。

待ち伏せしていたギリシア勢の軍船から、大量の火矢を射かけられたせいである。

「おっと！」

自船の甲板上で、蓮はひらりと横っ跳びした。

今までいた場所に火矢が突き刺さる。焔が木の甲板に燃えうつる。すかさず軽やかに疾走して、続けざまに飛んできた二の矢、三の矢から逃れた。

この避難行動を見て、梨於奈がつぶやく。

「あいかわらず、こういうときだけ勘がいいご主人さまですね」

「それが取り柄だって言ったじゃない？　それより、だいぶヤバそうだね……」

敵船の接舷を許し、ギリシア兵たちに飛びうつられた船も多かった。

そうなると剣を手に甲板上で白兵戦を演じることになる。大時化で疲れ切っていたトロイア軍は、どうしても分が悪い。

しかし——

蓮たちの軍船がいきなり撃沈の憂き目に遭ったのは、べつの原因ゆえであった。

とあるギリシア船に乗りこんでいた武将が矢を射たのである。

「ラエルテスが長子、イタカの王オデュッセウス推参なり！　我が誉れの弓を受け、海のもくずと消えよ、トロイアの馬飼いども！」

青銅の鎧兜に身をつつみ、堂々たる体躯の英雄であった。

また、オデュッセウスなる男の口上にはどこか傲慢な響きがあった。とはいえ、彼が手にした黒金の弓はすさまじい強弓であった。

放たれた矢は稲妻のごとく飛んで――蓮たちの船をみごと貫通。

ただ一矢で、船の横っ腹に大穴が穿たれた！

「す、すごい威力だ！」

「もしかしたら、アキレウスに負けないくらいの攻撃力かもしれませんよ！」

「ヘレネーお義姉さまから聞いたことがございますっ。オデュッセウスどのはギリシア勢きっての智恵者で、弓の達人でもあると！」

弓矢の威力に梨於奈が驚き、カサンドラも叫ぶ。

大穴があいたことで、蓮たちの船は木っ端微塵のばらばらになり、あっというまに沈んでしまった。船の建材は大小さまざまな木片となり、海面にばらまかれる――。

もちろん、蓮とふたりの少女も海に落ちた。

以前のアキレウス戦と同じだった。あのとき同様、ただよってきた難破船の残骸に三人でしがみつき、当座をしのぐ。

「梨於奈。空を飛ぶ魔法で『ぴゅっ』と脱出しよう！」

「あれは飛行中、無防備になります。オデュッセウスに弓で狙われたら、ひとたまりもありません。それよりも」

霊鳥《八咫烏》の生まれ変わりは不敵に言った。

「六波羅さんに姫をおまかせできるなら、わたしは反撃の先陣を切ろうと思います。能力解放の許可をいただけますか？」

「もちろんだよ。全力で戦ってくれてかまわない。あとは――」

蓮は精神集中し、相棒の名を唱えた。

「ステラ。お願いしてもいいかい？」

「ふん。あなたもよくよく海に落ちるのが好きなようね、蓮」

「まあ！」

蓮の右肩に現れたミニマム美少女を見て、カサンドラが目を丸くした。

が、説明する暇（ひま）はない。まず蓮はステラに目配せした。

「あたしは――女神アフロディーテは海の泡（あわ）から生まれた女神。いわば海の申し子。運がよかったわね、蓮。ここなら、いい当てがあるわ」

ステラは澄まし顔で、海へと呼びかけた。

「来ませい、我が随獣（ずいじゅう）よ。この者たちの保護をおねがい」

すぐに一頭のイルカがどこからか泳いできた。賢そうな顔つきで、蓮とカサンドラがしがみついてもまったくいやがらない。

「これなら、心置きなく戦えます」

梨於奈の双眸（そうぼう）が――あの幻想的な青色で染まっていた。

全魔導力を解放した証（あかし）。黄金の霊鳥へ変化（へんげ）をはじめる兆候（ちょうこう）だった。

まわりでも、ギリシア勢の奇襲ショックから立ちなおったトロイア船が——いよいよ反撃に転じつつある……。

しかし、不意に梨於奈の目がもとの色にもどった。

「前言撤回。わたし、六波羅さんたちのそばにいた方がよさそうです」

ギリシアの軍船が一隻、こちらに近づいてくる。

その舳先に、緑のローブをまとう少女が立っていた。

月を溶かしたかのような銀髪に、輝く黒い瞳。手に持つ杖の先端は蛇の彫り物。智慧と闘争の女神アテナにほかならない。

梨於奈がため息をついた。

「今回のギリシア軍の待ち伏せ、やっぱりアテナが指導したのでしょうね……」

「そうに決まってるじゃない。あの女は昔からそう。大物ぶって『私はいつも余裕☆』なんて顔をしながら、裏ではしっかり悪だくみをしているのよ」

昔なじみにしてライバル、ステラの貴重な証言であった。

女神アテナの輝く瞳、海面をただよう六波羅蓮と、その右肩にすわるステラ＝女神アフロディーテにしっかり注がれていた。

このまま虜囚になる以外の選択肢、蓮たちにはなさそうであった。

第四章
chapter 4
神々の虜、めざめる獣

1

「こいつらだけか？」

「ほかにも女がいたように見えたぞ。探してみるか？」

「どうでもよいではないか。見ろ、この娘を。ははは、なんという上玉だ！　これは是非とも味わってみたいものよな！」

「おお。あの方々に差し出す前にちょっと愉しませてもらうくらい——」

ギリシア勢の軍船、その甲板上であった。

下卑た兵士たちに好色な視線を注がれて、カサンドラがおびえている。海から引きあげられたばかりなので、ずぶ濡れである。

濡れた衣服はぴっちりと張りつき、体のラインがあらわになっている。

はちきれそうなほどのボリュームがありながらもしっかりとくびれ、結果として、カサンドラの肢体はみごとな曲線美を体現している。

大ピンチに困りはてつつも蓮は考えた。

(この娘の写真集を出したら、すごい売り上げになりそうだな)

そして、それだけに男どもの劣情を刺激してしまう。

姿を消したもうひとりはモデルを思わせるスレンダー体型。もしこの場にいれば、さらに兵士たちは盛り上がっただろう。

彼女の無事を祈りつつ、蓮はつくづくと思った。

(この世界にジュネーブ条約はないし。捕虜への虐待とか、拷問とか、人権侵害とか、奴隷として売り飛ばすとか、なんとも思わないんだろうなあ……)

姫君を怖がらせる気はない。あくまで胸の裡のひとりごとである。

非力・非才を以て任じる六波羅蓮。だが、己しかいないのであればナイト役を買って出ることに否やはない。まあ、カサンドラともども両手首に縄をかけられているので、たいした真似はできないが、せめて——

さりげない足取りで、蓮は麗しき王女のすぐ前に来た。

「れ、蓮さま」

「うしろに隠れて」

背後で驚いたカサンドラへ、声をひそめて言う。

「僕がもう三、四人いれば、君をあいつらの前から、すっぽり隠してしまえるんだけどね。そ

いてきたことだろう。ぐいぐいと背中が押される。

それはいい。問題は『むにゅっ』というやわらかで弾力に富む感触まで、蓮の背中にくっつ

意図を察して、カサンドラが蓮の背中にぴたりとくっついてきた。

兵士たちの視線をさえぎる壁代わりになる。

「は、はい。ありがとうございますっ」

れは無理だから、できるかぎりで」

　カサンドラは胸の双丘を押しつけるほど、蓮に密着しているのだ。

「うーん。こういう役得はうれしくないな」

「？　何かいけなかったのでしょうか、蓮さま？」

「あとで余裕ができたときに話すよ。君はちょっと無防備すぎるって。ま、僕も他人のこと言える方じゃないけど、君のお兄さま代わりとしてね」

「は、はい。では、のちほど教えてくださいませ」

　本当に、そういうゆとりがあるといいのだが。

　純真無垢にして天真爛漫なる女の子には、絶対に経験させたくないような悲劇がこの先待ち受けているかもしれない。そのことを蓮は危惧した。

　となると、頼みの綱〝その一〟に期待したいところだが――

（ステラ）

　相棒に念を送ろうとして、蓮は心底驚いた。

「えっ!?」

蓮とカサンドラを取りまく人だかり。

そこから緑のローブをまとった少女がすたすた歩み去っていく。銀髪に黒い瞳。まちがいなく女神アテナだった。そして、身長三〇センチのミニマム美少女——美と愛の女神アフロディーテの成れの果てを抱きかかえていた。

「んんーっ！　んんーっ！　んんんんーっ！」

ステラ＝アフロディーテは猿ぐつわをかまされ、縄で縛られていた。

何か叫ぼうとしているものの、声になっていない。しかも、これほど目立つ二柱の女神が離れていくことに、まわりの兵士たちは誰も気づいていない——。

「……ステラたちが見えていないのか」

「蓮さま。かんたんな目くらまし、輝く瞳の姫神には児戯にも等しいことでしょう」

カサンドラが蓮にくっついたまま、教えてくれた。

さすが『トロイアの予言者』、一目でアテナの素性を見破ったらしい。

だがステラがいなくては、切り札《友達の輪》はもちろん使えない。蓮が困りはてたところに、立派な風体の戦士がやってきた。

ギリシア兵たちを押しのけて、ぐいぐい前に出てきたのだ。

「この者たちが——とらえたという捕虜か。おお。たしかに身分ありげな娘御と、妙ななりをした男よな」

黒髪で髭面、甲冑をまとう体は大柄で、黒金の弓を持つ。

英雄オデュッセウス。蓮たちの軍船をただ一矢で撃沈せしめた猛者だった。やけに押し出しが強そうな印象だ。面構えがふてぶてしい。

戦場の勇士であるはずなのに、なんとも胡散くさい感じで——

「いやな顔つきだなあ」

「どうかなさいましたか、蓮さま?」

「昔ね、僕の知り合いだった焼き鳥屋のゲンさんに支店とか出資の話を持ちかけて、破産に追い込んだ自称起業家のおじさんを思い出しちゃって。たぶん、口が上手くて山師っ気ばりばりなんだろうな……」

ぽかんとするカサンドラを背中にかばい、蓮は英雄オデュッセウスを見つめる。

いかにも曲者という雰囲気の中年男、怪訝な顔で見つめ返してきた。


そして、この一幕を見守る者がいる。

ギリシア軍船の帆をかけるマスト、そのてっぺんに降り立ち、羽根を休めていた青ツバメである。もちろん、鳥羽梨於奈が変化した姿であった。

2

その後、蓮とカサンドラはべつの軍船に移送された。

ギリシア船団のなかでもひときわ大きな船で、全長四〇メートル近くありそうだ。

古代の造船技術で製造可能なサイズとは思えないが、ここは神話世界。神々の加護なり、奇跡なり、魔術なりでどうにかしたのだろう。

案内役は英雄オデュッセウス。

「ふうむ。そなたはトロイアの貴族であり、娘御はそなたの妹であると？」

「そのとおり。実家に連絡して、身代金をたんまり用意してもらうから、丁重なあつかいってやつを期待したいね」

髭面の英雄へ、蓮はにこやかに言った。

反抗的に振る舞ってもいいことは何もない。誘拐犯と人質の間にも、かりそめの友情くらいは成立しうる。そのための努力であった。

オデュッセウスが先頭に立ち、巨船の甲板を歩いていく。

彼の隣に蓮、そのすぐあとにカサンドラ。やや離れて、見張りの兵士たちが続く。機を見て海に飛びこむ逃走劇もむずかしいだろう。

今、蓮たちは『注目の的』なのだ。

水夫、兵士、さらには美々しい甲冑の将軍・英雄らしき人物まで、じろじろとこちらを凝視している。正確には、ずぶ濡れになったことで図らずもひときわ目立つようになった美姫カサンドラを——。

蓮はため息をついて、牽制(けんせい)の言葉を口にした。

「みんな、妹に熱い視線を送っているなあ。あの人なんか完全に惚(ほう)けている感じだ」

「小アイアスだな。父親の大アイアスはともかく、息子の方はたいした武功もないくせに、けしからんことよ」

忌々(いまいま)しげに言いながら、オデュッセウスは階段を降りていった。

潮風吹く甲板から、木造巨船の内部へ。湿っぽい廊下にはドアがいくつもならんでいる。船室も完備しているようだ。

(できれば、船内には来たくなかったな)

青空の下なら、頼みの綱〝その二〟がすぐに飛びこんでこられるのだ。

ぼやきたくなった蓮へ、いきなりオデュッセウスが言った。

「しかし、その娘。そなたの妹御。なにやら見覚えがあるような……」

蓮の隣でカサンドラが『びくっ』と身震いした。

トロイアの王女だと知られたら、身代金どころの話ではなくなる。王族を人質にしての取引材料にされるはず。蓮はへらへらと笑った。

「見てのとおり美人だからね。美女の顔ってのは結局、みんな似たようなものだよ。ちょっとイケてない顔の方が個性的になると思わない？」

「ほう、ほう」

オデュッセウス、割と和(なご)やかにうなずいていた。

だが、目は笑っていない。探るような目つきでちらちら振り返り、カサンドラの美貌をじろじろとぶしつけに眺める。粘性の脂っこい視線であった。

いかにも好色そうな目で体を見られて、トロイアの王女は顔を伏せた。

ただの助平根性か？　それとも彼女の素性に心当たりがあるのか？　いずれにせよ、好ましくない兆候だった。

そして、いきなりオデュッセウスがある扉の前で立ち止まった。

「ひとまず、ここで休まれよ。トロイア国の――」

「蓮って呼んでよ。妹の名前は梨於奈。これからよろしく」

「心得た、レンどの。そして……リオナどの」

にやりと笑い、一瞬だけ溜めを作りながら、オデュッセウスは言った。それを蓮はにっこり満面の笑みではぐらかし、さらりと頼む。

「ところで僕たち、ずぶ濡れのままだ。着替えを持ってきてくれるとうれしいな。僕はともかく、妹に風邪をひかせたくない」

「たしかにな。すぐに用意させよう」

オデュッセウスはあっさりうなずいた。

「そなたはともかく、妹御の方はあとでわれらギリシア勢の将軍、英雄の御歴々に引き合わせて、処遇を決めねばならん。そのときまで元気でいてもらわなくては困るからな」

「疑われてるんだろうなあ、やっぱり」

「何がでございましょう？」

「君と僕が兄妹じゃないだろうってこと。ま、顔も全然似ていないしね」

牢獄代わりの船室でふたりきり――。

きょとんとするカサンドラの前で、蓮はぼやいた。

ふたりとも手首の縄を解いてもらえたのはいいが、まったく楽観できない。

神の血を引く王女の耳はすこしだけとんがっており、蓮とは人種からしてちがう。何より彼女にはヘクトール――今は亡き実兄、トロイア軍総大将の面影がある。

（えらい人たちの前では、ごまかしきれないかな？）

王族＝有名人という現代的感覚がここトロイアでも通用するなら、誰かがカサンドラの素性に気づきそうなものだ。

が、それを言って不安がらせるのも野暮。蓮はにっこりと笑った。

「ギリシアのえらい人たちが集まるまで時間もかかるだろうし、僕たちは当分、安全だと思うんだ。今のうちに休んでおこう。君は着替えも済まさないといけない」

「それは蓮さまも同じでございます」

「もちろん、あとでそうさせてもらうよ。でも、君の方が先だ」

海水でずぶ濡れになった衣類、まだそのままだった。

蓮は地上から持ちこんだ一張羅、Ｔシャツにジャケットなどを着ていた。

生乾きになりつつあるが、着心地のいいものではない。そしてオデュッセウスは奴隷を遣わして、約束どおり着替えを届けてくれた。

レディファーストを実践すべく、蓮は船室の床に腰を下ろした。

そのまま壁と向き合い、両目をつぶる。カサンドラは意図を察してくれた。

「あ、ありがとうございます、蓮さま」

しゅるしゅる。衣擦れの音。ばさり。半乾きの衣類を脱いで、床に落としたのだろう。

カサンドラの着替え姿、目を閉ざした蓮にはもちろん見えない——

ガタッ、ガタッ！　ゴトッ！　ドアの外から物音が聞こえてきた。

誰かが錠前代わりのかんぬきを外そうとしている？

いぶかしんだ瞬間、カサンドラが悲鳴をあげた。

「きゃあっ!?　い、いきなり部屋に入るのはおやめくださいっ。もうすこしだけお待ちいただけますか!?」

「その求めには……応じられん。思ったとおりだ」

若い男の声だった。どこか恍惚としているように聞こえる。

蓮はあわてて目を開けた。開け放たれたドアの前に戦士がいた。その屈強さと美貌、甲冑の立派さから、名のある英雄であろうと見てとれる。

しかも、黄金で装飾された鞘に長剣を収め、腰につるしていた。

ただ最悪なのは、彼の目つきに暴走気味の欲情がにじみ出ていることだ。

視線の先にいるのはカサンドラ。濡れた衣を脱ぎすて、腰巻きのみというあられもない格好である。

　こぼれんばかりの胸のふくらみ、どうにか両腕で隠している——。

「先ほど見かけたときから、気になって仕方がなかった。何処の名家の姫かは知らぬが、ここで会ったのも縁であろう。このアイアスのものとなるがよい」

「うちの妹に変なことを言うのは、やめてもらおうか」

　すぐに蓮は立ちあがり、厳しく抗議した。

「僕らをどうするかはえらい人たちが決めるんだから——うわあっ!?」

「む……？　小僧、やけにすばしっこいな」

　アイアスと名乗った英雄、蓮が話している途中だというのに抜剣し、斬りつけてきたのである。とっさに跳びのかなければ、一刀両断されていた。

「蓮さま！」

「な、なんとか大丈夫。カサ——梨於奈はちょっと下がってて」

　蓮は思い出した。この乱暴な若者、さっきも甲板にいた。

　欲情まじりの惚け顔でカサンドラを見つめていた。オデュッセウスが『小アイアス』と呼んだ英雄は、怒気と共に言う。

「小僧よ。その娘は我が宝物のひとつとなる。おまえの出る幕ではない」

「女の子を物あつかいするな。けだものみたいな自分が恥ずかしくならないのか」

蓮は言いかえして、すぐにむなしくなった。

若く、美しく、堂々たる体格の小アイアス。数々の輝かしい資質、男らしさをこれほどそなえているというのに、彼は怪訝そうに眉をひそめていた。六波羅蓮が怒る理由を毛ほども理解できないのだ。

（騎士道精神、ないんだっけ）

梨於奈のレクチャーを思い出して、ため息をつきたくなった。

ステラも連れ去られた以上、《友達の輪》でピンチを切り抜ける手も使えない。

まさしく絶体絶命。自分は命、カサンドラは貞操を失いかけている。参った。そんな蓮を胡乱そうに眺めながら——小アイアスは剣をゆっくりと振りあげた。

当然、稲妻よろしく振りおろすための予備動作だ。

蓮は二、三回ほど、上半身を左右に揺すった。

体のこわばりをほぐして、いつでもすばやく動けるようにと。

「いけません蓮さま！　その御方とそのように向き合うと……蓮さまのお命が！」

「うわあ。それって例の予知だよねえ」

「くくくく。娘よ、覚悟しておけ。おまえの兄とやらは臓物入りの肉袋となって、海の底へ沈めてやる。そのあとでおまえを存分に愛でてやろう」

「蓮さま！」

カサンドラはひどく心配そうに、悲痛な面持ちで叫んでいた。

小アイアスは英雄よりも海賊にお似合いの文句を吐いて、剣を弄んでいた。

そして六波羅蓮は——心に湧きあがったトロイア王女の言葉への不信感を意志の力で否定しながら、攻撃の瞬間を見きわめようとしていた。

あの英雄さまがちょっとでも動いたら、即座に逃げる。それしかない！

「うわああっ!?」

「ふうむ。小僧よ、貴様、腹立たしいほどにすばしこいな」

ふたたび小アイアスは斬撃を放ち、蓮も跳びすさり、懸命に剣尖から逃げた。武勇自慢であろう若き英雄は不機嫌そうだった。

蓮はカサンドラを心配させまいと、必死に強がった。

「……逃げ足の速さは僕の数少ない取り柄なんでね。ねえ君、ここはひとつ僕と、妹と、まずはじっくり話しこんでみて、友達になるところからはじめるべきじゃ——」

「ふざけたことを」

「いけません、あぶのうございます！」

小アイアスが剣を振るい、そして、悲劇の王女が飛びこんできた。

そうだった。迂闊にも蓮は忘れていた。『誰にも予言を信じてもらえない』カサンドラは自らの行動で未来を変えようとする——そういう少女だった。

渾身の力でぶつかってきたカサンドラに、六波羅蓮は突きとばされた。

どうにかバランスを保ち、床に倒れるのは堪えたものの、その間に振りおろされた小アイアスの剣は可憐なる予言者を斬り裂いた。

凶刃の切っ先が姫の肩から腰にかけてを、袈裟懸けに断ち切る――

「あ……」

「カサンドラ！」

もはや名を隠すことも忘れて、蓮は叫んだ。

同時に彼女のそばへと駆けよっていた。しかし、小アイアスの怒りが待っていた。

「おのれ！　せっかくの美姫を無駄死にさせたではないか！」

八つ当たりと憤怒を込めて、小アイアスは剣を突き込んできた。

みぞおちのあたりが――熱くなるのを蓮は感じた。

逃げることを忘れた瞬間、ついに英雄の刃をまともに喰らったのだ。悲鳴をあげる間もないまま、蓮の意識は遠くなっていく……。

最期の瞬間、「六波羅さん!?」という仲間の声をたしかに聞いた。


青いツバメに変化して、鳥羽梨於奈はひとり難を逃れていた。『ご主人さま』と王女カサンドラがピンチのときは、空から救いの手を差しのべられるように。

しかし、ふたりは巨船のなかへと連行された。

梨於奈は人目を避けて、ツバメの姿のまま船内に入っていった。

軍船の内部をばさばさ飛んでまわる野鳥など、あやしさ満点過ぎる。見つかれば、どんなあつかいを受けるかもわからない。慎重に動く必要があった。

（わたしの正体を見抜く――英雄や神官がいないともかぎりませんし）

苦心しながら、どうにか仲間たちを見つけ出した。

英雄らしき完全武装の若者が血まみれの長剣を手にしている。床には血だまり。そのなかに半裸のカサンドラと、六波羅蓮が倒れ伏していた――。

「六波羅さん!?　カサンドラ王女!?」

姫君と『ご主人さま』は血の海に倒れたまま。無反応。ぴくりとも動かない。

「よくもやりましたね！」

凶行をしでかした英雄めがけて、梨於奈＝ツバメは突っ込んでいった。

同時に変化(へんげ)をはじめる。鳥羽梨於奈、陰陽師(おんみょうじ)にして女子高生という本来の姿にもどりながら、さらに《八咫烏(やたがらす)》の本地(ほんじ)へと二、段、変身……！

「顕現(けんげん)！」

「ぬおっ、貴様は一体……!?」

「問答する気はありません。日の秘詞(ひめことば)と、火の鳥の制裁を受けなさい！」

ごぅぅぅぅぅぅぅぅぅんんんんんっ！

翼長二〇メートル超の金翅鳥(こんじちょう)と化しながら、梨於奈は『焔(ほのお)』を解きはなった。

船室中が爆炎で満たされるだけではない。聖なる言霊(ことだま)による灼熱(しゃくねつ)の裁(さば)き、何より梨於奈の変化した《八咫烏》の巨体が――ギリシア連合軍の大船を燃やし、みしみしと内側から破壊していったのである。

「ぐわあああああああああっ!?」

六波羅蓮を刺した英雄は全身火だるまになって、海へ沈んでいった。

「腐っても神話の英雄。あれで死ぬほどやわではないでしょうけど。すぐにはもどってこられないはず――」

いずれ救いの手をさしのべるため、ひとり難を逃れたのは二時間ほど前。

その際に六波羅蓮から全能力解除の命令を授かっていた。それがこうして役に立った、のだろうか……？　梨於奈は念力を使った。

意識を失ったカサンドラと『ご主人さま』の体を空中に持ちあげる。

「逃げますよ、ふたりとも！」

金翅鳥の嘴から、梨於奈本来の声で呼びかける。

しかし、悲劇の王女と能天気すぎる青年、どちらも返答はしなかった。

3

「んんーっ。んんーっ。んんぐぐぅぅぅぅーっ！」

「ふむ。女神にあるまじきはしたなさであるぞ、アフロディーテの姫よ」

「んぐぐぅぅぅぅぅぅぅぅぅーっ！」

「仕方あるまい。ならば存分に話されよ」

「あ、アテナともあろう御方が、ずいぶん手荒な真似をするじゃないっ⁉」

ようやく口の猿ぐつわを解いてもらえて、ステラは文句をつけた。

六波羅蓮の相棒にして、美と愛の女神アフロディーテの『世を忍ぶ仮の姿』。緑のローブをまとう女神アテナと共に、空を駆けていた。

天翔ける馬車に乗っているのである。

これをひく二頭の馬は、有翼の天馬ペガサスであった。

そして護衛よろしく、馬車のすぐそばを『勝利の女神』ニケが飛んでいた。

麗しき美女の姿で顕現した彼女。白き衣をまとった背中には、白鳥のごとき純白の翼が生えている。

優雅に翼を羽ばたかせる女神ニケに、ステラはじとっと視線を向けた。

「あの娘、まだあなたの子分をやっていたのね」

「当たり前であろう。いくさ神でもある妾の随臣にして我が分身のひとつであるぞ。《死》でもなければ、われらの絆を断ち切ることなどできぬ」

アテナは涼しい顔で、ペガサスの手綱を取っている。

当然のように可憐であった。ステラと同じく十代前半の顔立ちだ。そして、このアテナを五歳ほど成長させれば——

傍らを飛ぶ〝翼ある女神〟ニケの美貌になるだろう。

　自ら語ったとおり、智慧と闘争の女神アテナの分身なのである。

「……しかしアフロディーテよ。考えてみれば、あなたひとりの面倒を見るためにニケを随伴させる必要もないな。ギリシア軍の守護役にもどすとしよう」

「ふん」

　余裕の発言を受けて、ステラはふてくされた。

　猿ぐつわは解かれたものの、体にはぐるぐると縄をかけられて、荷物よろしく御者台に横たえられている。アテナ相手に抵抗できる力もない。

　天翔ける馬車のそばより、勝利の女神ニケが離れていった。

　主の進む方角とは逆へ飛んでいく。ギリシア船団がいる方へもどるのだろう。

「ねえアテナ。ちょっと訊いてもいいかしら？」

　ふてくされ顔のまま、ステラは言った。

「あたしはいくさに嫌気がさして、地上へ出たら、とんだ災難に見舞われたのだけど。あなたが地上をうろついていたのはなぜ？　ほら、蓮と鳥娘に初めて会ったとき」

「どうしてあなたに答えねばならぬ？」

「道中の慰みよ。愛の女神を捕らえた者には、あたしを退屈させない義務があるのだわ」

「もしやあの地上の男にも、そのように甘えているのか？」

「うるさいっ。蓮は関係ないでしょ。ほらほら、いいから答えなさい！」

　本当はアテナの胸の裡など、まったく気にしていない。

馬車の荷物でしかない現状に飽きて、おしゃべりのネタを探しただけなのだ。しかし蓮のことを言われて、ステラはあわてて追及をきびしくした。

そして、アテナは――ぼそりと言った。

「穢れの気配を感じたからだ」

「えっ？」

「キュプロス島の姫よ。あなたは思わないのか？　今、地上を覆いつくしている人間どもの世界……耐えがたいほどに騒がしく、醜く、穢らわしく、おぞましいと」

「もちろん思うわ」

あっさりステラはうなずいた。

「女神の多くがそうであるように、あたしもまた海と大地に深い縁を持つ者。そして今の世の地上人ときたら――どれだけ海を穢し、大地を傷つければ気が済むのかしら？　そのうえ連中の都の醜さ、冷たさときたら……もう最悪」

「ふむ。まさか、軽々すぎる頭の姫神と意見が合うとは」

我が意を得たりと、智慧と闘争の女神アテナはつぶやいた。

「やはり、一切の穢れをそそぎ落とすため、人間どものはびこる地上を破壊し尽くすのが神たる者の務めであるのだろうな」

「……へっ？」

とんでもない宣言を聞いて、ステラは一瞬ぽかんとした。

「あなた今、ものすごいことをさらりと言ったわね？」

「そうでもないと思うが。命と天地自然をはぐくむ女神の裔であれば、誰もが思いいたるであろう当然の結論であるはずだ」

「んなことあるはずないでしょう、この暴力女！」

「それよりも女神アフロディーテよ。そろそろ到着するぞ」

天馬ペガサスに牽引されて、馬車は〝ある場所〟に近づきつつあった。

それはすさまじく峻険な――雲よりも高い山の頂であった。この神域サンクチュアリ・トロイアにおいて、最も天空に近いところだ。

そこには、壮麗にして神聖なる白亜の宮殿があった。

ステラ＝アフロディーテもよく知る場所。天空の神ゼウス、その妻ヘラ、アポロン、アテナにアーレスなど、数多の神々が集う聖域――。

「オリュンポスの御山じゃない」

ステラは思わずつぶやいた。アテナが「いかにも」とうなずく。

「ま、まさかあたしを神々の前で笑いものにするつもりで……!?」

「愚かな。これより裁判がはじまるのだ」

女神アテナは冷笑した。

「アフロディーテの姫を裁くための。あなたにはある嫌疑がかかっている。この神域……我が父ゼウスを頂点とする世界に、只ならぬ災厄を持ちこんだのではないかという――」

「あ、あたしに!?」

「そうだ。運命を司り、過去と現在のみならず、未来をも見とおす『運命の女神たち』がそのように警告している」

謂れのない弾劾にステラは愕然とし、それから反論しかけたのだが。

結局、口をつぐんでしまった。冷や汗が頬を伝う。もしかしたら、あのこと、とかしら。まずいかも——しれない……?

「心当たりがあるようだな」

あせるステラを眺めて、智慧と闘争の女神はつぶやいた。


そして、オリュンポス十二神が集う王宮の大広間。

主立った神々が勢揃いしていた。ステラとも親しい太陽神アポロン、軍神アーレス、このあたりはいい。王妃にして神界でも二番目の実力者、〝白き腕〟の女神ヘラもいけすかない性格だが、仲は悪くない。

しかし、決して良好な関係とは言いがたい者たちもいる。

アポロンの妹にして月の女神アルテミス。元旦那にして鍛冶の神ヘパイストス。言わずと知れたアテナ、輝く瞳の姫神——。

あとは中立的関係を保っている神々だ。

盗人と伝令と魔術の神ヘルメス。穀物と豊穣の女神デメテル。酒と狂気の神デュオニュソス。海神ポセイドン。

　ほかにも十二神ならざる男神、女神たちまで集まっている。

　最も高い位置に置かれた玉座には――威厳ある壮年の男が座していた。

　天空の神にして帝王、ゼウス。ステラにとって義父となる男はひどく不機嫌な面持ちで、美と愛を司る養女に険しい目を向けていた。

（ま、まずいわっ！）

　いまや人形と同程度の体をすくませた瞬間、ステラは――みぞおちに〝冷たく固い何か〟を突っ込まれたように感じて、びくっとした。

　ずきん。ずきん。みぞおちが痛む。おそらく伝わってきたのだ。

　ステラと肉体を共有する青年の受けた傷。その痛みのごく一部が空間を超えて。

「蓮!?」

　ステラは叫んだ。彼の身によからぬことが起きて、深く傷ついた。そうにちがいない。今すぐ六波羅蓮のもとへ行かなくては。しかし。

「これより、審議をはじめる」

　重々しくゼウスが宣言。女神アフロディーテの審判が開始された。

4

金色の霊鳥《八咫烏》。

遥かな前世での雄姿を取りもどし、梨於奈は抜けるような青空に飛び出した。周囲は青い大海原。そしてギリシア船団が編隊を組んで航行中だ。

一刻も早く、ここを離れなければ。黄金の翼を広げて、風をつかんだ。

海風に乗って、飛翔と急上昇をはじめた直後——

「妖鳥め、これでも喰らうがいい！」

とある軍船の甲板から、矢が放たれた。

梨於奈は八咫烏の翼をばさりと力強く羽ばたかせて、神風と念力をぶつける。

すさまじい速さで飛んできた矢を、それでみごとに跳ねかえした。

上空から鳥の目で射手を見きわめる。

オデュッセウス。黒金の弓を使う髭面の英雄だった。梨於奈が破壊し、劫火で灼き尽くした巨船に乗っていたはずだが、もう脱出していたとは——

抜け目なさとはしこさでは、やはりアキレウス以上の難敵なのだ。

「さすがギリシア一の智恵者で軍師ですね！」

実はアキレウスではなく、彼こそがギリシア勝利の原動力。

トロイア戦争の筋書きを思い出して、賛嘆したところに——ひゅんひゅんひゅんひゅんひゅんひゅんひゅんっ！

オデュッセウスが文字どおり、矢継ぎ早に六本もの矢を撃ってきた。

「そちらの弓矢自慢につきあうつもりはありません！」

梨於奈は大きく両翼を広げた。

ふたたび神風を起こして、それを翼でつかまえて、急加速開始。さらに全霊力を飛翔のために注ぎこむ。千里の距離を一瞬にして〝無〟にするために。

ぎゅん！　梨於奈＝八咫烏は黄金の光となった。

漆黒の夜空を駆ける彗星のごとく、暁の曙光のごとく、ギリシア船団とオデュッセウスの射程内から一気に離れてみせた。

「おのれ、我が弓の武名を知っていたか！」

くやしがるオデュッセウスの声、たしかに聞きとった。

……実を言えば、彼がいるからこそ梨於奈は隠れたのである。ギリシア神話でも有数の弓使いであるオデュッセウス。その神技をもってすれば、日本最高の霊鳥といえども、撃墜される恐れがあった。うかつに姿を見せられないと。

こうして、黄金の八咫烏は青々とした空を駆け抜けて——

どうにか安全圏まで逃れてきたのだが。

「六波羅さん！　カサンドラ王女!?」

八咫烏の体内に吸収して、保護している連れたちへ声と念を送った。

しかし、反応は返ってこない。やはり、ふたりとも死んでしまったのか。

早く介抱しなくては。あせった矢先であった。閃光のごとく天翔けていた八咫烏——そのすぐ横に、まったく同じ速さで飛ぶ女神が顕れたのである！

背に純白の翼を持つ女神は、どこか金属的な響きの声でこう告げた。

『——地上より参った霊鳥よ。どこへ行くのですか？』

「アテナ!?」

翼持つ神の面差し、智慧と闘争の女神によく似ていた。一八歳ほどであろう。

ゼウスの愛娘が新たな姿に変化したのかと思いきや。

『——おまえの誤りを正しましょう。我が名はニケ。瞳輝く姫神に仕えるもの』

「勝利の女神で、アテナの従属神でしたね」

八咫烏の嘴より、梨於奈は人語を発した。

「わたしを捕らえるつもりですか!?」

『——然り。おまえたちは我が主にひきわたすか、ギリシア人の軍団に返すことにいたしましょう。覚悟しなさい』

「誰が言うとおりになどするものですか！」

『——では、我が名の意味するところ、勝利によって前進を止めてあげましょう』

八咫烏の飛翔に、女神ニケはやすやすとついてくる。

アテナと酷似した白翼の主はさっと右手を振りあげた。その刹那、『ゴウウウウウウウウウウンッ！』という雷鳴が鳴りひびき――

蒼穹より八つもの稲妻が降ってきた。黄金の八咫烏めがけて！

「く……っ!?」

『――姫神アテナはゼウスの父君より《雷》を授かりし神。その恩寵により、我もまた雷霆を能く操る。灼熱の刃に屈するがよ――なんと!?』

「神の腕へパイストスと……アキレウスの誉れ、わたしを守りなさい！」

八度の雷鳴と同時に、八発の雷霆が空より降ってきた。

それらに直撃されて、梨於奈＝八咫烏がまったくの無傷だったのは、霊符に変えて秘蔵していた『盾』を顕現させたからだ。

空を往く八咫烏の真上にアキレウスの盾が顕れたのである！

白銀の防護幕が広がり、八つの雷撃を全て跳ねかえす。さすがの防御力だった。

（六波羅さんに返すことも考えましたけど……！）

そうしていたら最後、ギリシア軍に没収された可能性が大だ。

しかし、万一に期待して、持たせておくべきだったかもしれない――。悔やみながら、梨於奈は火の神力を解きはなった。

「火と日の秘詞よ、祓い給え浄め給え！」

『――おお!?』

驚愕の隙を突いて、女神ニケの全身を灼熱の焔で呑みこむ。

さすがの翼神も『太陽の精霊』が呼んだ爆炎をあっさりはじき返し、平然と飛びつづけるような真似は——できなかった。

劫火につつみこまれて、速さが鈍る。高度が落ちていく。

その間に日本国の霊鳥は再加速。一気に女神ニケを引きはなしてみせた。


……そして十数分が経って。

鳥羽梨於奈はとある小島に降り、人間の姿にもどっていた。

おそらく無人島だろう。上空から見たかぎり、人家のようなものは皆無だった。島のまんなかにあった雑木林を選んで、そこに舞い降りたのだ。

彼女の足下にはふたりの男女が横たわっている。

血まみれになった六波羅蓮と、トロイアの王女カサンドラ——。

梨於奈は《四神結界》を張ることにした。

「東方に河之神、西方に道之神、南方に海之神、北方に山之神あり。各々方、百鬼を避け、凶災を祓い給え——。急急如律令！」

唱えた梨於奈の手に、四枚の霊符が顕れた。

それぞれ青・赤・白・黒の紙に呪言を書きつけてある。青竜符、朱雀符、白虎符、玄武符の四枚であった。

梨於奈は手裏剣打ちの要領で、四枚を次々と投げた。

霊符たちは『しゅっ！』と空気を切り裂いて飛んでいった。

この小島の東西南北の端に青竜・朱雀・白虎・玄武の神符を配置して、四方を守護させるという秘儀だった。全能力が解放された今の梨於奈ならば、これで従属神クラスの目をあざむくことも十分にかなう。

ややあって、島の上空を翼ある女神ニケが通りすぎていったが――

案の定、真下にいた人間たちに気づいた様子はなかった。梨於奈はほっとした。

「ようやく一息つけますね……」

神をもあざむく術の冴え、やはり自分は大陰陽師だ。

己が安倍晴明の再来であることを、梨於奈は再確認した。しかし。

彼が成し遂げた《反魂の法》――死人を甦らせた秘儀ばかりは使えない。やればできるかもしれないが、あれは禁呪中の禁呪なのだ。

いくら神の生まれ変わりであろうと、人の世の住人が手を出してはいけない……。

「六波羅さん、かわいそうに」

倒れた六波羅蓮――腹部を深く貫かれている。

そこからの出血はまだ続いていた。もしかしたら体中の血液が全てなくなるまで流れつづけるかもしれない。

王子っぽい顔は驚愕の表情を浮かべたまま。瞳孔が拡大していた。

「素人だというのにわざわざしゃしゃり出てこなければ、こんなことにはならなかったでしょうに……。本当にバカっぽくて、残念な人でした……」

文句を言いながらも、梨於奈の声に力はなかった。

いらいらさせられるときも多かった。だが、たぶん、おそらく、六波羅蓮という『器量不足のご主人さま』は決してきらいではなか――

感傷と、若干の違和感を振り払って、梨於奈はしゃがみ込んだ。

六波羅青年ではなく、〝もうひとりのほう〟をたしかめるためである。

「カサンドラ王女はどこをやられたのでしょう？」

美しき姫君の白い柔肌には、擦り傷ひとつ見当たらない。

腰巻きのみというあられもない格好なので、梨於奈には一目でわかった。

豊満でいながら形よく盛りあがった乳房にも、ミルクでも流したような白さがまぶしい背中にも、すっきりとのびた手足にも、どこにも傷跡はないのである。

「呼吸していない……」

さくらんぼのような唇と、頸動脈にふれて確認してみた。

カサンドラ王女は呼吸していない。脈も止まっている。しかし、倒れた姫君の肉体と美はなんともみずみずしく、同性の梨於奈でさえ見とれそうになる……。

もしや。梨於奈はカサンドラの胸に右手を当てた。

「哈！」

女体への欲情などではない。呪術で《活法》を施して、王女の心臓に精気と生命力を吹きこむため。その途端だった。

「けほっ。けほっ。り、梨於奈さま？」

カサンドラ王女が咳きこんで、意識を回復させた。仮死状態、だったのだ。死んだように見えただけで。

「王女さま。もしかして、ご自身で〝死んだふり〟をされたのですか？　何かそういう、他人の目をあざむく魔術でも使って」

「な、なんのことでしょう？　――そうですわ！」

ほとんど裸のまま上半身を起こして、カサンドラ王女は叫んだ。

「蓮さまはいかがなさいましたか!?　わたくし、たしかに視たのですっ。蓮さまがあの英雄に斬られてしまう未来を――ああっ！」

カサンドラは血まみれで倒れた蓮に取りすがった。

涙を流しながら、絶望の声をしぼり出す。

「わ、わたくしの視たとおりです。血をこんなに流しておいでで……」

「……今、なんと言いました？」

梨於奈はきょとんとする王女を押しのけた。

あらためて六波羅蓮の屍と向き合う。今のカサンドラ王女の言葉で〝違和感〟の正体に気づいたのだ。

「死後、心停止すれば出血は止まるはず。なのに、六波羅さんはいまだに出血中。さっき船で刺されてから、結構な時間が経っているのに——」

出血多量が死因でもおかしくない。そのはずだった。

梨於奈は地面に膝をつき、横たわる六波羅蓮を間近から観察した。

驚愕の表情のまま瞳孔は開いている。『ご主人さま』の手首を取り、動脈に親指を当てて、脈動をチェック。全神経を指先に集中させて——

と…………くん。と…………くん。

感じた。ごくわずかな、今にも途切れそうな脈動を。

「生きてる？　どうして!?」

よろこぶよりも先に、梨於奈は疑問を口走った。

急所であるみぞおちを刺し貫かれた。出血量も多すぎた。迅速な救急治療、応急処置すらもままならなかった。

全ての現実が——彼の生存は不可能であると訴えていた。

だというのに。六波羅蓮は虫の息ながら、まだどうにか生きて……いる？

あわてて彼の胸、心臓の真上に右手を当てた。

「哈！」

ふたたび《活法》。しかし、六波羅蓮の体はぴくりとも動かない。

ふつう、これだけの強度で精気を送りこめば、電気機器で心臓マッサージでも施したときのように『びくんっ！』と跳びはねる。

どうして術が効かないのか？　疑問を振り払い、次の手を試す。

「でしたら、これを」

梨於奈の手に、とっておきの霊符が忽然と顕れる。

まず『勅令』の二字を書き、さらに『三つの点』と『さざ波のような模様』を描いた符であった。紫微星すなわち北極星を守護する三つ星、そして北斗七星を意匠化したものだ。

これを墨と筆で書写しながら――

梨於奈はありとあらゆる福徳の呪文を唱えたものだ。

上真垂佑、災害不生、福寿増延、子孫栄顕、田蚕倍盛、六畜興生、討滅妖気、等々。

この符を六波羅蓮の胸に置き、呪句を唱える。

「天にあっては北辰尊神、地においては鎮宅霊符の尊神となられる御霊よ。我が符に秘妙の霊験を授け、災禍の一切を消除せしめ給え！」

日本最高峰の陰陽師として《快癒祈禱》の神咒をかけたのだ。

しかし、この瞬間。はっきりと梨於奈は悟った。安倍晴明に比すべき大陰陽師の秘術が――

九八％死にかけている素人の体にはじかれた！

「わたしの術がかからない？　どういうことですか!?」

「り、梨於奈さま」

そして、カサンドラが茫洋とつぶやいた。

悲劇の予言者はその麗しき双眸に――黄金の輝きを宿していた。魔力の光である。神秘の技の使い手として梨於奈は悟った。彼女はまた予知を得たのだ。

「わたくし、わかりました！　そのやり方で蓮さまを救うことはかないませんっ。是非、わたくしに――おまかせくださいませ！」

5

オリュンポス宮殿の大広間では、弾劾裁判が進行中だった。

ステラこと女神アフロディーテの『罪』を審議するための集会である。今は神界の帝王ゼウスの御前で――三人組の女神が演説の真っ最中であった。

アトロポス、クローソー、ラキシス。

皆、老婆であった。この三姉妹を指して、『運命の三女神』と呼ぶ。

彼女たちはまた過去・現在・未来――時間の司でもあった。

「過去にも幾度か、この兆しは顕れた」

「神々に牙をむく『獣』の兆し。われら三姉妹、来る日も来る日も時と運命の糸を紡ぎ、織りなし、断ち切って、巨大な織物を作りあげる。そこに今日、まざまざと浮かびあがった模様。これを放置すれば、いずれ神界に必ず災厄をもたらすという『獣』の印……」

「そして、われらは未来を識った。いずれ『獣』は檻より放たれると……」

過去を司る者アトロポスがつぶやけば、現在を司る者クローソーが語り、未来を司る者ラキシスがささやく。

「かの『獣』は人間どもの内より現れる」

「死すべき愚かな人間ども。しかし、ごく稀に――奇跡と強運の恩寵を受け、神の肉体と魂を喰らうことで……『獣』と化すものがいる」

「神の血肉を喰らったことで、『獣』は人を超え、神に近しいものとなる……」

　運命の三姉妹たる老婆たちは口々に言った。

　それを聞くステラは、ひそかにずっとどきどきしていた。

　そして、玉座にすわる神――主神たるゼウスが不機嫌にこちらを見ていた。彼は雷鳴のごとき重厚な声でステラへ告げた。

「われら神族の肉と魂を喰らう、か。……のう、アフロディーテよ」

「ひ、ひゃい」

　どきっ。あせったせいで、声が裏がえってしまった。

　あわててステラは媚びた笑顔を作り、口早に取りつくろった。

「は、はいっ。何でございましょうゼウスの殿よ？」

「そなた、ずいぶんと背丈が縮んだではないか？　実に惜しい。美と愛の女神アフロディーテといえばオリュンポス随一の美女であった……」

　じろっ。ゼウスは迫力にあふれた目でにらみつけてきた。

「のう。そなた本来の姿を見せてくれぬか？」

「え、ええっ⁉」

今の寸詰まった体ではなく、たおやかな乙女として成長した姿。

無論、それこそが女神アフロディーテの本地である。

あの鳥娘が霊鳥《八咫烏》に化身するよりもたやすく変身できる――それが道理。しかし
ステラはたじろぎ、雲を呼ぶ者ゼウスはさらに迫る。

「できぬのか？」

「そのぅ……今日は日が悪うございますわ。それに、せっかくゼウスの殿に〝真の姿〟をお目にかけるのですもの。きちんと沐浴して、体を清めて、あ、そうそう、香もたきしめて、ばっちりお洒落をしとうございますっ」

「ふうむ。つまり、真の姿にはもどれぬと」

「い、今すぐはだめというだけでございますっ。そうですわ。よろしければ、あたしが地上から連れてきた下郎をお呼びいただけますか？　あの者に身支度を手伝わせて……」

「その地上人がなぜ必要なのだ？」

「ええと……」

適当な言い訳が出てこず、沈黙するステラ。ゼウスは眉をひそめた。

「奇妙な話よな。神として本来の姿で顕現するだけだというのに、地上人ごときの手を借りねばならぬとは。まるで女神アフロディーテの大切な何か――神を神たらしめる何かが奪われた

ようにも思えるではないか」

「と、殿！　実はその地上の男に、あたしの神具である《友愛の帯》を取られてしまったのでございますっ」

「承知しておる。そして、その男の許しがなくては友愛の権能も使えぬとか」

仏頂面でゼウスに言われて、ステラはハッとした。

まさか。すぐに周囲を見まわして、旧知の顔を探す。はたして太陽神アポロンはにこやかにうなずきを返し、軍神アーレスは怪訝そうに視線を返してきた。

まず、輝ける太陽神がさわやかに言った。

「いやね。さすがにゼウスの殿に訊かれたら、正直に答えざるを得ない。隠しても殿は叡智の神でもあられる。虚言を見抜いてしまわれるだろう」

「訊かれたので我の見たことをそのまま忌憚なく語った。何かいけなかったか？」

とは軍神アーレスの弁。秀麗な美貌とは裏腹に、とにかく唐変木なのだ。

ステラはあきらめた。アポロンの言ったとおり。神界の頂点に立つ主神ゼウスは、おそろしくさまざまな職能・権能を手にしている。

叡智の神としての力もそのひとつ。下手な虚言は通じない……。

「さて。仮にその地上人めが──」

ゼウスが重々しく言った。

「美と愛の女神アフロディーテの血肉と魂を喰らい、友愛の権能を……奪ったものと仮定しよう。その不埒者、どのような存在になるのであろうな？」

じろりと主神に目配せされたのは、詩と文芸の女神『ムーサ』たちである。

九柱いる。彼女たちは詩を吟じ、歌を口ずさみ、歴史を伝え、叙事詩を詠って、神々と英雄たちの事績を世に遺す。

詩の女神である九名のムーサは口々に謡い、語った。

「神を殺め、その聖なる血肉と魂を奪い、我がものとする。この大罪を犯した者は……神を神たらしめる力、すなわち権能をも手に入れて」

「神に挑む権利を得るでしょう」

「どれだけ傷つき、痛めつけられようとも、不死身の魔神のごとく生還し、よりすさまじき戦士、より畏るべき大敵となるのです」

「おお、オリュンポスの神々よ。われらムーサの警告を聞き給え」

「神々と神殺しは不倶戴天の仇敵同士。その邂逅は、たがいに死力を尽くす闘争のはじまりと心されよ、心されよ……」

詩の女神たちが謡いおえるや、神王ゼウスはふーっと息を吐き出した。

「さてアフロディーテよ。あらためて問おう。そなた本来の体と魂……よもや、その地上の男に喰われたのではあるまいな？」

6

トロイアの王女カサンドラに懇願された。

死にかけた六波羅蓮の治療、自分にまかせてほしいと。

しかし、日本から来た大陰陽師にして神の生まれ変わり・鳥羽梨於奈は——「はい、お願いします」と言えないでいた。

頭ではわかっているのだ。駄目でもともとでもある。

至高の予知能力者カサンドラにまかせて、悪いことは何もないと。

なのに、心に湧きあがる不信感がそれを許さない。王女カサンドラの予知は何人にも信用されないというアポロンの呪い。あれのせいだ。

どうにかして意志の力で、不信感を払いのけたい。

だが無理だった。運悪く、ちょうど〝全能力解放命令〟の持続時間も切れていた。これではいかに鳥羽梨於奈でも、太陽神が直々にかけた呪いを振り払えない。

それは死すべき人間に可能な領分を——遥かに超えている。

そして、梨於奈の心を見抜いたのか。

カサンドラ王女はやにわに、六波羅蓮の胸から霊符を引きはがした。

「王女!?　それは治療のために貼ったもので——！」

「存じております。でも、神々や英雄方とも互角に渡り合う……蓮さまのような御方には、このままでは意味をなさないのです」

「ろ、六波羅さんが神々と渡り合える？　何を言うんですか？」

今度は呪いなど関係なしに、梨於奈は否定しにかかる。

しかし、トロイアの予言者はもう問答しようとはせず、快癒の霊符をじっと見つめた。するとカサンドラの美貌の前で――

符がめらめらと火につつまれ、あっというまに燃え尽きた。

何か魔力を使ったのだろう。梨於奈は思い出した。カサンドラ王女はそもそも神の血を引き、太陽神に認められるほどの巫女なのだ。

霊符から創り出した火は、尚もカサンドラの手のひらで燃えている。

神秘を具現せしめた王女はただ腰巻きを身につけるのみ。裸も同然だった。その美しくも魅惑的な裸体に、思わず梨於奈が見入った瞬間。

カサンドラは手のひらの火をくっと呑みこんだ。

火――稀代の大陰陽師が霊符に託した快癒の神咒そのものを。

「!?」

「蓮さま。どうか梨於奈さまとわたくしの想いをお受け取りくださいませ」

王女カサンドラは横たわる六波羅蓮の上にほぼ裸のままおおいかぶさり、みごとな肢体を彼に密着させて、口づけを捧げた。

死にかけた青年の青ざめた唇に、桜桃のごとき乙女の唇を重ねたのである。

「ふん。何かと思えば《神殺し》どものことか」

いまいましげに吐き捨てたのは、海神ポセイドンであった。

「いつの頃からか世界を徘徊するようになった――人の皮をかぶった魔獣ども。神の血肉を苗床として誕生する戦士ども……」

さっきステラが海上で見たときは、雲を衝くほどの巨体だった。

今のポセイドンは〝人間どもの大男〟と同程度の体躯である。ただし、全身の肌色が青黒いのはあいかわらずであった。

弟のゼウスともども、青黒き海神は歳経た神である。

若い神々を遥かにしのぐ経験の持ち主として、彼は傲然と言った。

「たしかに神殺しどもを甘く見ることは命取りとなろう。しかし、われら神族の天敵とばかりに恐れおののいては神の名折れとなるぞ」

生来の猛気にまかせて、老練なるポセイドンは訴える。

「まあ彼奴ら、なかなかにしぶとく、われらの術も効きにくい。身も心も頑強で、神々の秘力すらも傲慢に跳ねかえす。そういう生意気な連中よ。だが知っているか？　神殺しの獣をいたぶるときのコツを？」

「ほう？　このアテナにも是非ご教示いただきたいものだな、伯父上」

弟ゼウスの娘に問われて、ポセイドンは獰猛にほくそ笑んだ。

「くくく。狩りと同じよ。彼奴らを捕らえたら、皮を剥いで腹をかっさばき、まじないを体の内側からかけてやればよい。そこまでせずとも、彼奴らの口から呪詛を突っ込むだけでも十分に効く」

「なるほど。それはよい話を聞いた。ただ……」

にやりと笑ったのはアポロン。だが美しき太陽神はわざとらしく付け足す。

「あの者がそうかんたんに捕まってくれるといいのだが。かの地上人、今にして思えば神界随一の駿足であるアキレウス……大英雄ヘラクレスにも比肩しうる猛者の武芸、ある程度見えていた節があったぞ」

アポロンはちらりとステラに目配せをしてきた。

太陽の矢をただ渡すだけでなく、輝く青年神は使い途もしっかり見守っていたのだ。六波羅蓮のこと、もはや隠しきれまい。

ステラ＝アフロディーテは覚悟して、すぐに念じた。

（……蓮っ。このままだと、とんでもないことになってしまうわ！）

そして同時に、さりげなくアポロンにも視線を返す。

神界における比類なき色男、そして稀代の曲者であるアポロン。太陽神でありながら不思議と闇、暗黒にまつわる挿話の多い彼は——一体、何を考えているのか。

あまり思慮深い性格ではないステラだが、必死に考えをめぐらしはじめた。

もしかしたら、これが鍵になるかもしれないと……。

ぼんやりとだが、意識が回復しつつあった。

何カ月か前に交わした会話を思い出す。相手は結社《カンピオーネス》の総帥、つまり六波羅蓮の上司ジュリオ・ブランデッリである。

（なるほど。これが〝神を喰らった者〟に現れるという——特異な体質か）

（どういうこと、ジュリオ？）

（地上のあらゆる魔術師を凌駕するだけの呪力が今、おまえの心身にみなぎっている。それが他者の術をはじいてしまうわけだ）

（じゃあ、せっかく魔法使いに会えたのに、魔法をかけてもらえないの!?）

（安心しろ。心身に『直接の影響』をあたえる術でなければ、どうにかなる。たとえば蓮、おまえを『まわりの空気ごと念力で運ぶ』ような魔術とかな。……ただ、おまえが抵抗する気になれば、そういう術でさえ無効化されるだろう）

ジュリオはさらに、深刻な顔で告げたものだ。

（なにより、治癒の魔術などはどうあがいてもかけられない。つまり、負傷したおまえを魔術的な手段で救うことはできないのだな）

（それは困るなあ）

（まあ、おまえには『生物としてありえないレベルの生命力』という体質もあるようだ。そうかんたんには殺せまい。しばらくはそれでどうにかしのげ）

（了解。でも、抜け道とかあったらうれしいな）

（古文書によると何かあったらしい。一刻も早く見つけ出したいところだ）

ずっと不明だった〝抜け道〟。これが答なのか――。

王女カサンドラに口づけされながら、六波羅蓮は納得した。口うつしなどで体内に魔術を吹きこめば、自分にも術の効果が現れるのだ。きわめて強力な治癒の祈りがカサンドラの濡れた唇、甘やかな吐息、唾液を介して、蓮の体内へと流れこんできている。

王女はけなげにも、もう五分近くも接吻を続けてくれていた。

蓮の唇をひどく丹念に、やさしく、吸ってくれるのである。

もちろん、ずっと息が続くはずもない。ときどき唇を離して息継ぎする。が、すぐにふたたびキスをして、癒やしの術の提供を再開してくれる。

長く、深い接吻。男女の唇同士の交わり。

ちゅっ、ちゅっと軽く蓮の口を吸うときもあれば、勢い余って舌で唇を舐めるとき、舌が蓮の口内に入りこんでくるときもあった。

「カサンドラ。何も、そこまでしなくても」

「いいえ、蓮さま。あなたがお貸しくださった権能がなければ、わたくしもこうして生きてはいなかったはずです。命の恩義には相応のお返しをしとうございます」

このときだけは唇を離し、カサンドラはささやいた。

権能。そのことまでもう看破しているとは。さすが稀代の予知能力者。彼女の力のみごとさに蓮はつくづくと感心した。

そしてまた、カサンドラの吐息が降りかかるほど距離が近い。

真摯な瞳で神話のプリンセスに見つめられ、蓮はこそばゆい気持ちになった。

「そんなにたいしたことはしてないよ。気にしないでほしいな」

「気にいたします。それにわたくし、蓮さまが好きでございます。このようなところで亡くなっていただきたくはありませんっ」

ほとんど裸の女の子に密着されながら、こんなことを言われる。

男冥利に尽きる状況であった。もちろんカサンドラは純真無垢にして天真爛漫、しかもお姫さま育ち。『好き』というのが男女の色恋でないことは明らかだったが。

だから、蓮は苦笑いして言った。

「ありがとう。でも、君のお兄さまにちょっと申し訳ないな」

ほとんど裸の姫君に、押したおされている格好なのだ。

しかし、カサンドラは蓮の言う意味を理解できないらしい。きょとんとしている。そんな彼女の純粋さを愛おしく想いながら、蓮は感じとった。

体の奥底から、力が湧きあがってくる――。

傷ついた六波羅蓮の肉体、そろそろ回復してきたようだ。

心やさしい姫君にうなずきかける。カサンドラは幸せそうに笑ってくれた。

そして、蓮はようやく『むくっ』と上体を起こした。その拍子に驚愕の面持ちでずっと見守ってくれていた鳥羽梨於奈と目が合った。

梨於奈は唖然としたまま何も言わない。よほど困惑しているのだろう。

「ねえ梨於奈。ひとつ頼んでもいいかな？」

神を殺めた『獣』として、蓮は言った。

この身の奥深くには、女神アフロディーテともう一柱の女神の命と権能が――形を変えて、存在しつづけている。

それを今こそ活用すべく、蓮はにこりと梨於奈に笑いかけた。

第五章　chapter 5　オリュンポス

1

貧乏旅行で南欧をふらふらしていた六波羅蓮と出会うなり。

地上にさまよい出てきた女神アフロディーテはこう声をかけたらしい。

『そこの人間。おまえ、あたしのために体を差し出しなさい』

お気楽すぎる日本人青年が魔術師ジュリオ・ブランデッリに語ったところによると、暴言はまだまだあったそうだ。

『蓮といったわね？　おまえはあたしのために死ねばいいの。わかっていて？』

『ふん。地上の男なんて、豚、牛、馬あたりの家畜とたいして変わらない存在だわ。駄人間ごときの分際で、あたしに意見しようだなんて、一千年は早いわね。せめて神の血を引く王族か英雄ならまだしも……』

これが何者かに追われる女神をかばい、いっしょに逃避行をはじめた人間への言いぐさなのだから、まあ、相当に口が悪い。

敵の狙いはアフロディーテの神具《友愛の帯》。

六波羅蓮と、世を忍ぶ仮の名としてステラを名乗った女神は、神と人間という嚙み合うはずのない組み合わせで南欧各地を転々とするうちに――

魔術師として、神話世界の謎を追うジュリオと知り合った。

そして、あの恐るべき《因果応報の女神》とも……。

『六波羅蓮は神殺しである』

デスクでノートPCに向かい、ジュリオはかたかたとキーボードを打つ。

いずれ世界中の魔術関係者に公表する予定の研究報告書、その下書きであった。

『アフロディーテは神具の隠し場所として、彼の肉体を利用した。しかし、不幸な巡り合わせによって女神は瀕死の重体となり、その命を無に帰させまいと、六波羅蓮は心ならずも神具もろとも――彼女の血肉と魂を〝喰らう〟形になった』

『だが彼にとって、より重大な意味を持つ神殺しがある』

『アフロディーテとの困難をきわめた逃避行の最後に立ちはだかった……因果応報の神格。ギリシア神話の聖域オリュンポスよりやってきた追跡者――』

かたかたかたかた。軽快にキーボードを打っていたジュリオ。ここで手を休めて、デスクの上の置き時計と、部屋の窓へ目をやった。

窓のカーテンは開けたまま。外はすっかり暗くなっていた。

現在、シチリア島の小都市タオルミーナは夜の九時過ぎ。

日本は今頃、明け方を迎えているはずだ。六波羅蓮と鳥羽梨於奈がサンクチュアリ・トロイアに潜入してから、すでに一〇時間以上が経過している。

ただし、神話世界のなかでも同じだけ時間が経ったかはわからない。

地上での一時間が神話世界での三日に相当したケースもあれば、その逆、地上での一〇日間が神話世界での半日でしかなかったケースもある。

日本の昔話『浦島太郎』にあるとおりだ。

神話・伝説の世界と地上では、流れる時間の速さも異なるのである。

「蓮とステラは今頃、どうしていることか……」

自宅ではないが、シチリアでの滞在先として選んだ別荘である。

そして、もう夜も遅い。しかしジュリオは着替えず、ぱりっとした白シャツに、スラックスを身に着けたままだった。ジャケットを羽織れば、すぐに外出できる。

そう。これは当然の用心なのだ。

神殺し・六波羅蓮が乗りこんだ以上、神話世界サンクチュアリ・トロイアにいつ劇的な変化が現れてもおかしくないのだから。

2

「アポロンよ。そなた、面白いことを申したな」

面白いと言う割に、ゼウスの機嫌は悪かった。

美と愛の女神を裁く審判の席、いまだオリュンポス宮殿にて続行中なのだ。

「アフロディーテの連れてきた地上人が英雄アキレウスの技を見切っていたと」

「左様にございます、ゼウスの殿」

輝ける者アポロンは微笑を浮かべた。

一点の曇りもないほどにさわやかだが、どこか腹に一物ありそうな――。太陽神でありながら、好んで闇夜を歩く〝ひねくれ者〟にふさわしい笑みであった。

「駿足のアキレウスが自慢の神速をもって攻めかかったのです。只の地上人がしのぐことなどできますまい。いかに僥倖に恵まれようとも。しかもかの者、アキレウスに体当たりされて尚、けろりと起きあがっておりました」

「ふうむ」

眉をひそめるゼウスへ、太陽神アポロンはさらに報告する。

「そして先ほど、ギリシア船に密偵として忍ばせていた鼠どもに問いただしたところ、その地上人は小アイアスの剣も二度、あっさり避けたとか。ただひとりで一万の軍団を全て撃破するであろう英傑が――本気で振るった剣を！」

「うむ。その刃には、われら神々も油断をすれば斬り裂かれたであろうな」

話を聞いて、ステラ＝アフロディーテはあせった。

さっき感じた六波羅蓮の負傷。小アイアスに斬られた刀傷なのかも。早く蓮のもとへ行かなくては！　ステラはきょろきょろ周囲を見まわした。

しかし逃げ道はどこにもなく、帝王ゼウスがじろりとにらみつけてきた。

「さて。アキレウスの前から逃げのびた地上人と聞いて、余はあることを思い出した。しばらく前、地上へさまよい出たアフロディーテを追って、とある女神もオリュンポスより旅立ったという話だ」

「さ……左様でございますか？」

ぎくり。平静を装いながらステラは言った。

「うむ。何か悪さをしでかしたらしい美と愛の女神を懲らしめると、姿を消す前に申しておった……そう余の耳にはとどいておる」

「まあっ、そうでございましたかっ」

「消えた女神はな。かつて余、ゼウスが戯れに追いかけたときも――みごとな逃げ足を披露したものよ。ときに獣、ときに鳥どもに変化しながら、天地を逃げまわった。このゼウスであればこそ、あれを……ネメシスを捕らえられたのだ」

突然の昔話。さらにゼウスはぼそりと言った。

「女神ネメシスの逃げ足を奪った地上人がいるとすれば、アキレウスもずいぶん手こずる羽目になったであろうな。小アイアスごときでは、何かの拍子に隙を突くのでなければ、まず相手にもなるまい……。そして」

ついにゼウスは雷霆のごとく一喝した。

「かの『正義と神罰を司る女神』は今もオリュンポスにおらぬ！　そなた──アフロディーテを追いかけて地上へ出て、ネメシスは帰還せぬままなのだ！」

ひぃっ！　悲鳴をあげそうになって、どうにかステラは堪えた。

それはさすがに、女神の沽券に関わる。しかし、いよいよ進退窮まった。まさか蓮の存在がここまで主神ゼウスを怒らせるとは──

そのときだった。

ぎぃいいいいいいいいいいっ。

オリュンポス宮殿の大広間──その鉄扉が重厚な音を立てて、開いていった。

「僕の仲間が来てるはずなんだけど、連れて帰ってもいいかな？」

「……蓮⁉」

扉から入ってきたのは、まさしく話題の当人であった。

六波羅蓮。ステラが地上から連れてきた駄人間。神の血など一千分の一滴すらも受け継いでいない。英雄・豪傑であるはずもない。

家畜にも等しい只の凡俗。何の取り柄もない地上人、だったはずなのに。

彼は二柱もの神を喰らい、それぞれの権能を簒奪した。

神殺しの魔獣と称されるべき青年は、にこにこ自然体で笑っていた。

「ようやく来たわね、蓮！」

「ステラがぴぴっと念を送ってくれたからね。おかげで居場所がすぐわかったよ。運よく空を飛べる友達もいて、送ってもらえたし」

囚われのステラに、蓮は笑いかけた。

しかし、六波羅蓮となかば命を共有する相棒は怒り顔で言う。

「すこし遅すぎるのじゃなくて!?　こんなところにひとりきりで、あたしがどれだけ心細い思いをしたと思っているの!?」

「ははは、ごめんごめん」

虚勢を張りきれず、本音がだだ漏れのステラへ、蓮はあやまった。

「遅れた分は君をここから連れ出すことで帳消しにしてよ。……そうかんたんにはいかなそうだけどね……」

持ち前の能天気さを一時棚上げして、蓮は言った。

荘厳にそびえるオリュンポス山の頂には白亜の宮殿が建っていて、その中心部の大広間には大勢の人々がいた。

たぶん全員が神様か、それに準じる何かなのだろう。

この場に満ちる空気の神々しさから、蓮は早くもそれを察していた。

そして、神々のなかより見覚えのある大男が進み出て、大広間の入り口にいる蓮の方へとずんずん歩いてきた。

青黒い肌に筋骨隆々の巨体、粗暴そうな髭面。

まちがいない。数時間前、海上で遭遇した海神ポセイドンだ。

「見たところ、貴様がわれらの神域にまぎれこんだという――神殺しか」

ポセイドンは胡乱そうに蓮を眺めて、失笑した。

「ハッ！　笑わせてくれる。貴様、あのけだものどもに特有の殺気も、闘志も、まったくないではないか。なんと貧相な『獣』であることか！」

「前もそんなこと言われたな。べつにいいじゃない、弱そうに見えたって」

蓮は軽やかに苦笑した。

「僕としてはそんなふうに……殺し屋みたいに言われたくないし」

「よいわけがなかろう」

傲然たるポセイドン、力強い足取りで蓮へと接近する。

彼の逞しい右手に、三つ叉の矛が顕れた。前に絵画で見た。ギリシア神話の海神が振るう愛用の武器だった。

「貴様はな。そんなざまでも一応、われら神族に仇なす悪鬼のはしくれなのだ。たとえ雑魚であっても、すこしはそれらしくしてもらわねば――困る」

「うわっ!?」

いきなりポセイドンに矛を突き込まれて、蓮はあせって跳びのいた。

三つ叉の穂先が空を切る。が、海神は手を止めず、二突き目、三突き目――なんとコンマ数秒の内に、実に十七回もの突きをたたきつけてきた！

人間の限界など凌駕するスピードだった。

しかし、蓮は異常な動体視力でその全てを視認してみせた。

十七回もの突きをことごとく目に焼きつけながら、矛先をすり抜け——

「あぶないじゃないか！」

叫んだ瞬間にはもう、ポセイドンの背後にいた。

時計回りに動き、まわりこんだのである。中学・高校時代、スポーツ特待生の待遇目当てで続けたボクシング——そのフットワークを使った。

蓮の体に、ポセイドンの矛がとどくことはなかった。

六波羅蓮の異常なすばやさを捉えきれず、ことごとく空を切ったのだ。

「ほほう……」

ポセイドンは感心したようにつぶやいた。

背後に回りこんだ蓮を見失うことなく、体の向きをくるりと後方に向けて、ふたたび三つ叉の矛を向けていた。超常的な『逃げ足の速さ』を目の当たりにしても、まったく動揺しない。かなり戦い慣れている。

はたして、ポセイドンはくくくとほくそ笑む。

「神殺しの小僧。ずいぶんと逃げるのが速いな……」

「僕の数少ない取り柄なんでね。でも、この世界に来たら僕より速そうな人といきなり出くわしちゃって、あせったよ」

「駿足のアキレウスか。貴様ならば、たしかにあの者ともいい勝負をしそうだ」

ポセイドンは大広間をぐるりと見まわした。

居合わせる全ての神々を——威圧するためだった。彼は叫んだ。

「諸神に申しわたす！　わしと神殺しめの諍いに助太刀は無用。この小僧っ子ごとき、わしひとりの手で十分に蹴散らせる！　特に小生意気な——我が姪よ！」

緑色のローブをまとった銀髪の少女、輝く瞳のアテナ。

彼女が手にしていた杖、いつのまにか消えていた。代わりに長剣がその手にあった。今にも一歩を踏み出そうとしていたアテナは動きを止めた。

「差し出がましい真似、断じてしてはならぬぞ！」

「……承知した、伯父上」

やや不満そうに、智慧と闘争の女神が返事した直後。

いきなり——蓮をとりまく景色が一変した。神々の集う大広間から、マリンブルーの海水のまっただなかへ！

蓮は「ええっ!?」と驚愕した。

大理石の床ではなく、いつのまにか海底の白砂を踏みしめている。

さすが海神ポセイドン。一瞬にして六波羅蓮を海中へと連れてきたのである。これでは呼吸もできない。水の抵抗で満足に動けもしない。

そして、ポセイドンは——

獲物を襲うシャチかサメよろしく突っ込んできた！

身長二メートル超えの大男を魚雷かと見まごうほどの勢い、速さだった。当然、三つ叉の矛も同じ勢いで蓮を襲う！

（ちょっとちょっと、それはずるいよ！）

ごぼごぼごぼ。蓮の抗議は口から出る泡にしかならなかった。

しかし、為すべきことは為していた。見る。シャチでも魚雷でもない、まっすぐ突進してくる髭面の海神を凝視する。

ポセイドンの動き、蓮の目にはスローモーションも同然になった。

見切った。いつでもやれる。そう確信した瞬間、蓮の体はするりと泳いで、ポセイドンの脇をすり抜けていた。

『ほう！　貴様の逃げ足、海でも健在か！』

大海の神ポセイドンの声は水中でもはっきり聞こえる。

水中戦になれば、どう考えてもあちらが有利。蓮は精神集中した。己の心身に宿っているという神秘の力——魔力だか、呪力だかを高めるために。

我が身に降りかかった呪術の効能を、意志の力で拒絶するために。

「こんな仕掛けにつきあってられないよ！」

言い切った直後、蓮のまわりから海水がきれいに消滅した。

ふたたび宮殿の大広間にもどっていた。そう。成就（じょうじゅ）しかかっていたポセイドンの術『海への転移』をみごと打ち破ったのだ。

あと五秒ほどもたついていたら、術を打ち消せなくなっただろう。

「ふん。やはり貴様らはこしゃくよな」

蓮をにらんで、ポセイドンは吐き捨てた。

ふたりとも水中にいたのに、衣服も、体も、一切濡れていない。

「死すべき人間の分際で、われら神々の呪力をも傲慢（ごうまん）に払いのける」

「当たり前だよ。僕ら人間はあんたたち神様のオモチャじゃない」

「はっ。貴様はとっくに人間以外の何か、神殺しのけだものよ。人間どもの代表のごとき口を利（き）くとは——笑わせてくれる！」

言うなり、ポセイドンはふたたび矛で突いてきた。

しかも三つ叉（トライデント）の矛は今回、黄金の光輝をまとっていた。三つの刃（やいば）に分かれた穂先も、長い柄も、神々（こうごう）しく金色（こんじき）に輝いていた。

己の武器に、必滅必殺の威力を授けたうえでの一撃であった。

だが、その瞬間。

同じく蓮も〝最強の武器〟を繰り出していた。己の——六波羅蓮の右手中指と、人差し指をそろえて、まっすぐ突き出したのである。

迫りくる矛の穂先と、蓮の指二本が衝突する。

ぎぃぃぃぃぃぃぃぃぃぃぃぃぃぃぃぃんんんっ！

鋼と鋼がぶつかり合うような金属音、そして苦悶の叫びがこだました。

「ぐぅぉおおおおおっ!?」

「いやね。いつも逃げまわるばかりだし、たいした取り柄もないからさ。みんな、僕のことをよく……誤解するんだけど」

淡々と蓮は言った。右腕とその人差し指、中指はまっすぐ突き出したままだ。

そして、海神ポセイドン。筋骨隆々とした青黒い巨体、その腹部に深々と突き刺さるものがあった。三つ叉の矛だ。

ポセイドン自身が振るった武具、なんと主の腹を抉っていた！

「決闘とかケンカなら、僕はべつに弱くないんだ。むしろ強い方……いや。たぶん、かなり強い方だと思うね」

「小僧……！」

怒れるポセイドンは、力まかせに自分の腹から矛を引き抜いた。

だが、少々不用意だった。三つの傷口から鮮血が勢いよく流れ出る。海神は「ぐっ!?」と苦痛にあえぎ、膝をついてしまった。

その失態を見おろす蓮へ、ポセイドンは怒りのこもった視線を向けた。

「貴様、わしの矛を跳ね返したな……」

「君たち風に言うと因果応報。僕たち人間風に言うと、クロスカウンター？　とにかくそちら

の攻撃力をそっくりお返しする技だね」

あの瞬間――

六波羅蓮の二指に打ち負けて、三つ叉の矛は『ぎぃん！』と跳ね飛んだ。そのまま勢いよく一回転して、所有者の腹を抉ったのである。

あざやかな手際を見せつけた蓮だが、あくまで淡々と笑う。

「僕はね。神様を殺しちゃうつもりは本当にないんだ。でも、降りかかる火の粉は全力で払うし、僕の友達や大切な人を傷つけるやつには……」

蓮はさらりと、冷ややかに言い切った。

「使えるものは全部使って、必ず報復してみせるよ」

「は！　ようやく〝らしい〟言いぐさになってきたな、神殺しよ！」

手負いのポセイドンが猛然と吠えたとき。

いきなり――相棒のステラが可憐な声を張りあげた。

「あたしアフロディーテと共にトロイア国を守護せし神々よ、今のを見たでしょう!?　これがあたしの愛――いいえ、召し使い代わりの下賤な神殺し・六波羅蓮の力よ！」

ステラの腰に巻かれた帯が薔薇色に輝いていた。

いや帯だけでなく、彼女の小さな体全てが同じ輝きをまとっていた。

「ギリシア方とのいくさ、ゼウスの殿とあばずれアテナの依怙贔屓があるから、いずれ形勢はあちらに傾いてしまうわっ。それをくつがえす好機は今だけよ。ここで六波羅蓮を助けてくれたら、あたしたちが必ずトロイア方を勝たせてあげる！」

蓮の相棒は今だとばかりに、権能《友達の輪》を使ったのだ。

もちろん、これに応じるかは相手方の意志で決まる。ステラの言に十分な魅力をあちらが見(み)出(いだ)さなければ、無視されるだけだった。

しかし、ここで待っていたとばかりに――とある神が哄笑(こうしょう)した。

「はははは！　いいぞアフロディーテの姫、それに神殺しの獣どの！」

痛快そうに笑うのは、輝く美青年だった。

美しき太陽神アポロン。ステラの古なじみにして、ギリシア軍よりトロイア王国を守護せし神はその手に白銀の弓を呼び出した。

「左様(さよう)、降りかかる火の粉は全力で払いのけるべきだ。そして今回、火の放ち手は貴殿らギリシアのやつばらを庇護(ひご)せし神々！」

太陽神が銀弓(ぎんきゅう)を向けた相手――アテナであった。

智慧といくさの女神もさすがに驚愕し、鋭く問いただす。

「血迷ったか、輝けるアポロンよ！」

「お忘れか？　このアポロンめの権能には予知、予言もふくまれる。実を言えば、此度(こたび)のトロイア戦争がわれらトロイア方の敗北に終わること……とうに承知していた。しかし、その筋書きはどうにも――面白くない」

にやりと雄々(おお)しく、不敵に、美しき青年神は微笑んだ。

蓮は納得した。考えてみればカサンドラに予知と呪いをあたえたのは彼なのだ。彼自身に予知能力があってもおかしくない。

そして、そんな六波羅蓮をアポロンは手で指し示して、叫んだ。

「我と同じくギリシアの外より参った神々よ！　この神殺しめの乱入はひとつの好機だ。われらの意地と矜持、ひとつオリュンポスの神々に見せてくれようぞ！」

3

「たしかに――」

アポロンの檄にまず応えたのは、木訥たる軍神アーレスだった。

「そもそもギリシア方に加勢する神の方がやや多く、われらの不利は否めないところ。神殺しめの存在はいまいましいが、しかし……敗北するよりはいい」

青銅の甲冑をまとう軍神は、すらりと長剣を引き抜いた。

すると、美貌の女神もアーレスの言葉にうなずく。

「猛き軍神の君と兄上の言には、黄金の価値があると思います。よいでしょう、その企みにアルテミスも応じます」

太陽神とよく似た凜々しい美貌で、冷ややかに言う。

アポロンの妹・月の女神アルテミスである。あのアテナよりもさらに怜悧かつ生真面目そうな顔立ちだった。

彼女は兄に勝るとも劣らない〝遠矢撃つ女神〟である。

その細腕に黄金の弓と白銀の矢を呼んで、こちらも臨戦態勢だった。

「おのれ、若造ども！」

歯ぎしりするのは海と大地の神ポセイドン。

自身の矛で腹部を抉られたせいで、いまだ膝をついたままだった。が、苦悶の表情を浮かべながら、どうにか立ち上がる。

「ここオリュンポスを御身らの血で穢すつもりとは、不埒よな……」

アテナも幼い顔を憤怒で険しくしていた。

その華奢な体のすぐ横に、長方形の盾が現れる。幼いアテナの体をすっぽり壁のごとく隠すほど大きく、表面には山羊の皮が貼りつけてあった。

「父ゼウスより借り受けし守護神よ、アテナを護持せよ」

今、彼らは二陣営に分かれていた。

トロイアを守護する太陽神アポロン、軍神アーレス、月女神アルテミス。

ギリシア諸国に肩入れする女神アテナ、海神ポセイドン。

一触即発の空気のなか、たがいに武器を取って牽制し合い、にらみ合い——そのまま当然のように、闘争がはじまった。

アーレスは剣で斬りつけ、ポセイドンは三つ叉の矛を突く。

アポロン・アルテミスの兄妹は弓矢を撃ち、アテナは山羊皮の盾より父親から授かった雷撃を放ち出す。

そしてトロイア勢をにらみつける絶世の美女がいた。

「我が夫、ゼウスの殿よ！」

オリュンポスの王妃ヘラ。白き腕、やさしい牛の瞳など、古代ギリシアにおける最大級の女神への賛辞を捧げられている。彼女は激怒していた。

「若さと愚かさにまかせての振るまいへ、そろそろ王としての懲罰を下されませ！　あたくしはもう我慢できませぬ！」

ヘラはギリシアという大地の母なる女神。当然トロイアの敵だ。

しかし、妻の声を主神ゼウスは聞きながすのみ。神々の王は今、仇敵たる神殺しと向き合っていたのである。


乱戦の巷となった大広間から、神々が我先にと逃げはじめていた。

トロイア戦争では傍観もしくは、両陣営にバランスよく協力してきた中立派の神々なのだろう。また、逃げ出す者の多くが女性であった。

人間よりも遥かにたおやかで美しく、荒事とはまったく縁のなさそうな……。

きっと温厚な女神か妖精たちにちがいない。蓮はそう考えた。

その分、乱闘に積極的な神は目立つ。

ポセイドン、アテナにアポロン、アルテミス、アーレスたち。

六波羅蓮でも名前を知っている有名神ばかりだ。そんななか——神々の王ゼウスが今、目の前に立っていた。

トーガに似た白い衣をまとい、髪も髭もみごとな巻き毛である。

ギリシア神話の最高神は、重厚そのものの声で言った。

「われらが神域で……よもや、神殺しめと対峙する日が来るとはな」

「僕もゼウスなんて人と対面する日が来るとは思わなかったよ」

「蓮！」

「話はあとだよ、ステラ。まず、こっちのゼウスおじさんと話をしなくちゃいけないみたいなんでね。隠れていてくれる？」

相棒が小さな歩幅で懸命に駆けよってきたので、蓮は言った。

すぐにステラは真剣な顔でうなずいて、ぱっと姿を消した。足手まといにならないよう、半身とも言える六波羅蓮の体と〝同化〟したのだ。

そして、ほぼ同時に——

「我が雷霆、ケラウノスによる裁きを受けよ！」

呪文を唱えて、ゼウスが左手から電撃を放った。

ほんの四、五メートル先にいるだけの六波羅蓮めがけて。超至近距離。しかも電光は秒速一五〇キロメートルで飛ぶともいう。的をはずす要因は何もない。

しかし、命中の寸前で——

蓮はすばやく横っ跳びして、電撃を避けた！

ゼウスの雷霆は神殺しではなく、その背後にあった大広間の鉄扉を『ゴゥゥゥオオオオオンッ！』という轟音と共にふきとばす。

「ふん、やはりな。雷をもかわすか」

嵐と雷雲を呼ぶ者ゼウスは目をすがめた。

「ふたたび行け、雷霆よ！」

今回、ゼウスは一度に九つもの雷撃を手より放った。

全て六波羅蓮を狙ったもの。そして、我が身に危機が迫った刹那、蓮の五体に魔力がみなぎり、五感がとぎすまされていく——。

秒速一五〇キロの稲妻が迫る動き、全てスローモーションとなった。

迫る。迫る。火花を散らす電光がじりじりと迫ってくる。九つもある。六波羅蓮が灼き尽くされるまで、あと五〇センチ、四〇センチ、三〇センチ……

今度も完全に見切った。蓮はつぶやいた。

「加速装置の……発動だ」

大昔のアニメで覚えたキーワードを、能力発動の呪文として。

九つもの雷霆に打たれる寸前、ゼウスに背中を向けての全力疾走。蓮は鉄扉の打ちこわされた大広間から、外へと一瞬にして飛び出した。

雷撃が『どぉん！』と壁を崩壊させる轟音、背後で九回もとどろいた。

「ネメシスさんの力、ほんと、とんでもない速さだな……」

宮殿の廊下をひた走りながら、蓮はつぶやいた。

つぶやき終えたときには、もう建物の外、青空の下にいた。

雷すらも回避できる反射速度とスピードで、あっというまに宮殿内部を駆け抜けて、正門から〝外〟へ出たのである。

峨々たる霊峰オリュンポスの――山頂であった。

平べったい山頂部に白亜の宮殿が建っている。大広間から屋外まで、距離は五キロ以上あっただろう。だが、移動に要した時間はほんの数秒だ……。

もう通常の、並の人間よりも多少速いというスピードにもどっていた。

蓮は足を止めて、苦笑いした。

「向こうの攻撃をぎりぎりまで見ないと発動できないのが玉に瑕か。でも、このスピードをいつでも使えたら、それだけで無敵になっちゃうしね」

「――ハッ。バカげた勘ちがいだな、神殺しよ」

いきなり上空から嘲笑が降ってきた。

見あげれば数十メートル頭上を大鷲が飛んでおり、天空神ゼウスの声を蓮めがけて吐き捨てていったのである。

「すばしこいだけの小僧など、どうとでも始末できるわ」

「うわあっ⁉」

やにわに電撃で打ちのめされて、蓮は絶叫した。

いつのまにか地中から這い出てきた黄金のコガネムシが――その小さな全身から電光をほとばしらせて、六波羅蓮を襲ったのである！

「ああああああああ――――――っ！」

電撃に全身を苛まれ、痺れと激痛と熱さが蓮を悶絶させる。

足下の虫には、さすがに不意を突かれた。が、それでも、蓮には『心身に直接効果をもたらす呪術』への強い耐性がある。ゆえにこの雷撃もおそらく本来の数％程度しか威力を発揮できず、蓮にびりびり苦痛をあたえるだけ――

重傷どころか火傷にもいたらない、はずだったのだが。

「さすがにしぶといのう」

天空の大鷲が告げるや、二筋の稲妻が落ちてきた。

虫などという小道具を介さず、今度こそゼウスが自ら放った雷撃であった。天空全体を鳴動させ、霊峰オリュンポスの一角をも崩壊させるほどの大威力で。

大地からの電撃に打ちのめされていた蓮に――

二筋の稲妻をかわす余裕はもうない！

だからまた、右手の〝人差し指と中指〟を使った。稲妻に撃たれながらもその二本の指をそろえ、それ以外の指は折り曲げて、呪文を唱えたのである。

「命に仇なす悪行へ、報復の女神は神罰を下す——！　我を襲う災禍こそが汝の苦痛。正義の裁き、かくあれかし！」

結果——二筋の稲妻は空へ跳ね返っていった。

それを放った当人、大鷲に変化して飛翔していたゼウスへと。

「ぬおおおおおっ⁉」

自らの雷霆に撃たれて、大鷲がふらふら地上へ墜ちてくる。

一方、同じ雷の直撃を浴びた蓮は——

「ううう っ。やっぱりかわさないとダメだな、これ……」

胸を押さえて、うずくまっていた。

短い刃物で肺を刺されたかのような痛みに襲われたのだ。

かわしそこなった攻撃でも《因果応報の権能》は反射できる。が、そのダメージに見合った苦痛がこうして返ってくる——。

痛みが一定ラインを超えると、仮死状態に陥ることも確認済み。

ケンカ・決闘のさなかでは致命的な隙となるだろう。くれぐれも軽はずみに使うなと、ジュリオに釘を刺された用法なのだ。

「ま、こいつのおかげでカサンドラも守れたし、今回もなんとかなった。結果オーライってことでいいかな？」

痛みのせいで涙目になりながら、蓮はつぶやいた。

その眼前に墜ちてきた大鷲が――壮年の髭男、人間体のゼウスに変化する。不愉快そうな仏頂面で六波羅蓮をにらんでいた。

「逃走の手際に神罰応報……。よくネメシスの権能を掌握しておる」

「お誉めの言葉、恐縮だね」

ぐさり、ぐさりと肺を突き刺す痛み、当分収まりそうにない。

対してゼウスは壮健そうだった。考えてみれば、雷の元締め的な神様に電撃をたたき返しても、大きなダメージになるとは思えない。

（これはちょっとピンチかな……？）

胸の裡でぼやく蓮を、ゼウスは冷淡に眺めていた。

「女神ネメシス……おまえが殺めた神のことを存じておるか？」

「僕たち地球人は『復讐の女神』みたいに呼んでいるね」

「当たらずとも遠からず、ではあるな。因果応報の女神ネメシスは悪行には正義の裁きを、善行には命の祝福を、傲慢さには戒めと破滅を――あたえた。命をおびやかす者はネメシスの神罰によって、己が生命を奪われることになった……」

ゼウスは遠い目をして、なつかしげに語る。

一方、刺すような痛みに六波羅蓮の胸は襲われているわけだが――肺だけでなく、だんだん心臓にまで『ぐさぐさ』くるようになった。

息苦しい。心肺機能が落ちて、上手く呼吸できない。酸素が足りていない。

はあ、はあ、はあ。息を切らせながら蓮はあせりはじめた。

逆にゼウスは、にやにや愉しげに微笑する。

「そして女神ネメシスは、逃走の達人でもあった。無理もない。正義を為す報復の神である以上、逆恨みもされよう。危険をかいくぐる必要があったのだ」

「彼女、ゼウスさんに言いよられたときも全力で逃げてたんだよねえ……？」

「そんなこともあったな。まあ、昔の話だ。余はまったく気にしておらぬ」

「セクハラされた側にはべつの言い分があると思うけどね……。でもゼウスさん、どうして僕にこんな話を……？」

「いや、なに。そなたがずいぶんつらそうなのでな」

心肺の痛みに耐えかねて、ついに胸を押さえた蓮へ——

ゼウスはにやりと笑いかけ、なんとも意地悪そうに言った。

「このまま待てば、そなたがどうなるか。見とどけようと思ったのだ」

「性格悪いなあ……」

「なに。余が攻撃を加えれば、応報の権能で跳ね返されるやもしれぬ。ならば、そなたが勝手に弱るのを待つ。それが賢いと見たわけだな」

したたかなゼウスの算段を聞いて、蓮は苦笑した。

「そんなことを言われたら、こっちもストックに手をつける必要があるな」

「ほう？　どういう意味だ？」

「僕とネメシスさんの権能、攻撃されたときに跳ね返すだけじゃない。貯めこんでおいて、あ、い、いと出しすることも実はできてね……」

「なに!?」

驚くゼウスの前で、蓮は右手人差し指と中指をそろえた。

因果応報、発動。そのための呪文も唱える。

「未来の事象は過去に因あり。運命よ、因果の絡みを具現せしめよ」

「――小アイアス、だと!?」

愕然とするゼウスの前に、人影が顕れていた。

ギリシア連合軍の英雄、小アイアス。数時間前、六波羅蓮およびカサンドラを長剣でおびやかした猛者の、なかば透きとおった幻影。

だが、小アイアスの幻影は――

顔に『漆黒の仮面』をつけていた。

仮面の幻が鋭く、袈裟懸けに長剣を振りおろす。たおやかな王女カサンドラを無慈悲に斬り捨てたときとまったく同じ動きであった!

「ぬうっ！」

天空神たるゼウスの手に、すぐに木の杖が顕れた。

これでみごと小アイアスの斬撃を払いのける。青銅の剣に臆することなく木の杖で対処してのける手際、彼は歴戦の勇者でもあるのだろう。

しかし、その程度のことは蓮もとっくに予想済み――。

「――正義の裁き、かくあれかし！」

右手の二指をそろえたまま、蓮は魔力を振りしぼる。

この刹那、小アイアスはさらに姿を変えた。長い氷青色の髪をなびかせ、絶世であるはずの美貌を黒き仮面で隠した乙女に！

真紅のドレスをまとい、背中には純白の翼を生やしていて――

「おお、ネメシスよ！」

かっとゼウスが瞠目して、叫んだ。

そう。かつて地上にも降臨した女神ネメシスの姿であった。

今このときだけ、神の権能を行使するためだけに具現化した『ネメシスの顕身』はいまだ右手に小アイアスの長剣を持っていた。

そして、左手から――強烈無比な雷撃を放つ。

「ぐおっ!?」

ゼウスが悶絶した。ネメシスによる雷を真正面から喰らったのだ。

これはすこし前、彼が最初に六波羅蓮へ放った雷霆とそっくり同じだった。

「因果の連鎖を示してくれ、ネメシス！」

蓮はさらに唱えた。

仮面と紅蓮の衣をまとう復讐の女神は、さらに剣を二度振るう。数時間前、小アイアスが六波羅蓮を倒したときとそっくり同じ動きで。

ゼウスはとっさに「おのれ！」と木の杖を突き出す。

この杖には紅宝玉、青宝玉、瑪瑙など、宝石があちこちに埋め込まれていた。

王者の証、神王の位を証し立てる宝物なのだろう。ネメシスが振るった長剣は天空神の王杖をみごとにたたき割った。

宝石たちが飛散し、きらきら流星めいた輝きを放つ。

そして、この瞬間。蓮は叫んだ。

「もういい、ネメシス！」

仮面の女神はふっと姿を消した。

それと同時に、遥か彼方より金色の霊鳥が飛来してくる――。

「六波羅さん！」

三本足にして日の精霊《八咫烏》、鳥羽梨於奈が化身した姿。

宮殿からオリュンポスの山頂に出てきた六波羅蓮を、八咫烏はその三本足のひとつでつかみ取り、空へと連れ去っていった。

「逃げるか、レンとやら!?」

「三十六個の計略より役立つんだから、ここで逃げなくてどうするのさ!?」

愕然と叫ぶゼウスへ、蓮は空中から平然とうそぶいた。金色の大霊鳥と共に、天空の彼方をめざしながら――。

4

六波羅蓮(ろくはられん)がオリュンポスへ乗り込んだあと。

梨於奈(りおな)は〝白いネズミ〟の形をした式神(しきがみ)に、宮殿への潜入を命じた。

この使い魔と視覚・聴覚を共有し、オリュンポス十二神が会した大広間で起きた出来事を全て見聞きしながら、『ご主人さま』の回収に向かったのである。

かくして、日本国の霊鳥は神域の空を駆ける。

翼長二〇メートルを超す巨体、三本ある足のひとつで六波羅蓮をわしづかみにして、梨於奈は力強く飛翔していた。

一方、オリュンポスの山頂付近に残してきた式神たちから──

警告の念が飛んできた。梨於奈＝八咫烏(やたがらす)は考えた。

「やはり追っ手が放たれましたか……」

翼ある勝利の女神ニケをはじめ、向こうにも『飛ぶ者たち』は大勢いる。

多勢に無勢、追いかけっこは分(ぶ)が悪い。

だから梨於奈は──逃げ込む先をとっくに決めていた。式神たちにサンクチュアリ・トロイアの偵察(ていさつ)を命じたとき、所在地を確認させておいたのだ。

「あれです！」

オリュンポス山から最も近い空間歪曲点。

とある平原のまっただなかに、ぽつねんと顕現していた『光の渦』。M78星雲にも似た、無数の光の集合体――。

そのなかへ、梨於奈＝八咫烏は迷わず突入していった。

一度、地上世界へともどり、体勢を立てなおす。それが最良の策だった。


来たとき同様、万華鏡のごとき空間を通り抜けた。

サンクチュアリ・トロイアはまだ昼間だった。あとすこしで陽が傾きはじめるという頃合いであったはずだ。

しかし今、神武天皇を導いた霊鳥は夜空を飛んでいた。

ただし、行く手には街の明かりが広がっている。夜景など望むべくもないトロイアとちがい、こちらには電気と照明が存在するからだ。

夜闇の静謐さを人工の光が台無しにし、俗塵にまみれさせているのである。

そして、眼下は暗い海であった。

数キロ先に海辺の街があり、その明かりを梨於奈は見ているのだ。

「日本でないのは、まちがいないようですね……」

街の明かりは海沿いにのみ広がっていて、決して大都会には見えない。

煉瓦造りの建物が多かった。また古代ギリシア様式の劇場――が時を経て、遺跡になったもの。教会、大聖堂など中世の建築物も目につく。

（ねえ梨於奈）

体内に取りこんだ〝荷物〟が発言したらしい。

心肺を襲っていたという激痛、ようやく収まってきたのだろう。

（ここ、たぶんシチリア島だよ。メッシーナ海峡の近くだったかな？　日本に帰ってくる前、ジュリオが写真を見せてくれたんだ。サンクチュアリ・トロイアとつながった空間歪曲はここにもあるって）

耳元で聞こえる六波羅蓮の能天気な声。

しかし、梨於奈はなぜか返事する気になれなかった。


「よく帰ってきた、蓮」

海辺の砂浜から念を送ってきた一団がいた。

梨於奈＝八咫烏が彼らのもとに降り立つと、なかのひとりが代表して言った。二〇歳前後とまだ若い青年で、秀麗な顔立ちだった。

「それに日本の陰陽師どのも。鳥羽梨於奈、君のことは以前から耳にしていた。東の果ての日出ずる国には守護聖人級の魔術師がおり、彼女は不死鳥フェニックスに比すべき霊鳥の化身だと。うわさにまちがいはなかったようだな」

「わたしもあなたのことは存じあげています、ジュリオ」

名乗られる前に、梨於奈は相手のファーストネームを呼んだ。

巨大なる金色の霊鳥から乙女の姿にもどるところ、浜辺に居合わせた彼らにはすっかり見られている。

皆、魔道の関係者であろうから、かまわないと思ったのだ。

「ヨーロッパ魔術界でも屈指の名門、結社《カンピオーネス》の若き総帥。魔王と呼ばれたチェーザレ・ブランデッリを先祖に持つという……」

若き天才児、魔術界の貴公子。資料写真で顔も知っていた。

黒い髪に黒い目。秀麗な美貌はどこかエキゾチックで、知的かつ気品高い。結社の本拠地がある関係でスペインのバレンシア在住らしいが、家門のルーツはたしかイタリアだ。

が、いかにもラテンっぽい陽気さとは無縁らしい。

ジュリオはにこりともせず、強い目力で梨於奈を見つめて、こう言った。

「オレの素性を知っていてくれたとはありがたい。では、こちらも君のことを梨於奈と呼ばせていただこう。今後も協力し合っていきたいものだな」

「同感です、ジュリオ」

「ちょっとちょっと。僕のことはいつまでも水くさい呼び方してるのに、ジュリオのことはどうして呼び捨てに？」

「……郷に入っては郷に従う、です。日本人の六波羅さんとはちがいます」

じゃれつくように声をかけてきた『ご主人さま』――どう返答したものか、一瞬だけ迷ってから、梨於奈はひとまず冷淡に言った。

「すこし黙っていてください。専門家同士の話をしたいんです」

「了解。仕方ないなあ」

「それでジュリオ。あなたといっしょにいるのは、結社《カンピオーネス》のメンバーと認識しても問題ないですか？」

梨於奈に問われて、若き貴公子は「ない」と言い切った。

ジュリオ・ブランデッリの背後に十名前後の男女がひかえていた。

半分ほどは白人だが、あとの人種はばらばら。しかし皆、なにがしかの分野で道をきわめた者特有の——風格、雰囲気をまとっていた。

結社《カンピオーネス》がかかえている〝達人位階者（マエストロ）〟なのだろう。

梨於奈も写真などで見た覚えのある顔、いくつかあった。

欧州のトップクラスとして認定されている眩惑（げんわく）術師、霊視術師、指令術師、変身術師、射撃術師、結界術師たち、だったはず。

（たしか〝奇術師〟アイマール、〝童顔〟ダビド、〝蚤（のみ）使い〟ロペス、〝鼠（ねずみ）の門番〟、〝時計使い〟、〝バスクの石門〟——とかだったような……）

頭のなかで、梨於奈はひそかに人名とその異名を検索した。

尚、この浜辺には〝彼ら〟以外に人気（ひとけ）はない。

大怪獣にも等しい黄金の八咫烏が夜空から舞い降りたというのに。

まちがいなく結社《カンピオーネス》が社会的・魔術的に手をまわして、余計な野次馬を寄せ付けないようにしたのだろう……。

組織の総師であるジュリオは言った。

「うちの霊視術師が『今夜、シチリアの空間歪曲に異常が起こる』というヴィジョンを得たので、近くにいたメンバーに緊急招集をかけた。凱旋か敗走かはわからないが、我が結社の『王』が帰還するかもしれないと期待してな」

「はい？」

聞きまちがいかと、梨於奈は首をかしげた。

「今、『王の帰還』とかおっしゃいましたか？」

「言った。まあ、これと長く旅をしていたのなら意外に思うのも無理はないが。この男、六波羅蓮こそが——我が結社《カンピオーネス》の崇める王。地上の魔術師全ての頂点に君臨すべき魔王にほかならない……と、われわれは信じている」

言うなり、ジュリオは砂浜にひざまずいた。

うしろにひかえていた達人位階者たちも一斉にひざまずいた。

彼らが頭を垂れる相手は鳥羽梨於奈、ではなく、その隣でへらへら能天気に笑う日本人にして神殺しであった。

六波羅蓮に向けて、ジュリオは言った。

「御身のご帰還、心よりよろこばしく存じます、王よ。神話世界への遠征と死闘、さぞやお疲れでございましょう。今宵はわれら王の配下一同、精一杯にお仕えして、御身の傷とお力の恢復に努めたいと――」

「そういうの、背中がむずむずするから本当にやめてほしいなあ」

王者への言葉を受けて、六波羅蓮は居心地悪そうに言った。

「いつもどおりに話してくれた方がくつろげるよ、僕は」

「了解した。なら、ここからは通常営業にもどるとしよう。蓮、おまえの報告はあとでじっくり聞くとして、今は単刀直入にこれだけ訊きたい。鳥羽梨於奈でもステラでもない少女……彼女は一体、何者だ?」

ジュリオ・ブランデッリはずっと沈黙していた美少女を見つめた。

銀髪の美姫、トロイアの呪われし予言者。

日本生まれの神殺しと共に、梨於奈が連れてきてしまった王女カサンドラを――。

彼女は初めて訪れた地上世界、そして地上人たちの会話にびっくりして、ずっと目を大きく見開いたまま、あたりをきょろきょろ見まわしていたのだった。

5

梨於奈たちが到着した場所、タオルミーナという海辺の小さな街だった。

ダイビングを題材とした洋画の撮影地だったともいう。が、季節は秋。美しい海も今はオフシーズンだ。

秋風の吹く海辺の街には、大都市にありがちな息の詰まる感じがない。

しかも結社《カンピオーネス》が用意してくれた〝宿舎〟は、高級リゾート地の豪奢(ごうしゃ)な別荘であった。尚更ゆとりがある。

そして――別荘の広いリビングでは。

六波羅蓮(ろくはられん)を中心とする奇妙な一幕が進行中だった。

深夜だというのにどこからか配達(ケータリング)させたパーティー用の料理と、大量の酒壜(さけびん)がテーブルに乗せられて、宴席がもうけられていたのである。

そして入れ替わり立ち替わり、蓮の前に魔術師たちがやってくる。

「よくぞ生きてもどってこられた、われらが王よ」

「まずは駆けつけ一杯、こちらを召されよ」

「おっと。それよりも先に俺の一杯を飲み干してもらおうか」

「とんでもない。我らが王におかれましては、是非(ぜひ)わたくしの捧(ささ)げる杯(さかずき)こそを空(から)にしていただきたくぞんじますわ」

「まあ、とにかく。今回も死にぞこなった魔王様に乾杯だ！」

六波羅蓮の前にはアルコールないしソフトドリンク入りのグラスが大量にならべられ、それを運んできた結社《カンピオーネス》の達人たちはにやにやと笑いだし、ついには『乾杯』と叫んで、陽気に酒盛りをはじめてしまったのである。

これに一応は主役の六波羅蓮、なんとも気楽そうに「あはは」と笑った。

「みんなとまた再会できて、僕もうれしいよ。僕なんかを王様呼ばわりする変わり者のみんなに、僕からも乾杯だ！」

あいかわらずマイペースと言うべきか、意外な器の大きさと言うべきか。

曲者ぞろいの達人級魔術師たちにかこまれて、冗談交じりではあるが『王』として場の中心に据えられても、まったく臆せず、自然体であった。

六波羅蓮は金色の炭酸飲料が入ったグラスを手に取って、宙にかかげていた。

魔術師たちもグラスをかざして、『王の演説』に歓声を上げる。

一方、蓮の隣にいたカサンドラがいきなり謝罪した。

「申し訳ございません、蓮さま！　わたくし、とても失礼なことをしておりました！」

「えっ、まさか。どうしてそんなこと思うのさ？」

目を丸くする〝神殺し〟へ、神話世界の姫君はさらに言う。

「一国の王として蓮さまがこのように崇敬を捧げられる御方だとはついぞ気づかず、わたくしときたら、蓮さまのことを『お兄さまのような方』だなどと思っていて……」

「ははは。僕としては唐突に王様呼ばわりされるよりも」

六波羅蓮はにこにこと言った。

「カサンドラに『お兄さま』って言われる方が百倍うれしいな」

「と、とんでもないことでございますわっ」

「ほんとほんと。大体、王様とか魔王さまみたいに呼ばれることが最近多いけど、身に覚えもないしね。僕より半世紀分くらい歳上のおじさんやおじいさんにかしこまられても、逆にこっちの居心地が悪いんだよねえ……」

と言って、六波羅蓮はやや悪のり気味の〝臣下たち〟を眺めた。

「僕を王様あつかいするなら、このくらいでちょうどいい」

結社《カンピオーネス》の魔術師たちが一斉に笑った。

この業界の人間は洋の東西を問わず、ほとんどが閉鎖的なものだが――

広すぎるほど広い別荘のリビング、その隅っこで一部始終を眺めていた鳥羽梨於奈はぼそりとつぶやいた。

「六波羅さん、結構なじんでますね……」

「よくも悪くも他人の警戒心を刺激しない性格だからな」

答えたのは、梨於奈の隣にいたジュリオ・ブランデッリだった。

こちらも壁の花となって、〝魔王とその取り巻き〟を見守っていたのである。

「加えて、神を殺め、その権能を奪った男ときている。うちの結社の連中も認めざるを得ないというのがあるんだろう」

「あれ、神様由来の力で本当にまちがいないんですか?」

「安倍晴明の再来、火の鳥の化身とも思えない発言だな。君のうわさが本当なら、誰より鳥羽梨於奈こそがやつの本性を理解できるはずだが……」

「……むやみに鋭いところをひけらかすと嫌われますよ、ジュリオ」

「これは失敬」

「ちょうどいいから話題を変えます。六波羅さんの《因果応報の権能》。あれ、『自分に加えられた攻撃を好きなタイミングで跳ね返せる』が能力の本質ですね？　逃げ足が速くなるのは、むしろ余禄で」

「正解だ。相手の攻撃を〝よく見る〟ことが重要らしい。それさえできれば、自分はノーダメージで窮地を切り抜け、因果応報の威力をマイレージのように貯めこめる」

「そして自分だけでなく、特定の誰かを守ることもできる……」

「ああ。一回のみ使い切りの加護としてな。ろくなことにならないから、よほど見返りの大きな状況でなければ使うなと注意しているんだが」

肩をすくめたジュリオ、彼の視線の先には王女カサンドラがいた。

小アイアスに斬り捨てられて、彼女が生きていた理由。六波羅蓮による『因果応報の加護』だったのだ。梨於奈はつぶやいた。

「その注意、たぶん六波羅さんは忘れているか……」

「まったく気にしていないか、だな」

六波羅蓮のそばで、カサンドラがシャンパンのグラスに口をつけていた。

どうやら炭酸入りの飲み物が珍しかったようで、好奇心にまかせて、蓮の前に置かれた酒杯に手をのばしたように見えた。

乾杯を繰りかえしていた魔術師たちの真似をして、『ぐっ』と空けた。

たちまち王女カサンドラの美貌は真っ赤になり、酩酊――。意識朦朧とした美姫を介抱しようと、六波羅蓮があわてていた。


そして、数時間が経った。

別荘には梨於奈と王女カサンドラ、六波羅蓮、ジュリオ・ブランデッリだけが残り、ほかの魔術師たちは辞去していった。

四人それぞれに寝室があてがわれ、朝まで休息――となったのだが。

梨於奈は三時間ほど眠ったところで目を覚ました。

まだ明け方。窓の外では空が白みはじめたばかり。だが神話世界から帰還した直後で〝時差ボケ〟でも起こしたのか、これ以上寝られそうにない。

いつものブレザーに着替えて、梨於奈は別荘を出ていった。

海辺の土地である。昇る朝日を浴びて、砂浜が薔薇色に染まっている。そこをてくてくと歩いていたら――

「どこ行くつもりなの、梨於奈？」

振りかえれば臨時『ご主人さま』がいた。梨於奈は冷ややかに彼をにらんだ。

「夜明けと共にストーカー行為とは、なかなかの変態ですね」

「外に出ていく梨於奈が窓から見えたから、話をしたくなってね」

女子高生にして大陰陽師の冷淡さにも、六波羅蓮は一向に動じていなかった。

「それでさ。理由を訊いてもいい？」

「何の理由ですか？」

「昨日から僕に冷たい理由」

「この期に及んでもそんなことをわざわざ訊きにくる無神経さに決まっているでしょう！」

「ああ。つまり神様の力を隠していたことが気に入らないのか」

「わかってるじゃないですか！」

「僕は無神経じゃなくて、場の空気を気にしないだけなんだ。訊きにくいことや言いにくいことでも、ずばりオープンにしちゃう方がいいときもあると思うからさ！」

お気楽に親指を立てる蓮。梨於奈はキッと視線を険しくした。

「その性格もですけど、でたらめばかりの自己申告にも腹が立ちますっ。なにが『たいして取り柄はない』ですか⁉」

「そこはまちがってないよ。特に専門技術も知識もない人間だし」

「神の権能を奪いとって、神々とも真剣勝負できる人がよく言いますね……」

怒ることに疲れてきた梨於奈、声を低くして、今度はじろっとにらみつけた。

するとと六波羅青年、「うーん」と考えこんだ。

「神様たちの力はべつに、僕が苦労して身につけたものじゃない。反則同然に横取りしただけだし、やっぱり特技にカウントすべきじゃないよ。そりゃあ〝そういうことになったとき〟はたいへんだったけど、あくまで他人様のものというか」

「ぎ、行儀のいいことを言うじゃないですか……」

「うちのおばあちゃんは昔気質のとても厳しい人だったんでね。僕によく言ってたよ。『いいですか蓮、渇しても盗泉の水は飲まずです』なんて」

ここで六波羅蓮、珍しくまじめな顔になって、おごそかにつぶやいた。

「暴力では何も解決しない。どんな理由があっても最初に拳をあげた方が負け。どんな相手とも誠意をもって対話を繰りかえしなさい……みんな、おばあちゃんが教えてくれた」

相手の真剣さにごまかされず、梨於奈は冷静にツッコんだ。

「その割に六波羅さんは」

「アキレウスの盾をちゃっかり取っておいたり、アポロンの矢を撃ちまくったり、神話世界では好き勝手にしてましたけど」

「そこはほら、背に腹は代えられない」

神をも殺めたという日本人は悪びれずに笑った。

「おばあちゃんの教えはできるだけ尊重するけど、現実ともちゃんと向き合わないと」

口を開けば間抜けな発言ばかりの六波羅蓮。

しかし、体を動かしているときは――気軽に使いたくない表現だが、天賦の才と呼ぶべきシャープさをよく感じる。本人は『割と運動が得意』くらいに申告していたが、彼の身体能力はそんなレベルではない。

動きの切れ、リズム感、反射神経、驚嘆に値する機敏さ……。

まあ、そういう面を意識させない、他人の警戒心を刺激しない人物である。

しかし、そのうわべを剝ぎ取ってみれば、とてつもない『怪物』の本性があらわになるような予感を——梨於奈は覚えた。

いざとなれば、肉親の教えも倫理規範も棚上げして、神とも戦う男。

異世界の人間とも言語や文化の垣根を気にもせず、人なつっこく交流するノリの軽さについごまかされそうになるが……。ここで梨於奈はハッとした。

「あ」

「どうしたの、梨於奈？」

「い、今さら気づきました。そもそも六波羅さん、トロイアに行った直後から、向こうの異世界人とふつうに会話してましたねっ⁉」

「そうだけど、べつに変なことじゃないだろう？」

急きこんで訊ねる大陰陽師に対して、若き神殺しはあくまでのんきだった。

「梨於奈もそうだし、カサンドラだって。あの娘、まわりのみんながスペイン語とかで話してる内容、もうちゃんとわかってるよ」

「わたしは多言語修得の術が使えるから、王女は神の血を引く異能者だからです！」

すかさず梨於奈は言い切った。

「そうした霊的に高いステージに達した者は魂をとぎすますことで、未知の言語でもきわめて短時間で修得し、異文化コミュニケーションをたやすく実現できるんですっ。神殺しである六波羅さんもそうなのでしょう!?」

「そういえば、ジュリオにも同じことを言われたな」

　蓮はあっさりとうなずいた。

「ネメシスさんに勝った直後から、スペイン語がいきなり理解できるようになってね。変だと思って、訊いてみたんだ」

「そ、そこに気づいていれば、あやしい自己申告にもだまされなかったのにっ」

「ははははは。梨於奈って、実は結構おっちょこちょいなところがあるよね。ときどき」

「く……っ！　たいていの人間に見破られることのないトップシークレットによく気づきましたね、六波羅さんの分際で！」

　顔を真っ赤にして、梨於奈は文句をつけた。

「なんて腹の立つ『ご主人さま』なんでしょう！」

「そうそう、それだよ梨於奈」

　今までの調子の良さから一転、彼はまじめな顔になった。

「専属の案内人として僕を導いてくれるっていう約束、まだ有効なのかな？」

　いきなりの問いに「!?」と驚く梨於奈へ、六波羅蓮はさらに言う。

「僕には君が必要なんだ。カサンドラを連れて帰りたいし、トロイアの滅亡っていう神話の筋書きも変えないといけない。向こうではまちがいなく、ゼウスやアテナたちとも対決しないといけない……。ひとりじゃちょっと手がまわらないと思うんでね」

「でも六波羅さん。あなたには結社《カンピオーネス》の配下がいます」

冷静さをとりもどした梨於奈。だが、蓮はしんみり答えた。

「どうかな？　あの人たちはとても頼りになるし、すごい魔法をいろいろ使える。でも、たぶん、適材適所じゃない気がしてね……」

「……わたしはちがうと？」

「ちがう。これは完全に勘だけど。僕の戦闘力みたいなのが一〇〇だとしたら、フルパワーの梨於奈は四〇くらいだと感じる。でも結社のみんなはいいとこ三、四程度で、実は一未満の人も結構いるような――」

「……なかなか正確な分析です、とコメントしてあげましょう」

日本国どころか全世界規模でも、鳥羽梨於奈のレベルは突出している。

はたして人類という〝くくり〟のなかで己に伍する存在がいるかどうか――。ずっとそう考えていた。しかし今、いきなり『上から』見おろす怪物が出現した。

その事態をなぜか面白く感じながら、つぶやく。

「六波羅さんのスカウター、悪くない性能です」

そして、身内の能力値や適性を意外としっかり判断できるところも。

「そういえば神様たち、神殺しのことを『獣』と呼んでいましたね。あなたたちはそういう動物的な感性が――鋭いのかもしれません」

梨於奈は猛禽（もうきん）、そして女王に喩（たと）うべき微笑を唇に浮かべた。

「ちょっとあなたに興味が湧いています。もうすこしつきあえとおっしゃるのであれば、とりあえず受諾（じゅだく）してもいいくらいには」

「梨於奈にフォローしてもらえるなら、また土下座したっていいくらいだ」

「わかってませんね。その程度では全然足りません」

「絶対服従ってやつ？　いいとも。肝（きも）に銘（めい）じておくよ」

「あいかわらず、口だけは調子いいですね」

神を殺めた青年の服従宣言、梨於奈はまったく信用しなかった。

そう、おそらく。王様だの魔王だのと崇（あが）められる程度で人格がねじ曲がるほど、彼の性根はきっと『弱く』ないはずだ。

いつでも軽やかで、調子よく、したたかさと我（が）の強さを隠し持つ。

ゆえにこの人は王者たりえるように……なるのかも、などとは断じて口にせず、表情にも出さず、梨於奈は冷ややかに宣告する。

「いいでしょう。でも、ご主人さま。正体を明かしたことでハードルはだいぶ上がりました。ビギナー仕様の懇切丁寧（こんせつていねい）なチュートリアルはもう抜き。今後はあなたの実力と器量のみで、鳥羽梨於奈を使いこなしていただきます」

「今までチュートリアルなんて何もなかったよ」

「それはあなたの認識不足です。わたし、これでもやさしい人間ですので」

早朝の海岸、秋の砂浜でふたりは話していた。

まぶしい朝日に照らされている。即席の主従がリスタートするにあたり、なかなか劇的な舞台設定がととのっていたのだが。

「……あれ？」

「……いきなり天気が悪くなりましたね」

唐突に空が曇っただけではない。ごろごろと雷鳴がうなり、雷光がひらめく。ぽつぽつと大きな雨粒も降ってきた。

「神戸でも似たようなことがあったな」

「天空神ゼウスの昂ぶる心が空間歪曲を超えて、地上に伝わったときですね。今回もたぶん原因は同じだと思います」

サンクチュアリ・トロイアで何かが起きはじめている——？

早くあそこへもどらなくてはと。蓮と梨於奈はうなずき合った。

第六章　chapter 6　木馬の夜を越えて

1

そして、ふたたび空間歪曲を超えて——

六波羅蓮と仲間たちは、サンクチュアリ・トロイアに帰ってきた。

夕暮れ時だった。丘の上に立つ城塞都市が燃えるような夕陽を浴びて、毒々しいほど真紅に染まっている。まるで都全体が大量の鮮血を浴びたかのように……。

都のまわりはだだっ広い平原で、そこから蓮はトロイアを見あげていた。

「六波羅さん。月並みな言い方ですが、よい報せと悪い報せがあります」

白鷺の式神を飛ばして、見たものを手鏡に念写させる——

いつもの術でトロイアを偵察した梨於奈に、蓮は即答した。

「じゃあ、いい方、悪い方の順番で」

「まず、トロイアはまだ敗北していません。そしておそらく、今夜にでも陥落します」

「――梨於奈さま、蓮さま！」

　切迫した声で訴えたのは、王女カサンドラだった。

「なんということでしょう!?　わたくし、おそろしい未来を視てしまいました！　嗚呼、早く父上や母上、それにトロイアの民へ警告しなければいけませんっ。わたくしどもの国をこれから、未曾有の災厄が襲ってしまうのでございま――」

「おっしゃる必要はありません、梨於奈が人差し指を当てた。

　カサンドラの可憐な唇に、梨於奈が人差し指を当てた。

「あなたに説明されると、アポロンの呪いが発動します。唐変木のご主人さまはともかく、わたしはそれに対抗できません。王女の代わりにわたしが予言しましょう」

「まあ、梨於奈さまが!?」

「はい。わたしに予知の魔力はありませんが、神話の筋書きなら知っています。わたしたちは地上世界の住人、あらゆる神話を書物という形で読むことができるのです」

「みなさまの故国でおうかがいしたお話ですね！」

「で、これを見てください。トロイア市内に『木馬』が運びこまれています」

　梨於奈の手鏡に――広場が映っていた。

　都市をあげての催し、祭事などの会場にもなる場所なのだろう。そこに巨大な木造の『馬』が鎮座していた。

　この木馬、体長は五〇メートル程度、体高はその半分というところだ。

四本の脚には車輪をつけて、転がせるようにしてある。

巨大な木馬のまわりでは、大勢のトロイア市民が浮かれ騒いでいた。笑い、よろこび、肩を組んで抱き合い、酒を酌み交わし、歌と踊りに興じている。

離れた場所にいる蓮たちにも、都の喧噪が聞こえてくるほどなのだ。

しかし、その中心には『トロイの木馬』がある……。

梨於奈はおごそかに語った。

「まず、英雄アキレウスの死から木馬がトロイアに贈られるまでの物語をダイジェストで語りましょう。あれです。週刊連載のバトル漫画で最強ライバルが死んだあと。連載ひきのばしのぐだぐだ状態です」

「どういうこと、梨於奈？」

「数合わせ、時間稼ぎのように小物同士が小競り合いして、意味のないバトルを繰りかえすだけになるんです。特に死んだアキレウスの息子が鳴り物入りで登場して、たいしたことをしないあたりはまさに――」

「あー……」

現代日本の青少年にはひどくわかりやすい喩え。蓮はつぶやいた。

「ギリシア神話の作者も人気連載の長期化で苦しんだのかねえ？」

「ただ、弓の達人で軍師役のオデュッセウスが動き出すと、物語は一気に加速します」

「ギリシア軍の山師っぽい人か！」

「悪知恵と舌先三寸で好き放題する叙事詩『オデュッセイア』の主人公ですからね。彼はトロイア包囲中に全軍をいきなり撤退させるんです。こっそり建造した木馬を残して」

「あのばかでかい木馬には、ギリシア人が隠れているんだよね？」

「はい。トロイア人はそれに気づかず、ギリシア軍が逃げたと浮かれて、巨大木馬を戦利品として市内に入れてしまいます」

「で、夜になると木馬の内側から……」

「ギリシアの英雄たちが何十人も出てくるわけです」

六波羅蓮でさえも知っているエピソード・トロイの木馬。

この〝だまし討ち〟によって、ギリシア連合軍は勝利を得るのである。

話している間に夕陽はもう完全に沈む直前。東の空には早くも宵の明星が昇っていて、もはや夜と言っても問題ない時間帯だ。

そして、聞き役に徹していたカサンドラが心細げに言う。

「わ、わたくしの視たとおりでございます。しかも都が陥ちるだけでなく……」

「それも知っています。トロイアの財貨は横暴なギリシア軍によって略奪され、都には火が放たれます。男たちは無惨に虐殺され、女子供は平民・王族を問わず拉致され、奴隷の身に落とされる……。王女カサンドラも例外ではなく、英雄である小アイアスに犯され、敵軍の総大将アガメムノンの奴隷となり、やがて非業の死を遂げる——」

心をあえて冷徹にしているのか、梨於奈は眉ひとつ動かさずに語る。

カサンドラは否定せず、ただ一度こくりとうなずく。

聞くだけでも腹立たしい征服と侵略の物語。柄にもなく義憤を覚える蓮の前で、梨於奈は神話語りをこう締めくくった。

「でも、勝ち誇るギリシア人たちの〝いい気分〟もすぐに終わります。彼らの傲慢さに守護神であったアテナたちが怒り、天誅を下すんです。ゼウスは大嵐、ポセイドンは大津波を起こします。トロイアは都ごと海に沈み、本国へ帰る途中だったギリシア軍の大船団は――ほとんどが海のもくずに……」

「それがこの戦争の結末なのか。急いでトロイアにもどらないと」

蓮はため息をついた。

「でも、向こうに味方する神様は大勢いるからな……。ねえステラ」

「何かしら、蓮？　断っておくけど――」

ひさしぶりに呼びかけると、相棒は姿を見せず、声だけで返事した。

「荒事であたしに何か期待しても、無駄というものよ？」

「でも、アポロンさんたちに協力を呼びかけてもらうのはいいだろう？」

「それはなんとかなるわ。あの連中もどうせ野次馬に来てるでしょうし。でも、澄まし顔のアテナや暴れん坊おやじのポセイドンさまが必要以上にがんばるだろうから、やっぱり戦況は苦しくなるんじゃないかしら？」

「だよねえ」

さて、出たとこ勝負でサンクチュアリ・トロイアにもどってきたが、この大決戦をどうやって乗り切るべきか……。

悩む『ご主人さま』の前で、おもむろに導きの霊鳥がつぶやいた。

「役に立つかはわかりませんが。こんな言い伝えを思い出しました。トロイア戦争が起きた原因についてです」

「ああ、パリス王子が美女神コンテストでアフロディーテを選んだってやつ？」

「いいえ。それとはちがう——裏の事情というやつです」

2

笑い、酒杯をかかげ、肩を組んで勝利を祝う。

トロイアの城門をくぐると、そのように浮かれる人々があちこちにいた。

都の入り口からして、こうなのだ。今夜のトロイアは国を挙げて、ついに取りもどした平和を謳歌(おうか)することになるのだろう。

しかし、この歓喜が人々の心に隙(すき)を生み、悲劇の原因となる……。

「ああ——！」

トロイアの都に入るなり、王女カサンドラが声を詰まらせた。

また視(み)えたのだろう。ギリシア連合軍による故国の滅亡という未来が。カサンドラはすぐさま近くにいた街の民へ近づいていった。

「いけません、あなたたちっ。あの木馬にはギリシアの戦士が大勢隠れております！　逃げた兵士たちもすぐにもどってくるのです！　早く逃げないと大勢の民が死に、このトロイアは滅びの日を迎えることに……っ」

王女の声は悲痛そのもので、切々たる訴えであった。

しかも一度だけでなく、けなげにもカサンドラは同じことを何度も何度も繰りかえし民に呼びかけた。だが、しかし。

「せっかくのめでたい日に、不吉なことを言う女だな！」

「失せろ！　酒がまずくなる！」

「頭ぶち割られたいのか!?　頭のおかしなバカ女め！」

酒壜や石を投げつけようとする乱暴者までいた。

おろおろと動転するカサンドラを背にかばいながら、蓮は首をかしげた。

「予言を信じてもらえないのは呪いのせいだろうけど……街の人たちもおかしくない？　ギリシア軍の撤退なんて今まで何度もあったのに、こうまでよろこぶなんて」

「あからさまにあやしい木馬をすんなり都へ運びこみますしね」

街中を見まわして、梨於奈は眉をひそめていた。

「呪術の気配をあちこちから感じます。おそらくトロイア人の理性を曇らせて、バカ騒ぎさせる――狂騒の眩惑です。女神ヘラやアテナあたりの〝仕込み〟だと思います」

「あ、あの木馬をわたくしどもの手で燃やすというのは――」

「妥当な作戦です。ただ、そうしようとした王女カサンドラが同胞のトロイア人に妨害されるシーンも叙事詩に書かれていますからね……」

「カサンドラ。まず僕と梨於奈でやってみるよ」

「は、はい……」

とまどう王女の手を取って、蓮はずんずん歩いていった。

めざすは広場。巨大なる『トロイアの木馬』が据えられた場所だ。そのまま城門から百メートルほど進んだのだが。

「六波羅さん。どうやら妨害第一弾がはじまりそうですよ」

「うん。僕もやばそうな気配、ぴりぴり感じてるよ」

「わ、わたくしも感じます。これはまちがいなく神の――雲を呼ぶ大神ゼウスの降臨される予兆でございます！　嗚呼！」

梨於奈にぼそりと警告されて、蓮はさらりと答え、カサンドラは絶望した。

その直後だった。

トロイアの街なかから――浮かれ騒ぐ人間たちが唐突に消えた。

一瞬にして『無人の都』と化したのだ。ここは広場へと続くトロイア最大の目抜き通り。しかし今、六波羅蓮とカサンドラ、梨於奈の三人しかいない。

すかさず霊鳥・八咫烏の生まれ変わりが言う。

「神殺しである六波羅さんを〝結界〟に閉じ込めるつもりなのでしょう」

「何、結界って？」

「中二病っぽく言うと、『空間の位相を変えて、現実に干渉できない閉鎖空間に閉じ込める云々』という魔術攻撃ですね」

蓮たちの周囲から、今度は家々がどんどん消えていく。

このままではひたすら『虚無』が続くのみの何も存在しない空間になる、という寸前で、蓮は――心身に宿る魔力を全開に高めた。

己を取りこもうとしている呪術にあらがうためだった。

「至都守護の法神方よ。東方、南方、西方、北方の鎮宅神よ。百鬼を避け、凶災を祓い給え――。急急如律令！」

梨於奈も四枚の霊符を取り出していた。

それぞれ青、赤、白、黒である。四枚は宙に浮いて、黒い符は蓮たちの前、赤い符は後方、青い符は右、白い符は左に陣取り、魔力によるシールドを展開してくれる。

そして、周囲の虚無化が――止まった。

無のみが広がる空間に、都の建物たちが、大通りが、踏みしめる大地が返ってきた。だが街の人間たちは消えたままだ。

代わりに、本格的な夜を迎えた空に暗雲が立ちこめていく。

雨雲だった。今にも降ってきそうな空模様となった。ごろごろという雷鳴もとどろく。カサンドラが不安そうに叫んだ。

「嵐の主であるゼウスのしもべにございます、蓮さま！」

「みたいだねえ……」

いつのまにか蓮たちの行く手に、ひとりの男が立ちはだかっていた。

巻き毛に髭面、白い衣に王杖。天空の神ゼウスである。蓮は仲間たちをうしろに残して、ひとり敵の親玉に向かっていった。

「ステラ。打ち合わせどおりに頼むよ」

「逃げ足が取り柄の男にしては、ずいぶん殊勝よな」

ギリシア神話の帝王はにやりと笑っていた。

「まもなくトロイアの命運を決める大いくさがはじまる。その邪魔にならぬよう、この場を貴様のために用意してやったぞ、神殺しよ」

「それなんだけどね。あなたが僕を足止めする必要、ないと思うんだ」

蓮はめいっぱいお気楽な調子で言った。

なるべく意外な発言をして、偉大なる天空神の注意を引く。そのための仕掛け。はたしてゼウスは「ほう？」と胡乱そうにつぶやいた。

「貴様、トロイア国を救うつもりなのであろう？」

「そうだけど。でも、あなたは……神々の王様ゼウスはほとんど目的を果たしているはずだろう？　僕らは知ってるんだ、神の計画ってやつを」

さっき梨於奈から教わったばかりの知識である。

にこやかに笑いながら蓮は地面を蹴った。相棒・ステラへの合図だった。

（んもうっ。ゼウスの殿とこんな駆け引きをするために女神をこき使うだなんて！　ちょっと調子に乗りすぎじゃなくて、蓮！）

（ははは。埋め合わせは必ずするから、交渉役を頼むよ）

ステラ＝アフロディーテとの、念によるやりとり。

結果、六波羅蓮の分身であるミニマム美少女が左肩の上に出現した。

ステラはとっておきの澄まし顔で微笑んだ。渋々請け合った役目ということはおくびにも出さず、優婉にゼウスへ一礼する。

彼女の小さな腰に巻かれた帯は——薔薇色に輝いていた。

権能《友達の輪》を発動させたのだ。交渉をスムーズに進めるために。

「ゼウスの殿へ言上いたします。われらの利害は必ずしも……相容れないわけではない。その旨を認めていただきたく、御前に罷り越した次第でございますわ」

「ふうむ」

ゼウスは人形同然に縮んだステラをじろじろ見て、うなずいた。

「よかろうアフロディーテよ。神族たるおぬしの顔に免じて、話は聞いてやろう。その間、余を退屈させるなよ」

「おまかせくださいませ、殿」

ゼウスの声は四つの突風となり、東西南北へ駆け抜けていく。

対するステラ＝アフロディーテはさすがの優雅さ。多少へたれであっても、なんだかんだで美と愛の女神なのだ。

「これはあたしも最近知ったことでございますが。ゼウスの殿こそが、此度のトロイア戦争を起こした真の仕掛け人であるとか」

「待て。このいくさ、トロイアの王子パリスの〝悪さ〟が発端であるぞ」

ゼウスはすぐさま反論した。しかしステラは気にしない。

「それは表向きの話。殿の――本当の思惑は『地上に人間どもが増えすぎたので、ひとつ大戦争を起こして、数を減らしてやろう』であったとか」

全知全能だともいう主神による人類削減計画。

増えすぎた人口を調節するために大戦争を起こそうという、スケールの大きすぎる思惑。それはすこし前、梨於奈から聞いたばかりの話であった。

ステラはさらに語った。

「ちょうどその頃、あのアキレウスの父母が婚儀の宴を開いておりました。われらオリュンポスの神々もほとんどが招かれ、祝福したものです。でも、ゼウスの殿は不和の女神エリスのみが――招かれぬように、こっそり手配された……」

「とんだ言いがかりだのう」

「怒ったエリスは神具《不和の林檎》を宴席に投げこみました。『最も美しき女神がこれを得いはじめ、結局、パリス王子に最も美しい女神を選ばせた……」

よ』と呪詛を込めて。林檎を求めて、あたしアフロディーテと戦女神アテナ、王妃ヘラが争

「……………」

「その後あたしはパリスに美女ヘレネーを引き合わせ、トロイアでの戦端が開かれた次第にございます。全てはゼウスの殿の手のひらの上……」

無言になった帝王へ、ステラは尚も言う。

「考えてみれば、殿はトロイア方に肩入れされたかと思えば、次の日にはギリシア方に手を貸されるなど、両陣営に等しく加護を授けておられました。いくさが長く続くよう、より多くの人間が死ぬようにという——ご存念でおられたのではございませぬか？」

「くくくく」

ついにゼウスは意地悪く、含み笑いを洩らした。

己が黒幕と認めたも同然の態度である。父なる神へステラは訴える。

「一〇年にもおよぶ長きいくさで、人間どもの血はすでに十分流れております。そして来る決戦では……殿。われらトロイアに与する神々と、ここにいる六波羅蓮が——ギリシアの全軍団に神罰を喰らわせて進ぜましょう。大神ゼウスが自ら神殺しごときを粛清される必要などないかと存じます」

「ふうむ。余の……胸の裡、よくも承知しておったものだ」

にやりと尊大に笑い、ゼウスは言った。

「しかし、な。そこの神殺しはオリュンポスを荒らした不届き者でもある。そやつの言い分どおりに事を進めるというのも、それはそれで面白くない話であろう？　トロイアを滅ぼすついでに六波羅蓮とやらを葬り、いくさに華を添えるというのも――」

「そのときは、ゼウスさん」

ここが出しゃばりどころと、蓮は口を挟んだ。

「僕はネメシスから奪った権能を使って、どうにかして、この妙な空間から逃げ出してみせるよ。で、あなたとポセイドンが『この戦争のフィナーレ』に起こすらしい大嵐と大津波を――できるかぎりオリュンポスに跳ね返す」

「なに？」

「ネメシスさんは因果応報の女神。そして正義の女神さまだ。対象にする相手の罪とパワーが大きいほど――跳ね返す神罰も極悪な威力になる。僕の力でどこまでやれるかは、やってみないとわからないけど……」

蓮を見おろすゼウスのまなざし、じろりと険しくなった。

天空神はいまや剣呑なる殺気を放ちつつある。ステラが必死に訴えた。

「殿。このアフロディーテとの絆に免じて、どうかご一考くださいませ。われらの要望を容れていただく方がおたがいにとっての利益となるはずでございます。殿とオリュンポスにとって最も有益となるご選択をしていただきたく――」

「ふん。たしかに一考の余地はある。そやつが本当にわれら兄弟の嵐と波濤を押し返せるのであればな。そして女神ネメシスの権能ならば、あるいは……とも思う」

　ゼウスは鼻息荒く言った。

「しかし六波羅蓮とやら、貴様——本当にそれをできるか？」

　器量を測るように、神々の王は六波羅蓮をじろじろ見つめた。

「トロイアを滅ぼすほどの嵐と津波を跳ね返す……。そこまですれば、貴様もただでは済まぬであろうよ。それを為すには、貴様の命の全てを燃やし尽くし、五体と魂が消滅するほどに力を振りしぼらねばいかんのだからな！」

　とりつく島もなかった相手に、どうにかここまで言わせた。

　権能《友達の輪》の御利益だろう。だが、この先は六波羅蓮の『人間性』次第。さて、ここで調子よく「できる」と宣言して、ゼウスの信用が得られるか——。

　次なるアプローチの選択に、蓮が迷ったときだった。

「あ、あの、畏れながら大神ゼウスに申し上げますっ」

　麗しき王女カサンドラの訴えだった。

　今まで呆然とするばかりだった美姫がけなげにも声をあげたのだ。

「もし蓮さまのおっしゃるとおりになれば、神々の宮であるオリュンポスの神域がなかば崩れ去り、すくなくない神々の血が流れることでございましょうっ。わたくしにはそのような未来がたしかに視えたのでございます！」

　太陽神アポロンより、王女カサンドラは予知の霊力を授けられた。

その予言を信じる人間はいないという呪詛と共に。しかし、神殺しである六波羅蓮ならば、それにあらがえる。

ということはもちろん、神々の王であるゼウスも……。

ギリシア神界の帝王はとびきりのしかめ面でおびえるカサンドラをにらみつけ、それから憮然として、舌打ちまででした。

それは主神ゼウス相手の交渉に、蓮たちが成功した瞬間でもあった。

3

難攻不落のトロイアは深夜を迎えていた。

勝利を祝うお祭り騒ぎによって、ほとんどの住民が疲れはて、したたかに酔い、ぐっすりと寝入っていた。徹夜で騒ぐ者たちもいたが、数は少ない。

そして——

トロイアから最も近い入り江に、ギリシア船が数十隻も停泊していた。

兵士たちは小舟に乗りかえて、続々と上陸しはじめている。

皆、なるべく物音を立てないよう、それでいて迅速かつ整然と行動するよう、細心の注意を払っていた。

入り江の砂浜に上陸したギリシア軍団、総勢二万人ほどだろうか。

……その様子を観察する者たちがいた。

城塞都市トロイア、その城壁の上に立つ蓮と梨於奈である。

「あの船に乗っているのはふつうの兵士がほとんどで、主立ったギリシアの英雄はあちらに隠れているはずです」

砂浜のギリシア軍団とは逆方向を、梨於奈は指さした。

トロイア市内の広場である。運び込まれた巨大木馬が存在感を示している。

蓮は「あれ？」と首をかしげた。

「誰かが木馬に近づいていくな。あちこち怪我しているようだけど」

「木馬といっしょにトロイアへ投降したギリシア人でしょう。彼はさんざん拷問されても『ギリシア軍は戦意を失い、撤退したのだ』と言い続けて、トロイア人をあざむいたんです。どれだけ痛めつけられても彼が死なないよう、女神ヘラが加護をあたえたといいます」

「神様がぐるのだまし討ちじゃ、防げないよね……」

ギリシア軍に発見されないよう、松明などは使っていない。

夜空にはぶあつい暗雲が立ちこめて、月も星々も見えなかった。だが、神を殺めた六波羅蓮の『目』は獣のごとく夜闇をも見とおす。梨於奈も同じらしかった。

おかげでトロイアをかこむ城壁――

その外側にいるギリシア軍二万と、内側に運ばれた巨大木馬、両方をいっぺんに見張ることができた。

「六波羅さん。ギリシア軍が動きはじめましたよ」

丘の上のトロイアめざして、およそ二万の軍勢が進軍をはじめた。

ミノタウロス、ミュルミドネス人といった『変わり種』も交じっている。が、彼らの足並みと隊列は整然とそろい、よく統制されている。

ギリシア兵たちが持つ金属の武具、ふつうなら『かちゃかちゃ』と鳴るはず。が、不思議なほど音がしない。剣の鞘に油を流しこんだり、布で巻いたりと工夫しているようだった。

彼らは乾坤一擲、この夜襲でトロイア戦争に決着をつけるつもりなのだ。

その決意こそが海賊同然の彼らに〝らしくない〟秩序をあたえているのだろう。

「僕たちもはじめよう」

「承知しました。──火の御霊よ、八咫烏の焔をあの者たちに」

城壁の上から、梨於奈がしゅっと霊符を投げた。

呪句を記した紙切れは山なりに数百メートルも飛んで、トロイアの広場にある巨大木馬の上に落ちて──その瞬間。

巨大木馬はすさまじい火焔につつまれて、さらに大爆発を起こした。

ゴウウウウウウウウウウンッ！　ギリシア軍の大道具が木っ端微塵になるのを見とどけながら、梨於奈は爆音に負けじと大声を出した。

「ふつうなら、この爆発で全滅のはずですけど……！」

木馬を飾っていた広場、すっかり爆炎に呑みこまれている。

しかし、その火中より飛び出してくる男たちが――なんと十人近くもいた。皆、煤だらけで大小の火傷を負いながらも、まだまだ戦えそうであった。

「さすがギリシア神話の英雄たちですね！　どうにかしのいだようです！」

「仕方ない。そっちはあとで対処するとして、まず〝外〟の連中をどうにかしよう！」

蓮と梨於奈はうなずき合った。

城壁にかけておいたロープを伝って、ふたりで市外へ降りる。

「……でも六波羅さん。本当にいいんですか？」

「いいよ。トロイアに来た日から、そういうこともあると思っていたから」

「了解しました。それも『魔王になった者』の覚悟と受けとめることにします」

うなずく梨於奈の前で、蓮はしゃがみ込んだ。

右手をのばし、人差し指と中指だけでトロイアの大地にふれる。この国はもう十年も戦争の舞台となってきた。一体どれだけの血が流れたことか。

この短期間に六波羅蓮が〝見た〟だけでも、ひどく凄惨な戦場ばかりで――

「命に仇なす悪行へ、報復の女神は神罰を下す」

我が目で見た非道の記憶をトリガーに、蓮は権能を発動させた。

因果応報――。基本的には、六波羅蓮に向けられた攻撃を跳ね返す能力。だが〝ちょっとしたアレンジ〟を加えることもできる。

そう。蓮たち『神殺し』の権能、あまり杓子定規（しゃくしじょうぎ）な代物（しろもの）ではないのだ。

よく言えばフレキシブル、はっきり言えば適当。

その場のノリとセンスでさまざまに応用変化を加えて、今まで思いもしなかったような用法を実現できる。

いい例がカサンドラにあたえた『因果応報の加護』だった。

自分以外に向けられた攻撃も跳ね返せるかもという思いがひらめきを生み、結果、ああいう使い方もできると蓮は知った。今回も同じ感覚でいけばいい。

「正義の裁（さば）き、かくあれかし」

カサンドラの善意への因果応報を願ったように、今、トロイアの都と民（たみ）を無惨（むざん）に蹂躙（じゅうりん）しようとするギリシア軍団への応報を願う。善行には善果あるべし。悪行には悪果あるべし。

蓮は自分のなかの『神の力』へ、静かに語りかけた。

「ねえネメシス……。これからギリシアの連中がはじめることに、天誅（てんちゅう）ってものを落としてほしいんだ。因果応報、神罰覿面（てきめん）。もちろん、あいつらが何も悪いことをしないのなら、君の出番はなくていいけどさ。絶対にそんなことは……ないはずだろう？」

言いながら、蓮は魔力を最大限に高めていった。

「ここトロイアの大地はたくさんの血と、ギリシアの兵士に殺され、傷つけられた人たちの怒り、憎しみ、絶望……そういったものを山ほど吸いこんできた。それら全てが君——正義と報復の女神ネメシスを突き動かす力になる」

しゃがみ込み、冷たい大地に右手の二指を当てながら、蓮は静かに宣言した。

「だから、君の代わりに僕がやる」

それは神殺しの権能を操るための呪文、言霊であった。

六波羅蓮の誓いにして、聖なる復讐の言霊――。そして今、ついに右手の人差し指と中指を大地から離した。もう十分な魔力を注ぎこめたからだ。

「未来の事象は過去に因あり。運命よ、因果の絡みを具現せしめよ」

因果応報、発動。

蓮の権能によって、わらわらと大地から怪物たちが湧き出てきた。

それを簡潔に言うならば――人間の死体である。

ただし『動く死体』であった。ぎこちなく鈍重ながらもきちんと歩き、ギリシア軍団の兵士らに向けて、わらわらと迫っていく死人たちだ。数も多い。

動く死体たち、十や百といった単位では数え切れないだろう。

およそ二万名いるギリシア軍団とほぼ同じだけ地中から出てくると――仕掛け人である六波羅蓮は直感していた。そして、動く死人の大軍はトロイアに接近しつつあったギリシア勢へと津波のように押しよせていく……。

「う、うわあああああっ!?」

「このバケモノどもは何なんだ!?」

叫ぶギリシア兵らに、死人たちは次々と襲いかかっていった。

物言わぬ屍の口で嚙みつき、肉が腐り落ちそうな腕でつかみかかり、殴りつけ、指先で敵兵の眼球を抉る。棒や剣、槍、農具などの得物を持つ者はそれで打ちかかる。

ゾンビものの映画やドラマでおなじみの光景がはじまった。

死人たちは動きこそぎこちないものの、腕力は明らかに生きていた頃より遥かに強く、屈強なはずのギリシア兵を易々と圧倒していくのである！

「ぐああああっ！」

「くそ、よくもやりやがったな！」

「ひるむなあっ！　おまえたち、返り討ちにしてやれえ！」

もちろん、ギリシア軍団も精一杯の反撃をする。

しかし、まあ、やはりゾンビ系映像作品でよく見たシーンの再現となった。

そもそもが『死体』なので、剣や槍で多少やられても死人たちはかまわず戦いつづけてしまうのだ。手足を引きちぎる、胴体を丸ごと両断するほどのダメージを負わないかぎり、死人の軍団は動きを止めたりしない。

「六波羅さん。あの動く死体の大軍団――」

梨於奈が言う。ふたりはふたたび城壁の上に登り、戦場を俯瞰していた。

視界を確保し、乱戦に巻きこまれないようにするためであった。

「この十年間の戦争でギリシア勢に殺された……トロイア人たちですね？」

「うん。本当ならギリシア軍はまだ悪行を為す前だけど。十年の間に貯めこまれた『罪の大きさ』への因果応報という形で、ネメシスの神罰をぶつけた」

蓮と梨於奈の見守るなか、ギリシア兵を鏖殺していく死人たち。

彼らのまとう衣服、甲冑などはトロイア国の様式だった。皆、何者かに殺害されたとおぼしき傷が見てとれた。

刀剣で斬り捨てられた屍。槍で刺し貫かれた屍。火で灼かれた屍。岩で押しつぶされた屍。水に落とされたとおぼしき屍。集団でよってたかって殴り殺されたのであろう屍。頭がひしゃげた屍。四肢のどれかがない屍。屍。屍。屍……。

「六波羅さんとネメシスの権能、すさまじいとしか言えませんね」

梨於奈がため息をついた。

「標的にしたい者が何らかの〝悪行〟を為す、もしくは為していたという前提条件があるにせよ、これだけの神罰を引き起こせるのですから……」

「本当にそうだねえ」

蓮もまた、ため息をこぼしていた。

「起こせるだけならまだしも——実際にやってしまうから、魔王とか呼ばれるのかもしれないな。まあ、その辺は全部折りこみ済みでトロイアに来たわけだけど……」

目の前では今、現在進行形で多くの命が失われつつあった。

因果応報の神罰という見方もできる。しかし、六波羅蓮の意志と力で引き起こした惨劇であることにまちがいはなかった。このサンクチュアリと、自分たちの故郷へと迫る〝より大きな

〝災厄〟を阻止するためとはいえ……。

すこしだけ悄然とした蓮を見て、梨於奈が言った。

「わたしたちの目的は『トロイア滅亡を防ぐことで、地上世界に波及するであろう大災害も未然に防ぐ』です。そうであった以上、この展開は避けられなかったと思います」

「そういうものかな？」

「ええ。トロイア戦争は十年も続いた泥沼の長期戦です。第三者の調停でいきなり『みんな仲よく和平に応じます♪』なんてお花畑な展開に持っていくには——そう、それこそ洗脳の権能が不可欠でしょう」

女子高生にして大陰陽師の声、必要以上に冷ややかに思えた。

もしかしたら、ひそかに忸怩たる何かを感じている六波羅蓮への気遣いとして、自分も共犯であるとアピールしているのかもしれない。

その気持ちに応えようと、蓮はあえて緊張感に欠けるあいづちを打った。

「洗脳かあ」

「あとは絶対遵守のギアスっぽい権能ですとか」

「なるほどね。僕がそういうパワーに目覚めて、『駆け出しの魔王さま』からレベルアップしていけば、もっとスマートに神話の筋書きも変えられるわけか」

苦笑いして、蓮はつぶやいた。

「なら、もうちょっとがんばってみよう」

「そうしてください。わたしもどうせご主人さまにするなら、宇宙を震撼(しんかん)させるアンゴルモア級の大魔王さまを選びたいですから。……でも」

梨於奈の声音がいきなり鋭くなった。

「目の前のミッションに集中しなおすべきですね。六波羅さんが呼んだ『死の軍団(デス・アーミー)』、雑兵(ぞうひょう)たちには圧勝してますけど、英雄クラスが相手だと厳しいようです」

「あの人たち、軍団と合流しちゃったのか！」

梨於奈の指さす先に、英雄オデュッセウスがいた。

黒金(くろがね)の弓を引きしぼり、豪快に撃ち放てば、必殺の矢は数百メートルも飛んだ。しかも動く死人を五、六〇体まとめて射貫(いぬ)くおまけつきで。

死人たちを造作(ぞうさ)もなく倒すギリシア戦士は——まだまだいた。

ある者は立派な槍をぶんぶん振りまわして、群がってくる死人を虫でも払いのけるように蹴(け)散(ち)らしていた。

ある者は剣で、ある者は素手で、同じような偉勲(いくん)を為していた。

「あれは弓の達人ピロクテーテースでしょう。あのアキレウスに似たのはたぶん息子のネオプトレモス。向こうには小アイアスの助平野郎もいます。油断は禁物ですよ！」

梨於奈に警告されて、蓮は大きくうなずいた。

しかもアテナをはじめとするギリシア方の神々もいる。主神ゼウスは渋々手打ちに応じてくれたが、彼らはおそらく——

とはいえ、こちらにも味方はいる。蓮はつぶやいた。

「ステラとカサンドラもがんばってくれてるはずだし、こっちもできるかぎりやって、この正念場を乗り切ろう。梨於奈も頼むよ」

4

「夜襲でございます、皆々さま！　ギリシアの者どもによる和平の申し込みは偽り、彼らの狙いはわれらにだまし討ちを仕掛けることだったのでございます！」

王女カサンドラが声を嗄らして、呼びかけていた。

トロイアの王宮である。カサンドラは両親と諸将、トロイア陣営の勇士たちに危険を報せるべく、王宮にもどってきたのだ。

呪われた予言者の勧告を信じる者は本来、誰もいないはず。

しかし、城壁の外では〝神殺し〟六波羅蓮がどこからともなく呼び出した軍勢と、ギリシア連合による夜戦がはじまっていた。

「みなさま、お急ぎくださいませ！　我が兄ヘクトールが死守したスカイア門の外では、異邦のお生まれである蓮さまと梨於奈さまが孤軍奮闘していらっしゃいます！　ここでわれらトロイアの戦士が出遅れては、末代までの恥と言えましょう！」

カサンドラは王宮中を走りまわって、精一杯に叫びつづけた。

その可憐な声に驚いて、祝宴の疲れと深酒のせいで寝入っていたトロイア陣営の将軍らも次々と飛び起きていった。

この王宮、トロイアの都で最も高所に位置している。いかに暗い真夜中とはいえ、バルコニーなどに出れば、戦闘の喧噪を見聞きすることは可能だった。

かくして――

やや遅まきながら、王宮より数々の将兵らが出陣していった。

彼らはトロイア市内・市外のギリシア兵と英雄たちに襲いかかっていった。そして城壁の外では、六波羅蓮の『死せるトロイア人の軍団』が奮闘中だった。

市中から出撃したトロイア軍と力を合わせれば――

「もう勝利を手にしたも同然……になればよいのだけど。向こうにはまだポセイドンのじじいとアテナ、あの女に守護された英雄たちがいるものね……」

「アフロディーテさま」

王宮の廊下で声をかけられて、カサンドラは振りかえった。

いつのまにか女神アフロディーテが〝あの縮んだ姿〟でたたずんでいたのだ。

「この姿のときはステラの名で呼びなさい」

「か、かしこまりました。ステラさま」

「よろしい。神族の血を引くトロイア王族のおまえには、あたしの侍女をまかせてもいいかもしれないわね。以後、しっかり務めなさい」

「は、はいっ」

尊大な小女神の言いつけに、カサンドラは素直にうなずいた。

ふたりはいっしょに王宮へもどってきたのである。もともとトロイアを守護する女神であったアフロディーテには旧知の英雄・王族が何人もいた。そこでステラは彼らの枕元に立って、出陣をうながしたのだ。

が、それだけでステラの役目は終わらない。

きょろきょろと廊下を見まわして、「そこのあなた」と言った。

カサンドラへの呼びかけではない。隅っこにいた野ネズミへの言葉だった。

「やはり来ていたのね、輝くアポロンの君。ほかの同志たちにも声をかけて、最後の決戦になるであろう今夜の戦いに加わっていただけるかしら？　今、都の外では――」

「君の〝相方〟が神殺しの本領を発揮しているな」

なんと汚らしい野ネズミが涼やかな青年の声で答えた。

カサンドラは「まあ！」と驚嘆した。かつて己に予知の霊力、さらには呪いまであたえた太陽神アポロンの声だったのだ。

そう。『狼』と『鼠』はかの輝く神ときわめて縁深い聖獣なのである。

そして今、小さなステラの腰に巻かれた帯は薔薇色に輝いていた。六波羅蓮の権能《友達の輪》の発動であった。

「ふふふ、よろしい。君たちとの共闘に応じよう、泡より生まれしアフロディーテよ。そして我が愛し子のひとりであったトロイアの王女よ」

　悪びれずカサンドラへ一声かけるあたり、さすが曲者と言うべきか。

　悲劇の予知者が唖然とするのを尻目に、野ネズミはさっと走り去っていった。

「あたしたちの役目はこれでひとまずおしまい。あとはあばずれアテナ相手に蓮がどこまで健闘できるか、じっくり見守ることに――」

「す、ステラさま」

　安堵の吐息をもらすステラの隣で、王女カサンドラはある啓示を得ていた。

　今、別れたばかりの神より授かった霊力が見せてくれたのだ。

「何も訊かずに、わたくしと共にいらしてくださいませ！」

「ち――ちょっと！　あたしを荷物みたいにあつかうなんて、何様のつもり!?」

　人形同然の体躯でしかないステラ＝アフロディーテ。

　女神にして神殺しの介添人という奇妙な存在を『ひょい』と両手で抱えあげて、カサンドラは王宮の廊下を走り出した。

　神より授かった予知の力で、今度こそ未来を改変するために。


　そしてトロイアを守護する城壁の外では――

　ギリシア勢を守護する神の先鋒として、海神ポセイドンが到来していた。

「ふははは！　雄々しきアキレウスめへの手向けとして、トロイアの城壁と王宮を――押し流してくれようぞ！」

今回も、荒々しき海神はすさまじいほどの巨体である。

ポセイドンの頭頂、夜空に満ちる暗雲にくっつきそうになっていた。

この体軀で大海のなかを『ずんっ！』『ずんっ！』と歩いてきたのである。海底を踏みしめ、波をかき分けて、一歩、また一歩と破格に大きい歩幅で前進して。

めざすは海辺の丘に建つトロイアの都。

巨大なる神が海中で一歩進むたびに、大波が生じる。

ざざーん！　ざざーん！　ざざーん！

大波はトロイアのある丘まで押しよせて、繰り返し大地を揺るがした。

まさしく『海神襲来！』の前ぶれである。

だが、ポセイドンの大波に洗われる丘の上に――輝ける太陽神が現れた。

「申し訳ない、伯父御どの。われら外なる神々の威信に懸けて、金色に富める都トロイアは死守させていただこう」

美貌なるアポロンは白銀の弓に、黄金の矢をつがえていた。

「我が遠矢をかいくぐり、都に近づくことがかなうか否か……。波を動かす者ポセイドンのお手並み拝見とさせてもらおう！」

「ぬうううううっ！」

ひゅうっ！　銀弓より矢が放たれる。

海神の起こした大波さえも撃ち抜いて、アポロンの遠矢はなめらかな円弧を描き、巨大なポセイドンへと飛んでいった。

もちろん一射のみで終わらず、次から次と驟雨のごとく連射される。

この矢の数々が青黒い皮膚に刺さっても、針でちくちくやられるようなもので、ポセイドンが死に至るはずもない。

だがポセイドンに刺さるたび――

アポロンの矢は『ごぉぉおおおんっ！』と爆発する。

太陽神による焰と爆裂の神力が込められているのだ。ごぉおおん！　ごぉおおん！　次々に爆発を起こす弾幕に押されて、巨神化したポセイドンも前進を止めた。

「おのれ、小生意気なひねくれ者アポロンめ！」

ポセイドンは手に持つ三つ叉の矛をぶんと振りおろして――

海の底を突き刺した。直後、海と大地がぐらぐらと鳴動しはじめる。地震、それも地形が変わるほどの大地震を発生させたのである。

天空神ゼウスの兄は海のみならず、大地をもしろしめす王者。

地震を起こすことも、権能のひとつなのである！

「おお、さすがポセイドンのおやじどのだ」

揺れる大地の上で尚、アポロンは颯爽と笑った。

弓の狙いをつけづらくなっていた。しかし、この程度のことはとっくに予測済み。大地を震わす海神と遠矢の太陽神、神域の力比べのはじまりだった。

死人相手に激闘を繰りかえす戦場で――

ギリシア方で誰より弓の技に長けた英雄は叫んだ。

「おおっ。このオデュッセウスにも真似できぬ技だと――!?」

空の彼方より、いきなり飛んできた白銀の矢。

これに供の護衛兵を射貫かれた。しかも、矢が心臓に突き刺さった瞬間、供の全身は『どろり』と溶けて、水銀と化してしまった。

なんという弓の神技。幽玄なる射術の妙であることか。

自身も弓術に長けたオデュッセウス、その目は鷹のごとく鋭い。

トロイアの城壁の上に、背の高い美貌の乙女がいることに気づいた。彼女は白銀の矢を黄金の弓につがえていた。

「やはり！　月の女神アルテミスであられたか！」

驚嘆しながらも、オデュッセウスはとっさに黒金の弓で矢を射た。

もちろん女神を狙って。しかし、美神アポロンとよく似た女神は落ち着き払ったまま、城壁の上でふたたび矢を射る――。

オデュッセウスの矢と、女神アルテミスの矢。

空中でみごとに激突した……否。

ギリシア軍きっての智恵者、イタカの王が放った矢。これを遠矢撃つ月女神がみごとに狙い撃ちしてみせたのである。

英雄オデュッセウスの矢はどろりと溶けて、水銀と化した。

アルテミスはさらに二の矢、三の矢を撃ってきた！

「ぬおっ!?」

体裁にこだわっていられない。オデュッセウスはわざと倒れ、ごろごろトロイアの大地を転がって、どうにか女神の狙撃をしのいだ。

そのまま地面を這って、物陰に隠れる。じっと息をひそめる。

アルテミスはもうオデュッセウスにこだわらなかった。

新たな標的——おそらくギリシア軍団の英雄を見つけたのだろう。まったくべつの方角に白銀の矢を射かけはじめた。

「……アルテミスに我が矢を射かける、か？」

オデュッセウスは自問して、すぐに断じた。バカな。

矢を撃てば、遠矢の女神に居場所を教えてしまう。己を凌駕する神域の射手と弓比べをするなど、阿呆にも程がある。

尚、戦場には荒ぶる神がもう一柱いた。

ガラガラガラガラガラガラガラガラガラガラガラガラガラガラ！

雷鳴のごとき、車輪の回る轟音。二頭の軍馬に引かせた戦車が疾走する音であった。

「青銅まとう鉄剣の王アーレスか！」

オデュッセウスはすぐに気づいた。

美貌の軍神アーレスが愛用の戦車(チャリオット)を駆って、いくさ場を駆けまわっている。

彼が通りすぎたあとには、轢(ひ)き殺されたギリシア兵と——英雄の屍(しかばね)が数え切れないほど斃(たお)れているのだ。

血と肉と臓物(ぞうもつ)、脳漿(のうしょう)をさんざんにぶちまけながら。

「ウゥウゥウゥウラララララララァァァアアアアアアアアッ！」

車上のアーレスが叫ぶ蛮声だった。

スキタイ、アマゾン、キンメリア人といった騎馬の民(たみ)がよく激情にまかせて叫ぶ。軍神アーレスとはそうした民族に崇拝(すうはい)される——荒ぶる軍神なのだ。

ギリシアの国々では、蛮族の神よとあなどられることも多い。

しかし、歴戦の勇士にして博識なオデュッセウスは承知していた。

姫神アテナ直々(じきじき)の加護でもあればともかく、外地——それも馬飼いに長けたトロイアのような土地で、騎馬の軍神に軽々しく立ち向かうべきではない。

地に伏したままアーレスをやりすごして、

「当のアテナはどこに行かれた……？」

オデュッセウスはひとりごちた。

このトロイア戦争では、こういうときにしばしば女神アテナが姿を変えて顕現(けんげん)し、ギリシア陣営の英雄に救いの手を差しのべてくれていた。それが通例になっていった。

しかし今、瞳輝く姫神の気配はない……。


死せるトロイア人の骸が戦士となって、ギリシア軍団を蹂躙している。

月の女神アルテミスと軍神アーレスが弓および戦車で、雑兵だけでなくギリシア連合の誇る英雄たちをも圧倒している。

海より現れたポセイドン、彼の上陸を阻むのは輝けるアポロンの弓だ。

海神の権能で大地はぐらぐら揺れ、海は激しく荒れていた。だが、すこし前から地震も波も控えめになってきた。

太陽神との力比べにポセイドンが集中せざるを得なくなったのだろう。

そして、このような戦場の片隅で――

六波羅蓮はついに敵の首魁というべき女神と対峙していた。

「ひさしいな、神殺しよ」

緑色のローブをまとう少女、女神アテナは冷然と微笑んでいた。

「このいくさを締めくくるのは……どうも妾とおまえの決闘であるようだぞ？」

「ま、たぶん、そうなると思っていたよ」

いよいよタイトルマッチのはじまり――。蓮はひっそりとつぶやいた。

5

「出でよアイギス、父ゼウスより賜りし守護器よ」

アテナの頭上に、山羊皮を貼りつけた方形の盾が現れた。

小柄な戦女神をすっぽり隠せるほどのサイズである。この《アイギスの盾》から雷撃が放たれるのを、蓮はオリュンポスで見た。

宙に浮く大盾のすぐ真下で、アテナの装束がいきなり変わった。

「翼の杖よ、ゴルゴネイオンよ。同じく我がもとに出でよ。智慧と闘争を司るアテナに勝利の果実を捧げるために」

輝く瞳のアテナがまとう戦装束――。

いかにも女神らしい白い衣に、白銀色のケープを重ねている。

首から提げるメダルは青銅製で、表面にはメドゥサ――『頭髪の代わりに無数の蛇を頭から生やした妖女』を彫刻してある。

右手には黄金の杖が現れた。杖の先端には『鳥の双翼』が付けられていた。

「六波羅さん、わたしはいつでもいけます」

「もちろん頼むよ梨於奈！　全力で僕を助けてくれ！」

頼もしい味方に〝能力解放〟の許しをあたえた途端だった。

鳥羽梨於奈はたちまち金色の巨鳥《八咫烏》に化身して、サンクチュアリ・トロイアの夜空へ舞いあがっていった。

しかし、アテナはすぐさまつぶやく。

「神と神殺しの聖戦に、眷属ごときが出しゃばるつもりとは不敬よな。ならば出でよ、我が従僕たる黒き翼よ」

灰色の暗雲が立ちこめる空の彼方から、巨大な妖鳥が飛んできた。

翼長二〇メートルはあろう黒フクロウである。しかし、顔だけは美しい――人間の女のものであった。人面鳥身の怪物なのだ！

「わたしと張り合うつもりですか!?」

金色の八咫烏と人面の黒フクロウ、ほぼ同じ大きさであった。

クエエエエエエエエエエエエエエーッ！

怪鳥じみた叫びと共に、嘴ならぬ魔女の口が紫色の毒々しい焔を吐き出した。梨於奈＝八咫烏は火の鳥で、並の火焔など逆に吸収してしまうはずなのに――

金色の翼をばさりと一振り。

それで生み出された突風が紫の焔を吹き飛ばした。

みごとな防御。しかし逆を言うと、敵は火の鳥をもおびやかす火焔の使い手ということになる。しかも、相手も大空を舞う。

「いいでしょう、返り討ちにしてあげます！」

八咫烏と黒フクロウ、空中の怪獣決戦ともいうべき勢いで、そろって高く高く急上昇していき、力比べをはじめた。

一方、地上に残ったアテナは——

「アイギスよ、雷霆を解きはなて」

頭上に浮かぶ大盾の前に、ボール状の雷を発生させた。

ひとつだけではない。直径一メートルはあろう光の球体はいくつも出現し、ばちばち激しく放電しながら飛んでいく。

天翔ける稲妻の速さで、アテナが翼の杖で指ししめす六波羅蓮めがけて。

「うわっ!?」

迫りくる球雷、球雷、球雷、球雷、球雷、球雷、球雷。

それらことごとくを己に命中する瀬戸際まで待ち受けてから、蓮はネメシスの逃げ足を発動させて、避ける。避ける。

右へ左へと跳んで、全て避けきってみせる。

せわしない動きに見えて、ステップを踏む蓮のバランスは乱れない。

熟練のダンサーはどれだけ激しく踊ろうとも無様に転ぶことなどないし、フットワークに長けたボクサーは狭いリングを縦横無尽に跳ねまわり、あらゆるパンチに空を切らせる。それらと同種の優雅さが六波羅蓮の動きにはあるのだ。

しかし、逃げるだけでは勝てない。

蓮は三二個目の球雷を避けながら、『前』へと疾走した。

アテナめがけて。至近距離からネメシスの因果応報を叩きつけるつもり——だった。だが闘争の女神はにやっと笑っていた。

「見えているぞ、駿足なる神殺しよ！」

手にした翼の杖をひゅっと横薙ぎに振るう。

神速で踏み込んでくる動きを先読みし、みごとに打ちすえる攻撃であった。

蓮はあやういところで、ななめ前へ倒れこむようにヘッドスライディング。これでどうにかアテナの杖をかわした。

野球に喩えれば、強打者のスイングを縦に落ちる変化球でしのいだというところだろう。

ざざっと地面にすべりこんだ蓮。

しかし、猫のような身軽さ、しなやかさですぐさま立ちあがる。

「みごとな体さばきだ。アテナの賞賛に値するぞ」

「上から目線で誉められても、対戦相手としては全然うれしくないな……」

「ふっ。臆しているのか、神殺しよ？」

アテナの挑発。しかし蓮はさらりと答えた。

「いいや。僕はこういうとき、なるべく楽に勝ちたい人間なんだ。一発だって殴られたくないし、自分からぶん殴るときは一発だけでＫＯしたい。それがいちばん省エネだし、白状しちゃうと——人間相手なら、今までほとんどそうしてきた」

「ほう」

「その方が僕も、対戦相手も、時間とカロリーを無駄使いしなくていいからね。でも、君が相手だと……たぶん無理だろうなあ」

「くくく。おかしな男だな」

蓮の吐露を聞いて、アテナが失笑した。

「神殺しの戦士と出会えば、神たる者の心には闘志がふくれあがり、体には戦うための力がみなぎるという。神と神殺しは不倶戴天の宿敵同士であるがゆえに。しかし、これだけ近くで六波羅蓮とあいまみえても……」

「何も起こらない？」

「うむ。奇妙なことにな」

「前もそんなことを言われたよ。僕はステラ——神様とくっついてしまった〝変わり種〟だから、ふつうじゃないそうでね」

「しかし、あなたが神殺しである事実に変わりはない」

アテナは冷ややかに告げた。

「六波羅蓮。妾はまず、ここトロイアに終焉をもたらそう。その災厄の余波は多元世界の『門』を超えて、あなたの故郷である地上世界にまでとどくはず」

地上世界とは、すなわち地球である。

不吉な予告をしてから、アテナはほくそ笑んだ。

「さすれば、人間たちの愚行によって母なる大地にはびこった穢れを──拭いおとす一助となろう。ふふふふ」

「トロイアを沈めるのは地震に嵐に大洪水……そんな贈り物は絶対にごめんだよ！」

「ならば力で以て、妾を打倒せよ！」

雄々しく吠えたアテナに対して、蓮はついに──

全ストック、を解放した。ここサンクチュアリ・トロイアで今まで受けた非道・攻撃の数々。

その全てを具現させたのである。

蓮のまわりの空間──背後や頭上、右や左に。

神々の武具がいくつも出現し、ずらりと空中にならぶ。

まずは海神ポセイドンが振るった矛。しかも、数は二〇本近い。

ゼウスが繰り出した雷霆もある。ばちばちと放電しながら射出の時を待つ雷光の塊だ。個数で数えれば二〇前後だろう。

そしてたった今、アテナが撃ってきた球雷と同じものも三〇以上。

尚、英雄アキレウスが叩きつけてきた盾、小アイアスの剣もひとつずつではあるが、空中にならんだ武具にしっかり交ざっていた。

そして、それら全ての武器・雷は──女神ネメシスの手ににぎられていた。

翼ある報復者が七〇体以上も顕現し、皆、因果応報の一撃を繰り出そうとしている！

「おお！」

賛嘆と驚愕ゆえに、女神の輝く瞳が大きく見開かれた。

「因果を操り、行きすぎた過去をかくも大胆に再現せしめたか！」

「出し惜しみはなしだ。思い切り、いかせてもらう！」

蓮はそろえた人差し指と中指で、アテナを指さした。

全てのネメシスが戦女神めがけて矛、剣、盾、雷などを一斉に叩きつける！

「く……っ。妾を護持するため、全力を尽くせアイギスよ！」

これまでアテナの頭上に浮いていた大盾。

天空神ゼウスより賜りし防具は彼女のすぐ前にまで降りてきて、さらに白い守護の光で姫神をつつみこんで、防御の態勢をととのえた。

そこに蓮の放った矛や雷撃が飛来する。

ぐおんっ、ぐおんっ、ぐおんっ、ぐおんっ、ぐおんっ！

因果応報の攻撃は次々とアイギスの盾および守護の聖光にぶつかり、鈍い激突音が何十回とこだました。しかし、アテナの防御は打ち破れない。

が、負けじと蓮はつぶやく。

「ごめん、出し惜しみなしはうそ。これを残しておいた」

「なに!?」

蓮の右手に『三つ叉の矛』が忽然と現れた。

攻撃を終え、七〇体以上いたネメシスたちは全て消えていたが、入れ替わりでポセイドンから受けた攻撃――最後のひとつを具現させたのである。

　これを振りかぶり、愕然としたアテナへと投げつけようとした。

　だが、戦女神はいきなり不敵に笑った。その刹那、蓮が投じるはずの矛に、『勝利の女神ニケ』が飛びこんできた！

　ニケ。アテナそっくりの姉にも見える乙女であり、背中に白い鳥の翼を持つ。

　その美しい姿の胴体が――矛の穂先に『ぐさり』と貫かれる！

「虚言を詫びるな、神殺しよ。機略を用いたのは妾も同じだ」

　いつのまにかアテナの手から、翼の杖が消えていた。

　この杖が瞬時に翼持つ女神ニケに変化して、突っ込んできたのだ。ニケが我が身を盾にしたことで、この矛はもうアテナを狙えない！

「さらばだ、六波羅蓮」

　次いでアテナの首に掛かるメダル――その表面に刻まれたメドゥサの彫刻が、瞳の部分をあやしく光らせる。

　直後だった。まわりの物体が一瞬にして『石』となった。

　激しく戦っていたギリシアの兵士も石化し、物言わぬ石像となった。

　因果応報の権能で呼び出した死人も石化し、物言わぬ石像となった。。

　彼らの武器、防具も石となった。蓮が踏みしめていた土の大地も、冷たい灰色の岩盤となっていた。

さっきアテナが『ゴルゴネイオン』と呼んだメダル。

そこに刻まれた女妖メドゥサの視線がとどくエリア内なら——ほとんどの物体を石化させる霊験(れいげん)があるのだろう。

実際、六波羅蓮——神殺しの腰から下、下半身も石化していた。

「う……っ！」

蓮は絶句した。これでは得意の逃げ足も披露(ひろう)できない。

「教えてやろう、神殺し。アテナは蛇の魔物ゴルゴンをも使役(しえき)する女神なのだ。そうでなければ、あなたの勝利となったやもしれぬのに……」

女神の首に掛かった蛇女のメダル。

これがいきなり黄金色の蛇に変化して、空中へと躍(おど)り出た。

一〇メートルほど先にいた六波羅蓮の首筋まで飛び、牙(きば)を突き立てるために！

（う——!?）

このままでは死ぬ。負ける。そんなことは死んでもごめんだ！

本末転倒な思いが恐怖と闘争本能に火を付け、反応速度を極限まで高めてくれた。見る。飛びかかってくる黄金の蛇を見る。アテナの視線をも見る。

首筋に牙がとどくまで、あと一〇センチほどか。九、八、七——

己にそそがれる女神の輝くまなざしは、蓮の全身を冷厳と見据えていて……

「正義の裁(さば)き……かくあれかし！」

ネメシスの言霊（ことだま）を唱えて、魔力をできるかぎり高める。

下半身のこわばりが唐突に消えた。石化の呪詛（じゅそ）を破れたのだ。あとは全力で真うしろに跳んで跳んで跳んで跳んで——

次の瞬間、蓮は青々とした草原のまっただなかにいた。

アテナとトロイアの都から優に五、六キロは離れた場所だった。

神速の逃げ足で、どうにかここまで脱出できた。しかし、蓮の首筋には黄金色の蛇がしっかりと嚙みついていた。石化による足止めのせいで逃げ切れなかった……。

金蛇はすぐに消えた。アテナのもとにもどったのだろう。

そして、びりびりとした激痛が六波羅蓮の全身を駆けめぐっていく。

「あれは毒蛇だったのか。ちょっと、いや、かなりまずいな……」

つぶやき、意識がもうろうとしていくなかで。

空から金色の巨鳥が舞い降りてくるのを——ぼんやりと目撃した。

6

「おお……なんということだ……」

英雄オデュッセウスは冷たい石の都をさまよっていた。

トロイアの都。交易によって栄華（えいが）をきわめた城塞（じょうさい）都市にして、東の大国ヒッタイトとも深い縁を持つ馬飼いたちの国。

しかし今、そのトロイア市内は全て石となりはてていた。

土の大地も、道に生える木々も、木造の建物も、丸ごと石化していた。

往来で戦っていたギリシアおよびトロイアの英雄・兵士たちも、逃げまどっていた市民たちも、物言わぬ石像と化していた。

今にも動き出しそうな体勢で、蛇の魔物メドゥサに見つめられたかのように。

「まさか、このような仕儀になってしまうとは……！」

とある大きな商家に押し入って、オデュッセウスは嘆いた。

広い屋敷にもともと使われていた石材はそのまま。だが、残りの木造部分まで全て石化。そして人も、家財も、食べ物などもことごとく石と化していた。

が、何よりの問題は――

黄金や銀、宝石などの輝かしい財宝まで石ころと成りはてたことだ。

この都の富を奪い尽くし、故国に持ち帰るため、一〇年も奮闘してきたのに！

「おのれ、おのれ！　これは一体、何者の仕業であることか!?」

今度はトロイアをかこむ城壁の上に登り、オデュッセウスは叫んだ。

城塞都市の内部が全て石と化しただけではなかった。

都の周辺に広がる平原の土、草までもが無機質な石におおわれていた。きっと氷原さながらの冷たさだろう。ギリシア軍が上陸した海岸まで行けば、そのあたりは石の呪縛に囚われていないようではあるが……。

「ほう。さすがだな、オデュッセウスよ。妾とゴルゴンの『目』をどうにかしのぎ、石の虜囚となるのを防いだか」

城壁の上だというのに、少女の声で呼びかけられた。

オデュッセウスは平伏した。戦装束のアテナが来臨していたのである。

「ほかの人間どもは全て石くれに成りはてておる。まあ、これを堪えそうなアキレウスやヘクトール、パリス、大アイアスあたりはとっくに戦場の露と消えた。残った者のなかではいちばんましなおまえのみが無事というのも……うなずける話よ」

くくくとアテナはほくそ笑んでいる。

平伏しながらも、オデュッセウスは聞き捨てならぬと訴えた。

「ゼウスの姫神よ！　御身こそがこの異変の仕掛け人とおっしゃいましたか!?」

「うむ、言った」

「都をご覧あれ！　トロイアの宝も、それを持ち帰るべきギリシアの衆も、奴隷としてわれらを潤すはずの女子供まで、御身の気まぐれによって――」

「痴れ者め。気まぐれではない」

「今、なんと!?」

「ふっ。妾は叡智の神でもある。このいくさに勝利したあと、汝らの愚かさと傲慢さが耐えがたいほどにいや増すこと、とうに承知しておる。であれば……」

愕然とするオデュッセウスへ、アテナは冷たく宣告した。

その瞳の輝き、獲物に喰らいつく寸前の蛇にも似て、冷酷かつ獰猛であった。

「ここトロイアとその民もろとも、そなたたちギリシアの者どもに裁きを下すのもよいと考えてな。くくくく。どれ、このまま仕上げといたそうか」

「お待ちくだされ、アテナよ！」

「おお、傲慢なるオデュッセウスよ。石の縛めより脱した褒美として、命は救ってやろう。遥かな大海原へと旅立つがいい」

アテナは細い少女の片腕で、平伏した英雄の髪をつかんだ。

競技用の円盤よろしく『ぶん！』と空高くに放り投げる。海のある方角へだ。オデュッセウスは驚愕を顔に貼りつけたまま、暗い海の彼方へ飛んでいった。

「う、おおおおおおっ!?」

「なに、時が来れば故国イタカへの帰還を許してやる。それまで励めよ」

「麗しの姫神アテナよ」

闇のなかより太陽神アポロンが声をかけてきた。

「今宵はずいぶんと荒々しく仕置きをしたものだな。ゴルゴンの目まで解きはなつとは」

「興が乗った。よいではないか、輝く者よ」

トロイア市内の中心部、広場であった。

ギリシアの英雄たちが隠れ場所とした巨大木馬——その木っ端微塵となった残骸も散乱している。が、それらの木片も石塊の山となり、アテナの権能にひれ伏していた。

「御身らが守護したトロイアはここに滅びたが……このアテナが自らギリシアの武者どもにも神罰を喰らわせてやった。それでわれらの諍いも手打ちとしよう」

「たしかに、ちょうどよい落としどころかもしれません」

うなずいたのは、月の女神アルテミス。

ぶあつい雲におおわれて、彼女の分身というべき月は見えない。しかし、地上で輝く銀月さながらに、遠矢射る女神は美しかった。

「兄上。これを以て長きトロイア戦争に終止符を打つべきでは？」

「かもしれんな、妹よ。ならば荒ぶる朋友アーレスの君よ、御身のご存念はいかに？」

「討つべき兵どもが石ころとなったのでは、いくさも何もないわ」

軍神アーレスも戦車から降りて、アテナのそばに来ていた。

青銅の甲冑をまとう美青年の姿で、彼はつまらなそうに憮然としていた。尚、すぐ近くで海神ポセイドンが同じような表情を浮かべていた。

「ふん！　いちばんの見せ場を小娘ごときに奪われるとは、わしも焼きがまわったものよ。このようないくさ、どうとでも好きにするがよい！」

トロイアに石の呪縛がかかった直後、アポロンとの小競り合いをやめた。

それからポセイドンは巨神と化した体軀を縮め、人間どもと同様の背丈になって、アテナと会いにきたのである。

　へそを曲げた伯父へ、アテナはにっと不敵な笑みを見せた。

「ならば、我が父ゼウスの兄君よ。しばしの間、御身の権能をお借りしたい。ここトロイアを大波で洗い、ギリシアの船団を荒波で押し流すために」

「よかろう。後始末は全ておまえにまかせる」

　海神ポセイドンは姿を消した。アーレス、アルテミスも消えた。

　神々の座所オリュンポスへ帰ったのだ。残るひとり、輝く青年神がにやっと告げる。

「では、わたしも往こう。つつがなく始末をつけられるとよいな、姫神よ」

「どういう意味だ、アポロン？」

「なに。未来を見とおす我が目にあの若造の影がちらついただけだ。あやつ、蛇神の目からもどうにか逃げおおせたようであるしな」

　にやにやと曲者の笑みを見せてから、太陽神アポロンは消えた。

　ひとり残ったアテナは――雄々しく微笑していた。ゴルゴンの牙を打たれて尚、ふたたび戦女神の前に立ちはだかるのであれば。

「ふっ。そのときこそ、我が神威に屈服させてやるとしよう」

　ごろごろと雷鳴が聞こえてきた。

月を隠す暗雲のなかで、雷が胎動をはじめているのだ。

「六波羅さんの足でも、逃げ切れなかったようですね……」

倒れた『ご主人さま』を見おろして、梨於奈は嘆息していた。

どうにかアテナの眷属・人面の黒フクロウを撃破してきたが、すこし遅かった。

石化都市となったトロイアから数キロ離れた草原――。このあたりはゴルゴンの邪視に冒されておらず、草は青々としている。

そのなかでオリーブの木に背中をあずけて、六波羅蓮は倒れていた。

意識を失っている。顔は蒼白で、唇は蒼黒く変色していた。梨於奈は霊符を呼び出して、日本人青年の額に貼った。

白い霊符は一瞬にして黒く染まり、塵となった。

「とんでもない強度の猛毒ですか。並の人間なら二、三万人は殺せそうですね」

治癒ではなく、原因特定のために霊査の符を貼った。

だから、効果を顕してくれた。しかし、このご主人さまには呪術が通じない。治療行為をしても無駄に終わる……わけではない。

「まあ、やり方は見せてもらいましたし、鳥羽梨於奈に真似できないはずありません」

問題は彼に対して、あのような行為をするという点で……。

「あとで絶対、この恩を一万倍にして返却させないと――いえ。むしろ歴史の闇に葬るべき案件、まったく存在しなかった行為として処理するべきでしょう……」

梨於奈の手の上で、孔雀明王咒の霊符が青く燃えていた。

万病を癒やす神呪の符を燃やしたのである。この火をくっと呑みこんで、ブレザー姿の日本人少女は顔を寄せていった。全身を緊張でこわばらせながら。

蒼黒くなった神殺しの唇と、乙女のやわらかな唇。

両者がしっかりと合わさった。


「……さんっ。六波羅さんっ」

「あれ？　僕はどうなったんだ、梨於奈？」

「あの状態から自然回復するなんて、六波羅さんたち神殺しにはケタはずれの生命力があるようですね。人類が核戦争で滅びたあとの地球でも、ゴキブリと覇権争いできますよ」

「アテナにやられた毒、勝手に治ったってこと？」

「そのようです。よかったですね、ご主人さま」

意識と体調を回復させた六波羅蓮。

澄まし顔の梨於奈に説明されて、首をかしげた。

とても自然治癒するような毒とは思えなかったのだ。なのに、今は首筋の噛まれたあとがちくちくする程度。かなり不可解だった。

しかし、喉元過ぎれば熱さ忘れる性格でもある。

「まあ、それならそれでいいか」

「いいお言葉です。理想的なコメントですよ、ご主人さま」

「よくわからないけど、ありがとう梨於奈」

うなずく梨於奈の前で、蓮は雷鳴とどろく夜空を見あげた。

それから石化都市となったトロイアの方を眺めて、ぼそりとつぶやいた。

「まだリベンジマッチには間に合いそうだな……」

「……意外と根性ありますね、六波羅さん」

「いやね。他人にまかせられるなら、よろこんでそうさせてもらうけど。僕以外の人間には無理だそうだから、仕方ないんだよ。ただ」

瞠目（どうもく）する梨於奈相手に、蓮はぼやいた。

「因果応報（いんがおうほう）のストックも全部使い切ったから、ちょっと勝てるかはわからないな。当たって砕けろマインドでいってみるか――」

蓮は腰を下ろして、オリーブの木に寄りかかったままだった。

この体勢で倒れていたらしい。そして、唇には不思議なほど甘やかで、やわらかな感触が残っているような……。目の前に立っている梨於奈の美貌を見つめた。

「ど、どうかしましたか？」

「何か大切なことを思い出しそうなんだ。梨於奈の顔を見たら、引っかかってね」

蓮が答えると、梨於奈はなぜかぎくりとした。

「ど、どんなことでしょう!?」

「たぶんアテナとの大勝負に関係すること。とびっきりの重要事項――そうか！」

　蓮が叫んで、梨於奈が心底どきっとしたように見えた瞬間。

　遠くから可憐な少女の声で呼ばれた。

「蓮さま！　梨於奈さま！」

「死にぞこなっていたようね、蓮！　それに鳥娘もっ。誉めてあげるわ！」

　カサンドラとステラが猛スピードで近づきつつあったのだ。

　ふたりはなんと栗毛の裸馬にまたがっていた。馬を操るのは王宮育ちのカサンドラで、騎馬の胴を挟む両足と、首筋を押さえる細腕のみで、巧みに馬を御していた。

　そういえば――蓮は今さら気づいた。

「こっちに来てから、馬に直接乗るのをなぜか見てなかったな……」

「足を乗せる『鐙』がまだ発明されてないからですよ。でも、生まれたときから馬とつきあってきた遊牧民なら、ああして乗りまわせるんだとか……あ、そうか」

　何かに気づいた顔で、梨於奈はつぶやいた。

「トロイアを『馬飼いならす国』と形容するのは、ホメロスの決まり文句です。もともと馬を神聖視する騎馬民族で、同じく騎馬の民の女戦士族アマゾンとも盟友関係でした。王族、そして王女であっても、馬術や弓の心得があるのは十分ありえる話で……」

「考えてみたらカサンドラって、アキレウスまで矢も届いてたしねえ……」

「蓮さま！　ご無事でようございました！」

　ついに蓮のそばで愛馬を止めて、カサンドラが飛び降りてきた。

姫君のやわらかな体、あわてて蓮は受けとめる。無垢なトロイア国の王女は実の兄にでもするように、六波羅蓮をぎゅっと強く抱きしめてくれた。

「ゴルゴンの呪詛がトロイアに降りかかり、蓮さまも一度は敗れる——。その未来を視て、あわてて都を抜け出したのです！」

「蓮の居場所はあたしが探してあげたのよ。感謝しなさい」

カサンドラが涙目で訴えるうしろで、裸馬の上からステラも尊大に言う。

思わぬ形で再合流が上手くいった。そして、これなら『例の手』が使える。蓮はカサンドラに抱きしめられながら、新たな相棒をまっすぐに見つめた。

「ねえ梨於奈。君に〝おねがい〟してもいいかな？」

今、アテナは夜の海をのぞむ岸壁にいた。

そこから天をにらみ、夜空をおおいつくした暗雲へ呼びかける。

「遥か世界の彼方にまで雷鳴とどろかす神、最も栄えある最大の神ゼウス、クロノスの御子との血縁ゆえに、我アテナは天に風雨をもたらそう」

ごろごろと雷鳴がとどろき、ひっきりなしに稲妻が落ちはじめる。

大粒の雨も降ってきた。すぐに豪雨となるはずだ。風もだ。びゅうびゅう強風が吹きすさび、まさしく嵐の前ぶれであった。

「青黒き髪持つポセイドンの御名のもと、我は海を揺すぶろう。船を破る者、大海と大地を所有する王の権能、とくと見よ」

今、トロイアから数キロの位置にある岸壁にいる。

この場所をふくむ沿岸部一帯に大波が押しよせてきた。それもひっきりなしに。波が絶えず岸壁に当たり、白く砕けている。まもなく大津波が来るはずだ。

「これにてトロイア戦争は終結となる！　妾の裁定に異論のある者はかかって参れ！」

闘争心と荒ぶる魂にまかせたアテナの叫び。

それを聞きながら、蓮はゆっくり彼女へ近づいていった。

「来たか、神殺しよ」

「なんとか命を拾えたから、大急ぎでリベンジに来たよ」

「よかろう。あなたとの決着、妾も心残りであった。そう……オリュンポスの姫神ともあろう者が詭計によってのみ、勝利してもよいものだろうかと」

姫と名乗りながら、むしろ女王にふさわしい威厳と共に——

輝く瞳のアテナは六波羅蓮を雄々しく見据えた。

「今度こそ雌雄を決するとしよう。堂々たる神の一撃を以て」

「了解。で、僕はそいつをクロスカウンターで迎え撃つ、と」

「何か秘策がありげだな。くくくく。アキレウスの盾でも使うつもりか？」

「実はその手も本気で考えたけど。あれ、僕向きじゃない気がしてね……」

「よい読みだ。所詮、あなたは足を駆使する駿足の戦士。盾に隠れて、足を止めた六波羅蓮など、物の数ではない」

言葉での駆け引きも交えながら、ついに真っ向勝負がはじまった。

アテナが最後に選んだ武具は、ゴルゴネイオンだった。

「我がしもべにして分身よ、われらの宿敵を討ち果たそうぞ！」

蛇妖メドゥサの顔が刻まれたメダル、六波羅蓮めがけて投げつけてきた。

宙を飛びながらゴルゴネイオンは――蒼黒い焔のかたまりと化した。それも全長一〇メートル以上はありそうな『大蛇』の形をした焔に！

この蒼黒い焔、まったく熱を発していなかった。むしろ冷気を放っていた。

「くくく。暗き地の底にひろがる冥府の果て、白き凍土に燃える幽冥の焔であるぞ。ゴルゴンどもとアテナの秘奥にかかわる権能、とくと味わえ！」

大蛇の形をした蒼黒い焔に飛びかかられて――

蓮はもちろん、右手の人差し指と中指を突きつけていた。

「報復の女神は今こそ神罰を下す。正義の裁き、かくあれかし！」

狙いはただひとつ。この蒼黒い焔を直接、アテナにたたき返すこと。

背後にうすく透けたネメシスの顕身が現れて、蓮を加護していた。持てる魔力を最大限に燃やし、突き出した二指に注ぎこんでいた。

全ては因果応報を成就させるため。しかし。

「オリュンポスの姫アテナを舐めるな、神殺し！　真っ向からの力比べ、権能比べで未熟なあなたにおくれを取るほど、妾は非力ではないぞ！」

蛇形の黒き焔と六波羅蓮の指先、空中でぶつかり合ったまま静止していた。

剣の戦いでいえば『鍔迫り合い』の格好だ。

ふたりの権能が拮抗しているせいだった。この一撃にアテナが注ぎこんだ神力、因果応報の権能をもってしても容易には跳ね返せないほど強大なのだ。

そして、蓮の二指がじりじり後退をはじめた。

数ミリずつではあるが、ゆっくり押し負けつつある――。まさに絶体絶命！

「さすが超メジャー級の神様はちがうな……」

ぼそりとぼやいてから、高らかに蓮は吠えた。

「つまり、ここが踏んばりどころってわけだ！」

「おお!?」

アテナが瞠目して、六波羅蓮を凝視した。

突き出した蓮の右腕とその二指に、紅蓮の焔がまとわりついたのだ！

「火と日の秘詞、諸々の罪穢れを禊ぎ、祓い給え！」

「焔の言霊だと!?　そのような権能まで所持していたのか!?」

「あなたが格下あつかいする娘がちょうど持っていたんでね。ステラの権能でおねがいしたんだ。すこしの間、貸してほしいって」

太陽神アポロンから矢をもらったときと同じだった。

紅蓮の焰が蓮の右腕、指先からほとばしり出る。すぐさま『鳥』の形に変化して、羽ばたく火の鳥となって――

「正義の裁きと火の言霊、なかよく僕を助けてくれ！」

蒼黒い焰の大蛇を真正面から呑みこんだ！

冥府を凍てつかせるという酷寒の焰という、矛盾した存在。

蒼黒い焰の蛇が――紅蓮に燃える火の鳥のなかで消滅していった。

そのまま火の鳥はアテナめがけて飛び、幼い容姿の戦女神を焰で包みこんだ。それは右半分が紅蓮の焰、左半分が『蒼黒い酷寒の焰』であった。

ゴルゴネイオンの威力、主のアテナにみごと因果応報で返したのである！

「おおおおっ!?」

灼熱と冷気をもろともに浴びて、雄々しき大女神が悶絶している。

それを見とどけて、蓮は大きくうなずいた。

「アキレウスの盾は警戒していても、やっぱり梨於奈の力は頭から抜け落ちていたか。あの娘のこと、眼中になさそうだったしね……」

「ならばアイギスよ！」

アテナの頭上に山羊皮の盾が顕現した。雷を放つゼウスの武具。しかし、蓮もポケットから霊符――梨於奈からあずかった紙切れを取り出し、空に投じていた。

「頼む、アキレウスの形見！」

霊符はたちまち円形の盾となり、フリスビーのように飛んだ。

方形である山羊皮の盾アイギスと激突し、どちらも空の彼方へ跳ね飛んでいく。

「く……！　この借りはいずれ返すぞ、六波羅蓮よ！」

アテナがいまいましげに叫んだ直後。

十代前半であった女神の容姿がいきなり変わった。

もう五歳ほど成長した――大人の美女に。白い衣をまとい、背中には鳥の翼。すこし前、我が身を盾にしてアテナをかばった女神であった。

「ニケか!?」

蓮は愕然とした。変わり身の術ということなのか。

翼持つニケの全身が紅蓮の焔に焼かれ、蒼黒い焔で冷却されて――ボロボロと砂のように崩れ去っていった。

もともと手負いだった女神は、主の身代わりに戦死したのだ。

そして、夜空を見あげれば。

天馬ペガサスがその背にアテナを乗せて、飛び去っていくところであった。

終章

epilogue

1

トロイアの都に夜明けが来た。

昇る朝日を浴びて、世界は薔薇色に染まっている。

ゴルゴネイオンと呼ばれた神具の力で、都とその周辺は見渡すかぎり石化した。だが今、石と化した人間も、動物も、草木などもすっかり元通りになっていた。

蓮と梨於奈は市外にいた。

昨夜、ギリシア軍上陸の地となった砂浜だった。

蓮は大海原を眺め、それから逆方向にそびえる丘の上のトロイアを眺め、やりとげた満足感にうなずき、麗しき相棒への賛嘆を口にした。

「すごいものだね、梨於奈は。結構もとどおりになったじゃないか」

「この場からアテナがいなくなって、かんたんに解呪できるようになりましたからね。もちろ

ん、それができる陰陽師はわたしか安倍晴明、あとはせいぜい蘆屋道満……半神クラスの使い手だけでしょう」

ミッション達成の余韻か、梨於奈の軽口も楽しげだ。

彼女はすこし前、トロイア上空に霊符を投じて、《禍祓い》なる秘術を都一帯にかけた。結果、石くれと成りはてた人、物、その他一切がもとどおりになった。大陰陽師の術があればこその奇跡であろう。しかし。

梨於奈はその恩恵、ギリシア連合軍にはあたえなかった。

十二神将なる〝目に見えない式神たち〟に命じて、石像となったギリシア勢を――もともと彼らのものだった軍船まで運ばせたのだ。式神たちはとんでもなく剛力かつ勤勉で、移送をほんの一、二時間で終わらせた。

そして、日の出と共に船出となった。

梨於奈の術で起こした波に乗り、石化したギリシア兵たちを乗せて、船団は外海へ向けて流されていったのである。

彼らの旅路がこの後どうなるか。それこそ『神のみぞ知る』であった。

「梨於奈、僕たちもそろそろ行こう」

「ええ。地上世界とつながった空間歪曲……すこしずつ収縮をはじめていると、わたしも感じています。いずれ消滅してしまうでしょう。退散するなら今のうちです」

「カサンドラに別れを言えるくらいの余裕があるといいね」

美と愛の女神ステラ＝アフロディーテは、とっくに蓮と同化していた。

だから、すぐにでも帰還できる。そして、時空の『門』である空間歪曲が消滅する前にそうせねばならなかった。


王女カサンドラも砂浜にいた。

ただし六波羅蓮と鳥羽梨於奈からはすこし離れて、ふたりを見守っていた。

異国——いや、異世界より来た男女はぼんやり海の彼方を見ながら、勝利の余韻にひたっているようだった。

だが、カサンドラはまったくべつのものを視ていた。

太陽神アポロンより賜った霊力によって、すこし先の未来を幻視したのである。

「新たな旅。新たな神域。そして新たな——敵。蓮さまの前に立ちはだかるのは、恐るべき狼……。神をも殺める魔狼の王……」

その戦いの過酷さ、熾烈さたるや、いかほどとなるか。

自分がすべきこととは何だろう？　そう自問してから、王女カサンドラは答えをひとりで見出して、大きくうなずいた。

2

『……神戸市内の空間歪曲、どうにか収束しつつあるよ』

スマホと接続したカーナビのスピーカー。

そこからネイティブな日本語、しかも女性の明るい声が流れてくる。

『ありがとうジュリオ。あんたが派遣してくれたエージェントさんのおかげ。ま、うちの梨於奈を付けたからってのもあるだろうけど』

「君たち日本神祇院の協力には、心より感謝している」

ジュリオ・ブランデッリは相手に合わせて、日本語で答えた。

降りしきる雨のなか――自動車を走らせている。二時間ほど前、シチリア島からバルセロナ空港へ到着したばかりだ。そこからは配下に用意させた車を自ら駆って、ホームタウンであるバレンシアまでもどってきた。

スペイン東部に位置し、州都でもある地中海沿岸の大都市――。

ジュリオは今、そのバレンシア市内を移動中なのだ。

ちなみに、昨日の早朝から南ヨーロッパのほぼ全域で豪雨が降りつづいた。日本を中心とする東アジア一帯も同様だったという。

暴風も激しく吹き、海も荒れ、大波がひっきりなしに押しよせてきた。

その荒天の元凶、もちろんサンクチュアリ・トロイアである。だが六時間ほど前から、ようやく風雨が弱まってきたのだ。

『シチリアの方もいい状況なんでしょう？』

「ああ。あそこの空間歪曲もすでに収縮をはじめている。おそらく六時間以内に完全消滅するというのが、うちの霊視術師の見立てだ。トロイアと接続した歪曲点はインドネシアにも存在するが、そちらの状況も今、確認させている」

『梨於奈たちはどの歪曲点から出てくるのかしらね？』

「さて。まあ、シチリア方面に脱出してきたときは、オレたちの結社が責任を持って歓待しよう。旅の疲れをねぎらわせていただく」

『そうだジュリオ。どさくさにまぎれて、あの娘をスカウトしたら駄目だからね？』

「……すまないがよく聞こえない。あとでかけなおす」

『あ、待てっ。あんた、図星を突かれたもんでごまかすつもり――』

すっとスマホのタッチパネルをさわり、通話をオフにする。

何事もなかったように運転をつづけ、ジュリオは目的地までやってきた。

古い――建造当初から数世紀を経た洋館であった。

まわりには誰もいない。古いだけで特筆すべき歴史的価値もなく、観光客が来ることもない場所なのだ。また、一般公開もしていない。

そして何より、この場所には強力な『見張り』を置いている。

敷地内へ入るなり、ジュリオの耳元で〝声だけの存在〟がささやきかけてきた。

『来たか、我が王の末裔よ』

「サンクチュアリをひとつ収束させたからな。《破滅予知の時計》がどうなったのかを確認したい」

『いいだろう。入るがいい』

女性の声だった。そして、きわめて凜々(りり)しい。

この美声に実体が伴うならば、必ず〝男装の麗人〟と呼ぶにふさわしい容姿であろうと期待させるほどに――。

守護者の許可が出たので、遠慮なく歩みを進める。

敷地内には母屋(おもや)である二階建ての大きな洋館、その離れが三棟(とう)、そして小さな礼拝堂があった。ジュリオは最後の建物に入っていった。

色とりどりのステンドガラスで飾られた礼拝堂のなかは――

がらんとしていた。ほとんど物を置いていない。

しかし、タイルを敷きつめた床の中央には台座があり、その上に直径三メートルはあろう円形のクラシカルな機械式時計が置かれていた。

黄金の短針、長針がローマ数字を示して、時刻を報(しら)せるものだ。

「現在時刻は二二時五五分……。昨日、蓮(れん)がサンクチュアリ・トロイアへもどる前は二三時一五分だった。二〇分ほど進みをもどしたわけだな」

『たしか零(れい)時零(れい)分を指すとまずいのだろう？』

凜々しい声に訊(き)かれて、ジュリオはうなずいた。

「ああ。終末の時がはじまり、世界に神々の怒りと嘆(なげ)きがうずまく――」

つぶやくそばから、かちりと長針が動いた。

一分ほど時を進めたのだ。ジュリオはため息をついた。破滅の到来はいまだ中断せず、すこしずつ進行中なのだろう……。

『気をつけろ、王の末裔よ。招かれざる客だ』

「？　いつものように追い払えばいい。それがあなたの役割だ」

『厄介な男なのでな。全力を出さねば、やつの相手はむずかしい。が、ここで《聖杯》を無駄遣いするのも惜しい……。上手くやりすごせ』

「まさか神でも顕現したのか？」

『いいや。なに、おまえなら、すぐに正体を見抜ける』

その瞬間だった。ただならぬ気配を背後に感じた。

ぞくりとして、ジュリオは振りかえった。上位魔術師のたしなみとして、我が身に護身の術をいくつもかけてある。その術たちが察知させてくれた。

野生の獣に忍び寄られたかのような――殺気と、荒々しい存在感を。

（……狼？）

ジュリオの脳裏に一瞬、そんなイメージが浮かんだのだが。

こちらにやってくるのは〝人間〟だった。

まだ若い。二十代なかばだろう。白人で、銀髪を短く刈り込んでいる。しかし、頭頂部のあたりでワイルドに逆立てていた。

そして、髪型の割に、顔つきは知的とさえ言えた。

仕立てのいいダークグレーの背広を身につけ、眼光はきわめて鋭い。

「ほう。そいつが破滅の時計とやらか」

背後から来た青年の声は重々しく、若さに似合わぬ威厳に満ちていた。

「なるほど。たしかに一見の価値はあった。そして、それ以上の価値もなさそうだ。そこの魔術師、これはおまえの管理下にあるのか？」

「そう――だが。それを訊くおまえこそ何者かと問おう」

「不遜な問いかけだな。まあ許す。そして、おまえにその価値があるとわかれば、そのときあらためて名乗ってやろう」

くくくと銀髪の青年はほくそ笑み、エメラルド色の瞳でジュリオを眺めた。

彼はどちらかといえば、細身の肉体であった。しかし、内側から発散される『力』の波動たるや――正直に言って、圧倒された。

かつて神と対峙したときを思い出す。が、神々特有の神々しさはない。まさか。

あの能天気すぎる日本人の〝同族〟――？　ジュリオはうめいた。

「ふたりめがいたということか……？」

「ふたりめ？　ああ、この界隈をうろついているとかいう小僧のことか？　私もうわさは耳にしている。しかし、おまえの認識にはあやまりがあるな」

青年は狼か虎を思わせる――肉食獣の目を愉しげに細めた。

「むしろ、私こそをひとりめと数えるべきだぞ、魔術師よ」

重厚な笑いで唇を曲げて、神殺しの『獣』は宣言した。

そうしてくるりと背中を向けて、ジュリオの前から去っていった。孤高の狼があわれな草食獣を見逃して、悠々と歩む様にも似ていた。

ジュリオは確信した。もし害意を持って、あの背中に近づけば――

「すぐさま噛み殺されるというわけか……」

『やはり聡いな、愛し子よ。さすがジュリオ・ブランデッリだ』

見えざる守護者に賞賛されながら、ふたたびジュリオはため息をついた。

自分たち結社《カンピオーネス》と六波羅蓮の前途には、まだまだ困難が待ちかまえていると確信できたからだった。

あとがき

◆本書にて初めて丈月城なる物書きの本にふれた皆様へ

みなさま、はじめまして。

このたびは丈月城の新作『神域のカンピオーネス』を手に取っていただき、まことにありがとうございます。

本作品のテーマは旅と神話。

神話の世界を旅して、その筋書きの改編を試みるというものです。

さらに言えば、神の力と神殺しの偉業にまつわるサーガでもございます。

今回、ツアープランナーとして選んだ旅行先は『ギリシア神話』と『トロイア戦争』――すなわち吟遊詩人ホメロスの世界でした。

ギリシア神話とヨーロッパ文明の誇る大詩人ホメロス。

日本人にはアーサー王や諸葛孔明の方がなじみ深いかもしれませんが、あちらではホメロスの謡ったアキレウスやヘクトールこそがビッグネームであり、英雄たちの代表格なのだとも言います。日本の子供たちだって、下手したら天照大神よりも先にゼウスやアテナの名前を覚えているでしょう。なにしろ星座の名前はギリシア神話がルーツです。

ギリシア神話について、べらぼうな数の解説がネットや書店にあふれています。

しかし、原典のひとつであるホメロスに直接ふれてみると、原始宗教の匂いや息吹を感じさせる記述あり、古代の歴史や文化習俗を偲ばせる記述あり、単なる昔話にはない面白さがあちこちにひそんでいます。

また女神アフロディーテは『萌えキャラ』枠だったらしく、ホメロスの詩のなかでもへたれなドジっ娘ぶりをしっかり披露してくれています。

そうした魅力を伝えつつ、神話を旅する冒険活劇など書いてみたいと思い、本作をしたためた次第です。

……ちなみに、本文に混ぜると蛇足になる歴史・神話の余話も多々ありまして。

そういうものにまつわる雑文、わたくし丈月城のTwitterから閲覧できるようにも手配しております。興味がおありの方はそちらも是非ご覧くださいませ。

さて。次巻では新たな敵、新たな世界が登場する予定です。

よろしければ、そちらの旅でもみなさまとお目にかかれればと思います。

◆……丈月城なんか知らないけど、この本と似た名前のライトノベルやアニメを見聞きした覚えがあるぞという皆様へ

細かいことは気にされずとも、まったく問題ありません。『神域のカンピオーネス』一巻はこの本のみでお楽しみいただける完全新作です。お気軽にお読みいただきたいと思います。

おや？　でも、やっぱり気になるぞとおっしゃいますか。

でしたら、この本のカバー袖などで紹介している丈月城の本『カンピオーネ！』シリーズを読むのもよいでしょう。実はあちらにも神様だって殺しちゃう人間たちが登場して、勝手放題やっております。

ただ完全に別世界のお話なので、あまり気にされる必要はないかと……。

◆前述のシリーズを全巻読破しているという皆様へ

……たしかに、新作は『カンピオーネ（と呼ばれる存在）のいない世界』が舞台だと告知していたわけですが。

でも『神殺しはいない』とはまったく言っていないわけで……。

とはいえ、僕の手口をよく知る皆様のこと。

この本を読むうちに「叙述トリック」「主人公は信用できない語り手」など、僕がよく使っていた仕掛けがここにもあると、いち早く見抜いた方も多いことでしょう。

そして、『カンピオーネ!』と『カンピオーネス』の関係。

昔のタイトルなら火の鳥の鳳凰編や太陽編、割と最近であればガ○パレード・マーチと式○の城などのそれに近いと、お気づきの方もいるのではないでしょうか。世界のリンクとか並行世界とかパラレルワールドとか。

ふたつの世界がいかなるつながりを持っているのか。

知っている人にはあれこれ類推できるヒント、ちょいちょい埋めこんでおります。

その手の謎解きがお好きな方々に、楽しんでいただければと思います。

もちろん、無理に謎解きしていただく必要はなく。この物語をただ楽しんでいただくというスタンスでも、まったく問題ないと考えます。

◆全ての読者の方々へ

何はともあれ『神域のカンピオーネス』、楽しんでいただければ幸いです。

よろしくお願い申し上げます。

ダッシュエックス文庫

神域のカンピオーネス
トロイア戦争

丈月 城

2017年12月27日　第1刷発行

★定価はカバーに表示してあります

発行者　鈴木晴彦
発行所　株式会社　集英社
〒101−8050　東京都千代田区一ツ橋2−5−10
03(3230)6229(編集)
03(3230)6393(販売/書店専用) 03(3230)6080(読者係)
印刷所　凸版印刷株式会社

ISBN978-4-08-631222-6 C0193